El Lado Oscuro de Forkis

El Lado Oscuro de Forkis

PRECUELA DE DEATH BRINGER

Zodiac Universum

Adrianna Biełowiec

EPUB ISBN: 979-8-2011648-8-1

RÚSTICA ISBN: 979-8-9864524-8-7

***

ESCRITO POR ADRIANNA BIEŁOWIEC

PUBLICADO POR ROYAL HAWAIIAN PRESS

PORTADA DE TYRONE ROSHANTHA

IMAGEN DE LA PORTADA DEL JAGUAR POR ALDO DOMINGUEZ

ILUSTRACIONES DE CONTENIDO EN BLANCO Y NEGRO DE ADRIANNA
BIEŁOWIEC

TRADUCIDO POR JOSÉ MANZOL

ASISTENCIA EDITORIAL: DOROTA RESZKE

***

PARA VER MÁS OBRAS DE ESTE AUTOR, VISITE:

WWW.ROYALHAWAIIANPRESS.COM

***

VERSIÓN 1.00

CONTENIDO

El vore en la fantasía

El vore es un subgénero de la fantasía que se difunde en forma de prosa, gráficos, películas y animaciones. Cada vez es más popular en las tendencias internacionales, tanto en los portales que reúnen artistas, como DeviantArt o YouTube, como entre la subcultura furry. Gran parte del contenido de este subgénero parece controvertido y puede ser perturbador, incluso repugnante, pero algunos están hechos de forma bastante decente e interesante, como las películas 3D de alta calidad para fans con dinosaurios o dragones (depredadores en general).

Vore es una abreviatura del fandom reconocida en todo el mundo, que significa contenido sobre este tema. Proviene de la palabra vorarefilia (sinónimo: fagofilia), que es un conglomerado de la palabra griega philia que significa "amor" o "gusto por" y la palabra latina vorare que significa "tragar", "devorar". En pocas palabras, la vorarefilia es un tipo de parafilia relacionada con la alimentación. Y hay tres subtipos: alguien fantasea con ser comido, imagina que se está comiendo a otra criatura o disfruta viendo ese contenido. Hay muy poca investigación científica sobre esta parafilia, y pocos casos documentados de personas que hablen de ella (como el ejemplo del paciente al que se refiere Stephen en el artículo "Vorarephilia: A Case Study in Masochism and Erotic Consumption"), pero se atribuye al BDSM (bondage & disciplina, sadismo & masoquismo). Una parte se comporta de forma dominante (llamada pred, de predator [depredador]), mientras que la otra parte sucumbe a ella (prey, o presa), lo que está relacionado con el deseo de formar parte de un ser poderoso y al que se admira. A menudo, la vorarefilia se considera un sinónimo de canibalismo, pero eso es erróneo, porque en el vore la víctima viva —aparte de la variedad harcore— es tragada entera. Además, existen sobre todo relaciones interespecies en la línea de depredador-presa, respecto a animales, antropomorfos, y otras criaturas fantásticas, como gigantes, demonios o los mencionados dragones.

Además, dejando a un lado el ritualismo, el canibalismo tiene que ver con el consumo o la recuperación de energía (como el popular ejemplo de un hámster hembra asustada que se come a sus propias crías). Por otro lado, el vore es pura fantasía, irreal, a lo sumo exteriorizado como un juego de rol de forma narrada. La presa viva engullida suele sobrevivir, y el modo en que ocurre depende de la imaginación del autor: puede ser por tele transporte, el despertar del sueño, o la presa intacta recorre su camino desde el estómago hasta la boca por si sola. El vore no es un invento de Internet de los últimos años, sino que tiene sus raíces en la mitología o en la Biblia: probablemente la mayoría recuerde las historias de Coyote, Jonás o Kronos.

Hay muchas variedades de vore, aquí está la lista de algunos ejemplos seleccionados:

Soft: la versión "suave", la más popular en la fantasía, también en los dibujos animados y las caricaturas, como Tom y Jerry o

Pinocho. La víctima no sufre ninguna lesión, ni siquiera sale una gota de sangre durante el proceso de consumo. Normalmente se la traga entera, puede respirar en el estómago y permanecer allí durante varios días (después de todo, es una ficción). Las relaciones entre depredador y presa son en su mayoría amistosas, y también pueden ser de amor, humor o diversión; la criatura dominante a menudo quiere proporcionar a la otra seguridad en su cuerpo; por ejemplo en caso de heladas severas. No hay ningún tipo de coacción, y ambas partes están de acuerdo en el acto. En páginas extranjeras de la subcultura furry, se puede leer que en la variante suave, ocurre que una presa aterrorizada es devorada contra su voluntad, y un depredador no tiene piedad con ella, pero este aspecto psicológico de ambas criaturas encaja en la categoría hard.

Hard: coincide también con el término gore. La víctima es devorada contra su voluntad, y el depredador suele obtener una considerable satisfacción de su sufrimiento. Son frecuentes las mutilaciones del cuerpo, como los mordiscos, los aplastamientos o las masticaciones, y finalmente se digiere al ente ingerido. El tema se utiliza a menudo en películas de terror o de anime brutal.

Macro: el devorador es un gigante (generalmente cualquier tipo de gigante). Algunos ejemplos son las películas Rampage, King Kong o Jurassic Park.

Micro: una de las criaturas se reduce en tamaño y luego es devorada por otras de tamaño natural. El tema apareció en una de las versiones del cuento del Gato con Botas, cuando un gato se comió a un mago convertido en ratón.

Tiny: un depredador más pequeño consume una presa más grande. En la naturaleza, esto se evidencia en la alimentación de una serpiente.

Soul: el alma de la víctima es absorbida, mientras que el cuerpo sobrante se convierte en una marioneta del depredador. Un ejemplo es People-Cats, de Paul Schrader.

Tras la introducción, probablemente ya sepas qué esperar de este volumen. Contará con una historia con elementos suaves y duros, relacionados con el personaje de Forkis, el mayor criminal de la serie Zodiac Universum. Por lo tanto, el libro está destinado a los adultos, resistentes a las imágenes fuertes. Puede leerse después de Onkalot o tratarse como un tema aparte, aunque en este último caso el lector se encontrará con spoilers, y puede que no note algunas conexiones con la trilogía de Death Bringer, especialmente en lo que respecta a las ciencias.

Pronunciación de los principales nombres en quiché.

' es un signo de glotalización para las vocales, que aquí son eyectivas - el aire es expulsado de la laringe para amplificar el sonido.

Notación / pronunciación

Personajes:

Xajb'a Kej - Shabakei

Q'ualel - Kualhel

Etznab - Etsnab

Ik - Ik

Muluc - Mulhuk

Lolmet Kejnay - Lolhmet Keynei

Sinaj - Senai

Lugares e instalaciones:

chiq'aq - Chikakh

Chulimal - Chulhimal

Quehnay - Kenaii

Che'ab'aj - Chaabai

Tukumb'akam - Tukumbakam

Ajb'atenaja - Aybatanaya

K'otz'ib'aja - Kotsibaya

Otros:

achij - achei

Nimja – Namja

La resurrección del monstruo

El año terrícola 2509

Xajb'a Kej llevaba cinco q'ijes[1] viajando por la densa y oscura selva, pero aún no tenía ni idea de lo que haría cuando llegara a la frontera del territorio de los caníbales llamados jun kame (la muerte). Se escabulló de su ciudad al anochecer como un ladrón tras un atraco exitoso. Sin embargo, comparado con el saqueador, Xajb'a Kej era un achij, ya que tal nombre se daba a los guerreros-jaguares humanoides del mundo chulimal. La huida silenciosa, evitando los puntos de vigilancia, no era un problema para él, incluso a pesar de su considerable altura y peso. Estas características le distinguían entre los habitantes de su chiq'aq natal, el Lugar del Fuego. Xajb'a Kej era también el único que tenía los ojos verdes. ¿Cómo era posible? Lo descubrió hace poco, del enemigo, no de los onkalots, en quienes confió toda su vida.

---

[1] Viene de la palabra maya ch'aqap q'ij. Equivale a una hora entre los Onkalots.

Ahora se dirigía hacia aquel enemigo. Esperaba recuperar a su compañera Pek. Al parecer, había sido secuestrada en el bosque de jun kame cuando se había alejado demasiado de las estelas fronterizas en busca de hierbas raras. Los ancianos la desterraron, no querían otro enfrentamiento con los caníbales —un intento de rescatar a la hembra habría requerido un viaje de muchos achijes—. De todos modos, todas las tribus chulimales temían a los demonios del cielo que habían volado a este mundo en una aterradora pirámide de metal. Por lo tanto, las luchas tribales parecían una tontería. Xajb'a Kej comprendía el razonamiento de los ancianos, su decisión de ser pasivos también era razonable, pero su sangre caliente y militante le impedía dejar a Pek para una muerte segura. Consideró que tal vez ya estuviera muerta, pero al menos intentaría averiguarlo. Solo, tenía más posibilidades de llegar al territorio enemigo sin ser notado. Aunque llevaba una daga de obsidiana, un arco, un carcaj y un macuahuitl[2], como correspondía a un buen achij, no habría servido de mucho en una lucha contra un solo miembro de jun kame. Los caníbales fanáticos eran considerados los mejores guerreros del planeta y, al mismo tiempo, los más crueles. El espionaje y el sigilo eran aconsejables esta vez, aunque a Xajba Kej le repugnaba tal síntoma de cobardía.

Se fue a los pantanos y se revolcó en el barro negro, desde los bigotes hasta la punta de la cola, convirtiéndose en una rara estirpe de jaguar humanoide. Con cuidado recubrió en él el arma y un maxtlatl[3] que le llegaba a las rodillas. La luz de las estrellas y las dos

---

[2] Un arma ofensiva en forma de un grueso astil tachonado de hojas de obsidiana prismáticas.

[3] Una pieza de tela que cubre las caderas, atada con un cinturón o una cuerda.

lunas no caía ahora sobre las partes brillantes de su pelaje moteado. El brillo carmín de la infravisión tampoco le delataría. En el pasado, jun kame había hecho al menos una cosa buena por él: Lolmet Kejnay le había enseñado a suprimir el brillo de sus ojos en la oscuridad aplicando sobre ellos una película transparente que no obstruía la visión.

Sin hacer ruido, siguió adelante, olfateando y escuchando atentamente. En cambio, los animales nocturnos, los machos orgullosos y dominantes y las hembras fuertes, no temían anunciar su presencia en el bosque gritando, chillando, rugiendo, gorjeando o siseando.

Xajb'a Kej tenía la desagradable y peculiar sensación de que le estaban observando. No era probable que nadie de la tribu le siguiera, e incluso si alguien hubiera estado en la zona, habría captado sus pensamientos telepáticamente. Los límites de jun kame, marcados por jabalinas con cráneos de onkalots, estaban todavía muy lejos.

Su intuición no le defraudó, aunque la parte del cerebro responsable del pensamiento lógico contribuyó a ello. Desde uno de los árboles le lanzaron unas bolas, que envolvió eficazmente sus patas traseras, haciéndole caer boca abajo, midiendo su longitud. El enemigo, bien entrenado, actuó rápidamente. Xajb'a Kej notó que dos jaguares humanoides saltaban hacia él —y que un macuahuitl se dirigía a su cabeza— antes de sumirse en la oscuridad xibalbana aturdido y dolorido.

***

Debía de estar lloviendo, o el enemigo lo arrastró a través de un arroyo más ancho durante el transporte, porque lo primero que sintió Xajb'a Kej cuando recobró la conciencia fue el roce del viento contra su pelaje despegado del barro. Abrió los ojos con cuidado. Durante un momento traumático temió perder la vista, pero afortunadamente resultó que su visión estaba perturbada por el intenso brillo del K'ajolom en el cenit. Si realmente había llovido antes, la lluvia ya se había evaporado al calor del despiadado astro, porque no se sentía la humedad.

El jaguar humanoide miró su cuerpo con dolor en sus ojos. Pudo ver los restos de barro, prácticamente arena, que caían al moverse. Comprobó que no parecía haberse hecho daño, salvo cortes y algunos moretones, el mayor de ellos en la cabeza. Estaba tumbado de lado en el cálido y duro suelo; por supuesto, le habían quitado todas sus armas. Sus patas traseras y delanteras estaban atadas con dos cuerdas. Desde su incómoda posición, miró a su alrededor. Se encontraba en una plaza pavimentada con losas de color gris-beige, de unos setenta pasos de diámetro. Aparte del camino que había sido cortado entre los árboles, estaba rodeado de selva por todos lados. En un punto, se agrupaban jaulas de madera con pájaros y otros animales capturados. Los achijes de jun kame caminaban por el enclave, ocupados con armas, mercancías o conversaciones, y unos pocos se reunían en torno al fuego rodeado de rocas. Xajb'a Kej los reconoció inmediatamente por sus figuras altas, aptas para el combate y la matanza, cubiertas de huesos, piedras y plumas. Los cahua[4] llevaban además pieles de animales sobre los hombros, así como cruces pectorales hechas con piedras volcánicas. Las pieles achij estaban cubiertas con pinturas que recordaban la decadencia y la muerte, especialmente el negro carbón alrededor de los ojos, que recordaba las cuencas oculares de una calavera. La atención de Xajb Kej fue captada por los reflejos

---

[4] De la palabra azteca tiachcahuan: líder; jefe.

solares. Por encima de las palmeras pudo ver la punta de una pirámide de piedra.

Ya no tenía dudas sobre su paradero. La pirámide de Tukumb'akam, el templo del monstruo. Había sido arrastrado a las afueras de Quehnay, la ciudad de los caníbales.

"Genial", gruñó, más enfadado consigo mismo que preocupado por la situación. No había tenido en cuenta que muchos miembros de jun kame eran telépatas. Era la habilidad dominante en esta tribu. Los que la tenían, aprendían a usarla a las mil maravillas. Debieron de captarlo telepáticamente mucho antes de que percibiera a los intrusos. Xajb'a Kej era el único telépata en chiq'aq, no tenía a nadie que lo entrenara, lo hacía todo él mismo. Y probablemente estaba muy atrasado con las habilidades en comparación con las de los miembros de jun kame.

Intentó sondear la mente de los achijes junto al fuego. Lo consiguió, pero no aprendió nada útil porque estaban pensando en cosas sin importancia y mundanas.

Había un telépata en el grupo. Un ruido mental llamó su atención. Reaccionó con un estupor momentáneo, levantando las orejas, luego miró al prisionero.

—¡Mira, ya está despierto! —Dijo burlonamente.

Otro achij, comiendo carne casi cruda sobre el fuego, saludó al alienígena con una sonrisa ensangrentada. Xajb'a Kej lo conocía demasiado bien.

Lolmet Kejnay se levantó de su posición agachada. Caminando perezosamente hacia él, sacó una daga de obsidiana de su funda. Xajb Kej se había encontrado una vez con Lolmet en un bosque en tierra de nadie. Por aquel entonces, el caníbal había sido un achij normal y corriente, ahora debía ser ascendido a cahua menor, porque llevaba una cruz pectoral hecha con pequeños colmillos de depredador alrededor del cuello. Xajb'a Kej trató de captar sus pensamientos, pero éstos bloquearon con éxito su mente. No era telépata, pero al igual que muchos miembros de jun kame sin esta habilidad, le habían enseñado a defenderse del espionaje; en un cahua, esta habilidad resultaba especialmente útil.

Kejnay se inclinó sobre el intruso, observó su cuerpo y luego empujó la punta de la espada hacia su garganta.

—Y eres tú otra vez —suspiró teatralmente— ¿Sabes por qué sigues vivo?

Xajb'a Kej no contestó, todavía estaba molesto porque, a pesar de todas las precauciones, se había dejado engañar y atrapar como un gatito con los sentidos embotados.

El caníbal presionó con más fuerza la hoja de piedra que casi cortaba el pelaje hasta la sangre.

—Contesta, chiq'aq, cuando los mejores y los más fuertes te lo pidan.

Xajb'a Kej había aprendido mucho antes que el psicópata jun kame no era ninguna broma. En su posición, también con el sentido del humor de los caníbales, que en su versión más suave terminaba con la arrancada de dedos, le convenía cooperar.

—Probablemente me necesites para algo.

—Ya veremos. Y tú sigues respirando, porque tu sangre es mitad jun kame, por tu padre.

Esto era desgraciadamente cierto. Xajb'a Kej había sido concebido durante las guerras tribales, cuando ninguno de los bandos había querido engendrar un hijo, y uno sólo había querido divertirse a la fuerza con la víctima.

Kejnay señaló la pirámide con su pata con la daga. Era allí donde se sacrificaban los onkalots de otras tribus, a menudo en gran número. Sonrió y, dando un golpe, sacudió la cabeza.

—Dime, ¿y qué voy a hacer contigo ahora, joven? Nos encontramos contigo mientras cazábamos. Y aún queda mucho tiempo para la ixiptla, el día del sacrificio. ¿Qué buscabas en el desierto, y solo?

A Kejnay se le unieron dos jaguares humanoides de su pequeño escuadrón. Xajb'a Kej no vio ninguna razón para inventar cosas en presencia del telépata.

—Venía a recuperar a Pek —anunció—. Devuélvemela.

—¿Ik? —Cahua se volvió hacia el telépata.

—Ha dicho la verdad —respondió.

Lolmet se levantó, miró a sus compañeros y los tres rieron a carcajadas, llamando la atención de los demás. Sólo los dos que se quedaron junto al fuego discutiendo, no se interesaron por el nuevo entretenimiento.

—¿Quién es Pek? —Preguntó.

—Alguien de chiq'aq —Xajb'a Kej trató de hablar con la mayor moderación posible sin pensar demasiado.

—Oh —sonrió Lolmet—, déjame adivinar. ¿Se trata de alguien cercano a ti, a quien chiq'aq te prohibió salvar, así que decidiste actuar por tu cuenta?

—Y tú ya lo sabes todo.

Kejnay le dio una patada en las costillas. Sorprendido, Xajb'a Kej recibió un golpe en la herida, que le dolió terriblemente, pero se las arregló para no comprometerse aún más y sólo se limitó a un siseo. Si los onkalots no tuvieran garras retráctiles, seguramente otras heridas habrían adornado su pecho.

—Eso es por tu estupidez —explicó Kejnay—. Sin embargo, me impresionó que quisieras ser un ejército de un solo hombre.

Los caníbales volvieron a reírse.

—¿Qué has hecho con Pek? —Gruñó Xajb Kej con audacia. Como jun kame apreciaba la valentía y el coraje, tal vez conseguiría algo yendo por ese camino—. ¡Sé que la has secuestrado!

—Incluso si es así, ¿por qué crees que te la devolveremos? ¿Por qué íbamos a hacer esto? ¿De dónde sale una idea tan estúpida? —Preguntó Lolmet, todavía riendo.

Oyó una refriega a sus espaldas. Los dos jóvenes que habían estado discutiendo antes por algo, se lanzaron el uno al otro como gatos salvajes, y ahora luchaban en el suelo. Kejnay hizo un volteó los ojos, sacudió la cabeza, y luego, sin ninguna puntería en particular, giró y lanzó su daga contra la pelea. La hoja golpeó a uno de ellos inofensivamente en el muslo, y el jaguar humanoide gritó.

—¡Suficiente! —El cahua rugió—. Es suficiente para dejarte solo por un momento...

—Están aburridos —dijo Ik.

—Aburridos, dices...

A Xajb'a Kej no le gustó la mirada que le dirigió Kejnay tras girar lentamente la cabeza hacia él. Fanática, hambrienta, aunque fuera fruto de los macabros pensamientos del caníbal. Xajb'a Kej se asustó sin demostrarlo de ninguna manera cuando Lolmet volvió a inclinarse sobre él. Con eficaces movimientos de sus dedos, le liberó de las ataduras con las que probablemente habría luchado durante medio día. Lanzó una mirada interrogativa al caníbal, que se sentó y se frotó las muñecas y los tobillos.

—Ustedes dos, vengan aquí. —Cahua asintió a los que habían luchado. El que tenía la pata herida, se ató la herida con pelusa, y cojeó, presionando sus dedos contra ella. Cuando se acercó, Kejnay retiró el material por un momento—. Dejará de sangrar enseguida. Lávalo con hierbas.

Xajb'a Kej no entendía en absoluto los métodos disciplinarios dolorosos y brutales que se practicaban entre los miembros de jun kame, aunque se utilizaban con cuidado. Más bien no le interesaba al cahua matar a sus achijes. Le disgustaba aún más el hecho de que lo liberaran. Intuía problemas.

—Hagamos ese trato. —Lolmet se puso ligeramente a horcajadas y cruzó los brazos sobre el pecho—. Para salvar tu vida, tendrás que sacrificar otras. Si nos proporcionas suficiente entretenimiento, te ayudaré con Pek. Tal vez los dos sobrevivan. Pero si te niegas, te mataremos y pondremos tu cráneo en la estela de la frontera junto a chiq'aq.

—Me parece que no tengo otra opción. —Xajb'a Kej se levantó. Él y Lolmet eran de la misma altura, pero el onkalot de chiq'aq podía presumir de una mayor masa y una musculatura mejor desarrollada. Sin embargo, sabía que, si hubiera querido atacar al líder de la unidad de jun kame, habría sido rápidamente neutralizado por Kejnay, que era mayor que él, y sin la ayuda de sus compañeros.

—Estás en lo correcto. —La voz del miembro de jun kame destilaba veneno e ironía. Un presagio de diversión cruel adaptada a los gustos locales.

—Entonces, ¿qué se supone que debo hacer? —Xajb'a Kej también metió las patas en la cesta.

—Trae al hombre, Muluc —se volvió Kejnay hacia el achij que luchaba con el jaguar humanoide con el muslo herido.

Xajb'a Kej frunció el ceño. Probablemente había escuchado esta palabra en el anterior encuentro con los caníbales. Incluso en chiq'aq se había escuchado algunas veces recientemente.

Muluc, llamando la atención del grupo, se dirigió hacia las jaulas. Se situó junto a una de las que estaban más cerca de los árboles, que Xajb'a Kej no podía ver debido a las aves de colores atrapadas con grandes plumas. Pero cuando se dio cuenta de lo que achij sacaba, su pulso se aceleró, como si hubiera terminado una corta e intensa carrera; aturdido, contuvo la respiración.

Demonio de las estrellas.

Vestida con una túnica ajustada de material brillante.

Uno de los jinetes de la pirámide metálica que se había instalado lejos de Quehnay y chiq'aq, pero la gran distancia no significaba seguridad en absoluto.

Mientras Muluc lo conducía sin delicadeza, con las manos atadas a la espalda, Xajb'a Kej pudo verlo bien por primera vez. Nunca había visto a un demonio en vivo, sólo había oído varias historias sobre ellos que parecían absurdas comparadas con lo que veía con sus propios ojos. ¿Cómo podía algo tan frágil, pálido, sin pelaje (aparte de esa paja color rayo de K'ajolom en la cabeza), boca, colmillos, garras, músculos y cola, ser una amenaza mortal para un Chulimal?

Se dio cuenta de que el sonriente Kejnay debía haber entendido su razonamiento, porque le contestó:

—Ellos mismos no son peligrosos, pero sus armas son mortales. Tuvimos que sacar a este de un caparazón, tan duro como cien armaduras de tortuga, tardamos mucho tiempo. Antes de que los onkalots estuvieran en pie de guerra con los humanos, los habíamos observado desde la clandestinidad, llegamos a conocer un poco su lenguaje. Hizo un gesto con la pata hacia el plomo—. Es una hembra. Las llaman mujeres.

—¿Qué has hecho...? —Esta vez Xajb'a Kej no ocultó su miedo—. ¡Nos matarán a todos si encuentran a esta hembra!

—No lo harán. —Kejnay sacó un pequeño objeto negro de una bolsa que llevaba en la cintura. Parecía un poco una placa de obsidiana perfectamente pulida en forma de bloque cuadrado, llena de cortes y protuberancias en miniatura—. Se llama transmisor. No sé cómo funciona, pero gracias a él pueden hablar entre ellos a distancia, también rastrearse, aunque no puedan verse ni oírse. He oído que los humanos lo llaman tecnología, sea lo que sea. Las cosas dañadas del hombre son tan inútiles como sus patéticos y frágiles cuerpos sin armadura.

Cahua arrojó el transmisor roto bajo los pies de la mujer. Muluc la obligó a caer de rodillas, con la cabeza agachada por el miedo, no iba a levantarse, de todos modos.

— ¡Por qué la has traído, te traerá problemas! —Xajb'a Kej, no menos asustado, ya sabía lo que Lolmet le ordenaría hacer, pero intentó utilizar cualquier argumento para convencerle.

— Los vi matar a los nuestros. Lo llaman un fusilamiento. Era una de las ejecutoras. —Lolmet agarró a la desconocida por el pelo y le levantó la cabeza. Xajb'a Kej vio miedo y resignación en sus ojos azules. Habiendo reconocido que era un compañero de miseria, pareció juzgarlo para ver si era como los demás—. Como entre los chiq'aq, también entre los humanos, las mujeres son aparentemente achij. —Escupió al suelo. En la tierra de jun kame, sólo los machos podían ocuparse de la lucha, lo que estaba relacionado con una mayor fuerza y una estructura corporal más fuerte. Las hembras, en cambio, eran consideradas más inteligentes y astutas, aunque no eran inferiores en crueldad a los achijes, por lo que formaban parte del consejo gobernante—. Se sentía demasiado confiada con su arma luminosa de largo alcance, y se adentró en el bosque. Pero allí ya la estábamos esperando. Las armas de los humanos también piensan de alguna manera, funcionan un poco independientemente de ellas, pero afortunadamente descubrimos por accidente que en presencia de la roca volcánica ayin, sus "escáneres" no podían vernos. La mujer debe morir ahora. Y como lo has adivinado, tú le quitarás la vida. —Kejnay sonrió amablemente.

Todos los onkalots de la plaza se interesaron por la escena que se desarrollaba, como si "le quitarás la vida" fuera la consigna clave que ordenaba detener las actividades realizadas.

—Ella no me hizo nada —susurró Xajb'a Kej. La línea de su defensa sin sentido se derritió como la cera de abeja al sol—. ¿Y por qué a mí?

—¿Por qué no? —Lolmet extendió sus brazos—. ¡No seas egoísta, dale a nuestro valiente achij un poco de entretenimiento!

—¿Qué garantía tengo de que cuando complete esta tarea no perderé la vida?

—Ninguna, excepto mi palabra. Aunque tu sangre esté manchada por chiq'aq, seguiría siendo una pena derramar la otra mitad sin sentido.

Xajb'a Kej gruñó mostrando sus colmillos.

—Si vuelves a insultar a mi madre... —Dos achij sacaron sus dagas, el cahua les hizo un gesto para que las escondieran—. ¿Qué debo hacer? —Preguntó Xajb'a Kej al cabo de un rato, queriendo acabar con esta pesadilla lo antes posible, antes de que se enfadara lo suficiente como para atacar a los caníbales, firmando así su propia sentencia de muerte.

Kejnay miró elocuentemente a Ik y su sonrisa se amplió. El telépata se rio de forma desagradable, y luego asintió con ganas.

—Deja que lo haga. Será divertido —dijo.

Más que el acuerdo silencioso, a Xajb'a Keja le perturbó la sonrisa socarrona de Kejnay Lamer, que miraba a la mujer como un lagarto a un jugoso escarabajo.

—Cómetela —ordenó alegremente el miembro de jun kame.

—¡¿Qué?! —El residente de chiq'aq retrocedió dos pasos. No pudo seguir, porque se encontró con un muro de pocos achijes que apareció detrás de él, no se sabe cuándo.

—¿Qué es lo que no entiendes? —Preguntó inocentemente Kejnay. Extendió su garra y arrancó algo entre el canino y el incisivo, que sacó de un tirón.

—Es demasiado grande —se defendió Xajb'a Kej de todas las formas posibles para no hacer caer la catástrofe sobre onkalots. Tampoco se creyó la versión de chiq'aq de que los recién llegados a la estrella eran demonios; el único dato que cuadraba era que eran de la oscuridad; pero era lo suficientemente inteligente como para saber que dañar a alguien que poseía "tecnología" sería fatal. El miembro de jun kame no parecía darse cuenta de ello o confiaba demasiado en su fuerza e inteligencia—. Apenas podría comer menos de la mitad de su cuerpo.

—Etznab —Lolmet, aburrido, se dirigió a otro achij—. Nuestro invitado que ha sido criado por la tribu chiq'aq, aparentemente no sabe lo que le da la sangre jun kame. Así que, por favor, muéstrale nuestras capacidades.

—¿Pájaro?

—Que sea un conejo.

Esta vez, Etznab se acercó a las jaulas. Eligió la correcta y abrió la puerta. Deslizó su pata con los dedos extendidos en el interior para agarrar el pliegue del cuello de un conejo indefenso y grande. Con algún tipo de control sobre el aterrorizado animal haciendo pequeños círculos en el aire, volvió hacia Lolmet. Ni siquiera le importó ser arañado por las garras de las patas traseras del conejo.

Kejnay rodeó juguetonamente a Xajb'a Kej con el brazo, le apretó la cabeza y le susurró:

—Mira bien ahora.

El corazón de Xajb'a Kej empezó a latir más deprisa, y en el vientre apareció una presión largamente indetectable, que tenía algo que ver con el horror de la fascinación, cuando Etznab levantó el conejo con la boca hacia él y abrió de par en par su boca babosa. El animal comenzó a agitarse en pleno pánico, pero incluso agitando sus garras en todas direcciones, no tenía ninguna posibilidad contra el depredador, mucho más fuerte y grande.

El onkalot se metió en la boca la cabeza del conejo que luchaba sin sentido y comenzó a moverla hacia la garganta humedecida. Apretó las extremidades delanteras del animal contra el esponjoso torso marrón.

Xajb'a Kej estaba seguro de que se trataba de una especie de broma de mal gusto, que debía desequilibrarle, y que terminaría cuando lograra su objetivo, cuando observó con estupor cómo la mandíbula de Etznab se inclinaba cada vez más al empujar el enorme cuerpo hacia el esófago elástico. Por primera vez, observó en un humanoide que la mandíbula inferior y los huesos del cráneo no estaban fusionados, sino que estaban atados de forma suelta con articulaciones y ligamentos, de modo que podían deslizarse a distancias impresionantes. Los chiq'aq no podían hacer eso. Otras tribus probablemente tampoco. Los chiq'aq se alimentaban a medias de plantas, mientras que la carne obtenida de la pesca y la caza se trituraba y luego se procesaba con fuego antes de consumirla. Comerla cruda, o incluso consumir criaturas vivas enteras, estaba prohibido, porque esta forma de consumo se consideraba antihigiénico, primitivo y bárbaro. Aparentemente reconciliados con su naturaleza, los jun kame no tenían esos dilemas.

En Xajb'a Kej algo empezó a despertar, como una larva parásita en un huevo roto[5]. Un viejo sentimiento que estaba atascado en algún lugar bajo el peso de los túneles cobró vida.

Recordó que cuando era un gatito, una vez durante un entrenamiento de los pequeños en el campo, había visto cómo una serpiente se comía una enorme rana desgarrada. El animal la

---

[5] Año sideral en Chulimal.

devoró literalmente entera. Fue una sensación ambivalente, por lo repulsiva, pero también emocionante. Q'ualel, que los había cuidado, había llegado y, por supuesto, había tenido que arruinar todo. Había cogido a Xajb'a Kej, le había dado una bofetada en la cabeza y le había prohibido admirar la forma de alimentarse del reptil. No podía terminar de otra manera que con el despertar de una inquisición reservada en él; el pequeño Xajb'a Kej no había entendido por qué muchos chiq'aq habían considerado algo natural como un crimen. Pero él siempre había pensado de forma diferente al resto, se había resistido culturalmente. Había intentado comprender la naturaleza de la serpiente comiendo en secreto primero insectos y luego roedores vivos. Les había arrancado las mandíbulas, los dientes o las garras para que no le hicieran daño por dentro. Le había gustado mucho como el contenido vivo y aterrorizado había bajado por su esófago, y luego durante un rato se había retorcido deliciosamente en su estómago. Algunos escarabajos habían aguantado todo el día, picando y haciendo cosquillas, antes de morir finalmente en los jugos gástricos. Para Xajb'a Kej había sido como una dominación incondicional y una sensación de poder.

El tiempo y los nuevos retos de la vida habían sofocado estas inclinaciones. Los chiq'aq le habían educado según sus normas sociales, queriendo a toda costa destruir en él todo lo relacionado con jun kame que habían odiado.

El tramo que conducía al estómago de Etznab resultó ser muy flexible, y la absorción de la gran presa también fue posible gracias al deslizamiento de los huesos del torso. Ayudándose con las patas, el jaguar humanoide introdujo en sí mismo con poca dificultad todo el conejo, moviéndose hasta donde se lo permitían los apretados músculos del esófago.

—¿No se ahogará? —Preguntó Xajb'a Kej, fascinado. La alimentación de los caníbales le recordaba a la serpiente.

Kejnay, que se había alejado de él antes, adivinó enseguida que se trataba de Etznab.

—Los jun kame, al absorber grandes trozos, pueden aguantar la respiración durante mucho tiempo.

Etznab cerró sus fauces y tragó el último contenido con una ligera resistencia. Todo el conejo, aún vivo, acabó en su estómago. El vientre en movimiento del satisfecho jaguar humanoide que se relamía con deleite era ligeramente convexo.

El jun kame parecía estar disfrutando de las reacciones de Xajb'a Kej, cuya percepción del mundo se había reducido al estómago de Etznab y al animal apretujado en su interior. Luchando cada vez más débilmente. "Qué muerte tan terrible" pasó por su cabeza.

—Están locos y dementes —dijo.

—No puedes negar que te ha gustado. —Se estremeció cuando Lolmet, moviendo la cola, lo despertó de su delicioso entumecimiento con ese anuncio. Xajb'a Kej habría quitado de buena gana esa horrible y bonita sonrisa de su boca con el puño. De hecho, no podía negar que había algo excitante en este despiadado y horrible espectáculo de conejos.

—Tú también puedes hacerlo. Ahora es tu turno. —Kejnay apuntó con su garra a la mujer, de la que brotó todo el coraje que había mostrado, revelando el miedo puro, animal y primitivo como en el lagomorfo previamente devorado—. Si quieres vencer a tu enemigo, tienes que matar a sus hembras. Vale la pena recordarlo.

—¿Y los huesos?

—Lleva mucho tiempo, pero también los digerimos. Si no tienes una pelea, una huida o cualquier otra cosa que fuerce tu cuerpo en los próximos días, puedes comer algo así y luego descansar. Ahora ponte a trabajar.

La bestia que llevaba dentro quería intentarlo. La parte civilizada de su identidad se lo prohibía. Los genes de su padre luchaban contra los de su madre. La naturaleza con la crianza. Maldijo al jun kame por lo que había hecho con su psique.

—Esta mujer es tu enemigo —continuó Kejnay sorbiendo veneno en su mente con una voz sibilante y adoctrinadora—. Nos matarán a todos si no los detenemos. Para ellos solo somos alimañas. Nos infligirán sin escrúpulos: dolor, sufrimiento y muerte; aunque nos sometamos a ellos. —El jun kame, sin embargo, no se humilla ante nadie, la humildad es vergonzosa, es el dominio de las víctimas. Ahora haz con ella lo que Etznab hizo con el conejo.

Xajb'a Kej miró al jaguar humanoide en cuclillas, su estómago ya no se movía.

—Vamos —continuó Lolmet.

Xajb'a Kej cayó de rodillas frente a la pequeña mujer. Ella levantó la vista hacia su rostro de jaguar. Vio en sus ojos azules una inteligencia elevada, casi divina, y por lo tanto inquietante. Esta gente había bajado de las estrellas hasta aquí, así que era posible que también vinieran más. Los onkalots sabían muy poco de ellos. En el rostro de la mujer había miedo, tristeza, pero también reconciliación con su destino. No notó una pizca de rencor dirigida a él. Entendía perfectamente que él formaba parte de la obra enferma, y ella también.

El achij desató la cuerda que ataba las manos de la víctima y le quitó la ropa, dejándola completamente desnuda, tratando ineptamente de cubrirse con las manos. Ik apenas rozó la piel de su antebrazo con su pata, y enseguida se formó allí un arañazo y empezó a rezumar sangre, del mismo rojo que la de los jaguares humanoides. Xajb'a Kej no podía entender cómo los dioses (realmente no creía en ellos, pero solía llenar los vacíos de su ignorancia con ellos) podían crear algo tan poderoso y delicado al mismo tiempo. Los peces y las ranas tenían una piel más firme, y estaban entre las criaturas más delicadas de Chulimal. Sin embargo, una cosa le preocupaba constantemente: los onkalots y los humanos eran muy parecidos en muchos aspectos. En chiq'aq, estaba prohibido comer seres inteligentes.

Observó el cuerpo de la mujer. Él era más de tres veces más pesado que ella.

—No va a entrar —escupió las palabras casi con obviedad.

—Entrará —respondió Lolmet con desprecio—. Si su cabeza pasa por tu boca, y pasará seguro, el resto también podrá soportarlo.

Xajb'a Kej bajó la cabeza.

—No puedo…

—Veo que sigues luchando como ese conejo. —Kejnay se agachó junto a él. En su pata estaba de nuevo la daga de obsidiana, que agitó frente a él—. ¿Eres estúpido o te han golpeado demasiado fuerte en la cabeza? —Preguntó impaciente—. Te he dicho lo que ocurrirá si te niegas a cooperar conmigo. ¿Te lo describo con detalle? Bien. Si te niegas, le cortaré suavemente la garganta a esa hembra —le tocó la barbilla con la hoja y la levantó ligeramente—, y créeme, conozco muy bien mis métodos. Haremos que veas al menos durante dos q'ijes cómo muere delante de tus ojos, su vida se drena de ella gota a gota. Esto resultará tan aterrador que verás tu propio futuro. Y entonces Pek probablemente también morirá, ya que no quedará nadie para salvarla. Mata a la mujer y ambos sobrevivirán.

Con picardía, se acarició el pelaje entre las orejas y se levantó.

—Extiende tus garras —dijo la mujer en angloamericano.

—¿Qué está diciendo? —Xajb'a Kej miró al achij.

—He entendido la palabra garras.

Kejnay puso la daga en una funda de cuero.

—Ella quiere que las extiendas —completó Ik.

—¿Para qué? —Preguntó Xajb'a Kej—. ¿Y cómo sabes lo que dice?

—Resulta que la telepatía de los jun kame también funciona con las personas. Veo sus pensamientos en forma de imágenes. No entiendo mucho de sus cabezas, pero algunas imágenes son universales.

—¿Para qué necesita mis garras?

—Ella sabe que va a morir pronto. Quiere sentir lo más posible como si un gran animal la estuviera matando. Es difícil para ella aceptar el hecho de ser tratada de esta manera por otra inteligencia.

—Basta de esta farsa. —Lolmet agitó sus patas—. Esto ya ha tardado una eternidad. ¡Vamos a empezar!

Los ojos de la mujer y de Xajb'a Kej volvieron a encontrarse. Como ella le pidió, él le extendió sus garras felinas gato. Ella le asintió agradecida. Levantó el brazo y le tocó el pelaje en el lado izquierdo del hocico, lo acarició con los dedos, doblándole el bigote. Xajb'a Kej entrecerró los ojos, inclinó ligeramente la cabeza en esa dirección y apoyó su gran pata en la mano de la mujer. Al contrario que Ik, que le superaba varias veces en habilidad, no podía leer nada de su mente. Pero aún podía percibir su miedo con sus sentidos de depredador, que intentaba controlar y que lo hacía bastante bien. Ahora parecían amigos despidiéndose. Decidió que intentaría ser lo más amable posible. Ayudaría a esta, en su opinión, inocente criatura a pasar al otro lado en paz. Miró su delicada garganta. Por un momento estuvo tentado de atacar rápidamente y en dos tiempos para acabar con el sufrimiento de la mujer con sus colmillos, y así con la diversión del jun kame.

—Ni siquiera lo intentes. —Por supuesto, Ik tuvo que seguir todo lo que pasaba por su cabeza.

Cada vez más irritado, Kejnay tomó un recipiente de cáscara de coco de alguien, sacó el corcho y lo puso bajo la nariz de Xajb'a Kej.

—Es para darte valor, porque si no, probablemente nunca empezarás. Bebe —el onkalot tomó unos cuantos tragos de alcohol picante hecho de cactus y otras hojas suculentas. No creía que le ayudaría en su dilema, pero quizá le aliviara un poco.

Sintió una agradable sensación de ardor en la boca, el esófago y, finalmente, en el estómago. Desde el interior, un calor reconfortante comenzó a extenderse rápidamente por su cuerpo. También surgieron inmediatamente algunos pensamientos valientes.

Se preguntó cuál sería la mejor manera de calmar a esta mujer, de aturdir su mente para que pudiera soportar mejor su final, y se le ocurrió que haría lo que las madres hacían con los gatitos traviesos que no querían irse a la cama por la noche. También era útil en el caso de las hembras asustadas por el primer coito con su pareja. A Pek le funcionó. Xajb'a Kej esperaba que las sustancias contenidas en su saliva también tuvieran efecto en los humanos.

Se acercó a la mujer. Sacó la lengua y la arrastró por un lado de su cara, rozando la suave piel con el cálido aliento, y cuando ella reaccionó con una ligera sorpresa más que con asco, repitió la acción en el otro lado. Sabía a la sal y a la madera de la jaula, también a la dulzura de una carne frágil. Se llevó la mano de ella a la boca y la chupó por un momento. Bajó la cabeza, le tocó el vientre con su cálida lengua, subiéndola entre los pechos, hasta la parte superior del cuello. Se movió detrás de la mujer, la agarró por los hombros con sus garras y empezó a lamerle la espalda. El método parecía funcionar, porque ella empezaba a relajarse. Las mismas emociones, las reacciones similares, la telepatía actuando sobre la mente, el aturdimiento con las sustancias contenidas en la saliva… Xajb'a Kej no dudaba de que los humanos y los onkalots, aunque estuvieran divididos por las estrellas, debían estar relacionados de alguna manera.

Ella cerró los ojos mientras él los lamía con su lengua húmeda tan grande como toda su cara.

Ignorando las risas y burlas de su entorno, se agachó, agarró a la mujer por los hombros y la acercó a su boca. Tras una breve vacilación, tocó su frente con la de ella.

—Me gustaría saber tu nombre —susurró.

—Jenny.

Apartó la cabeza y la miró sorprendido. Esa palabra extranjera de significado desconocido, pero que sonaba hermosa, podía ser efectivamente un nombre. Se preguntó si era así y, en caso afirmativo, si la mujer había aprendido algunas frases básicas en oncalot, o si había adivinado lo que él le había preguntado.

—Bonito nombre. Si alguna vez tengo descendencia, convenceré a mi compañero para que llame a la hembra así. En memoria de la valiente mujer de las estrellas. Al menos esto es lo que puedo hacer.

Ella le sorprendió aún más cuando le rodeó el cuello con sus brazos. Él le devolvió el abrazo. Estaba completamente perdido en todo esto; la situación era tan anormal que no podía encontrar una palabra adecuada para ello. Para salvar a una hembra, por puro entretenimiento, se le ordenó que se comiera a la otra, y la víctima, sin resentirse por su destino, abrazó al depredador que iba a matarla. ¿Pero quién era él para juzgar el comportamiento de las criaturas estelares?

—Es la hora —dijo él, acariciando su mejilla—. Perdóname, pero no puedo hacer otra cosa. Ambos somos sus víctimas.

Entendió el mensaje, pero no las palabras. Asintió con firmeza, mordiéndose los labios para evitar que se movieran.

Xajb'a Kej abrió las fauces y se metió la cabeza de Jenny en la boca, sintió su respiración acelerada en la lengua y el pulso desbocado en la garganta. De todas formas no era malo, porque ella podía gritar y luchar como ese pobre conejo. Su corazón también se estaba volviendo loco: por la ansiedad, el profundo arrepentimiento, la vergüenza... y por esta maldita excitación. Lo quisiera o no, el depredador primitivo había despertado en su interior. Ya no tenía que defenderse y mentirse a sí mismo que era lo contrario: disfrutaba comiéndose vivo a un ser inteligente. Era una sensación un tanto placentera, como si en una pelea uno a uno hubiera derribado a un enemigo digno o se hubiera apropiado por la fuerza de tierras enemigas. Sentía exactamente lo mismo que en el caso de los insectos y los animales en la infancia.

Xajb'a Kej siguió haciéndolo como Etznab le había enseñado con el conejo. Apretó los brazos de Jenny contra su torso y comenzó a deslizarla tranquilamente con sus patas hacia su garganta. El jun kame comentaba enérgicamente, daba indicaciones, reía y aplaudía, como si estuviera viendo un divertido y sangriento duelo en una arena. El onkalot trató de olvidarse de su existencia. Concluyó con asombro que estaba ocurriendo exactamente lo que le había dicho Kejnay: su cráneo y su mandíbula inferior se alejaban el uno del otro como si se tratara de un miembro de jun kame de pleno derecho. Como en una serpiente. Tenía un cuerpo liso, sin las incómodas creaciones de la epidermis, como cuernos o plumas erizadas, y el humedecimiento adicional con la saliva lo hacía aún más propicio para su movimiento en sus vísceras.

La cabeza entró fácilmente en su dilatado esófago, y el resto del cuerpo desnudo de Jenny comenzó a deslizarse detrás. Xajb'a Kej sintió claramente sus tics nerviosos y sus sacudidas no más fuertes que las vibraciones, porque ella estaba apretada por sus músculos y tenía poco margen de maniobra. Se esforzó por no pensar en lo que la mujer podría haber sentido en ese momento, en el oscuro, húmedo y claustrofóbico espacio reducido, escuchando los sonidos de la inminente perdición de sus entrañas. Se le metió en la cabeza que por eso los depredadores tenían colmillos largos y mandíbulas fuertes: para matar a su presa antes de tiempo y evitar que pasara por la peor pesadilla de su vida. Para pesadilla de las víctimas, algunos cazadores, por desgracia, se habían salido de este patrón.

Le rozaba el vientre con los dientes y pronto sus colmillos tocaron los muslos de Jenny. Sintió que su cabeza se deslizaba hacia su estómago. Durante el tiempo que duró la ingesta, como anunciaron los jun kame, no respiró, pero no sintió ninguna molestia por ello. Nunca había devorado algo tan enorme sin desgarrarlo y masticarlo; su peristaltismo no lo soportaba bien y habría fracasado si Xajb'a Kej no se hubiera apoyado en sus patas. Se dio cuenta de que estaba barriendo nerviosamente las losas de la plaza con su cola. De izquierda a derecha, de izquierda a derecha.

Finalmente, los pies de Jenny se encontraron con su lengua. Apretó los dientes, atrapando definitivamente a la víctima en su cuerpo. Los globos oculares se adentraron más en su cráneo mientras tragaba con fuerza y sonoridad.

La mujer entera llegó a su estómago, pudo sentirla en posición fetal, la presión contra las paredes plegadas. Dioses, ¡se movía allí! Le pareció que ella presionaba desde el interior con su mano su agrandado abdomen, colocó su pata allí. Las garras seguían extendidas en todas las extremidades, así que las retrajo hacia sus dedos. Quiso creer que Jenny se sentía un poco mejor al saber que había sido devorada por algo parecido a un animal.

El cuerpo empezó a pedir reposición de aire; Xajb'a Kej jadeaba con fuerza por la boca, con la lengua fuera. Se desplomó hacia un lado. Antes no se había dado cuenta de lo cansado que estaba de este consumo, sobre todo mentalmente. Recordó que no estaba solo allí.

Kejnay aplaudió despreocupadamente, mirándolo por debajo de su cabeza inclinada.

—¿Y? No digas que no fue genial y que no te sientes celestial.

—Que mueras en agonía, y que los xibalbanes jueguen al ulama con tu cráneo…

Por desgracia, se sentía cómodo con lo que acababa de hacer. El término «celestial» encajaba perfectamente aquí. Por eso quiso encajar a Kejnay maldito por decirle la verdad en la cara. Al menos podría excusarse trayendo al culpable a la palestra: Lolmet resucitó en él su lado oscuro de su primera juventud. En cualquier caso, Xajb'a Kej sintió pena por Jenny. Los desconocidos de la estrella no le habían pisado, no le guardaban rencor y tenía que pagar por la animosidad de alguien.

Una vez terminada la horripilante representación, algunos achij volvieron a sus actividades. Se nubló, de las densas nubes grises comenzó a gotear la lluvia, que rápidamente se convirtió en un aguacero tropical. Detrás de la pirámide de Tukumb'akam centelleó el blanco y el azul, un poderoso rayo barrió el enclave casi de inmediato.

Kejnay se arrodilló junto a Xajb'a Kej, sosteniendo en su pata la fruta sacada de la bolsa y mordisqueándola.

—Hablando de cráneos —dijo—, me lo darás por la mañana—. Los postes para atar el ganado sobresalían del suelo cercano. Muluc tiró de una gruesa cuerda hacia uno, mientras Ik ponía un grueso collar alrededor del cuello de Xajb'a Kej hecho de oro, un mineral que abundaba en algunas partes de Chulimal.

—¡Dijiste que no me matarías! —Gritó Xajb'a Kej.

—¡Tú cráneo no! —Lolmet indicó su vientre—. Su cráneo. Deberías expulsarlo por la mañana.

La devolución de los restos no digeridos se producía en los onkalots de fuera de la comunidad de jun kame que comían partes duras como cáscaras de nuez o epidermis con una comida valiosa. Sin embargo, Xajb'a Kej no entendía qué debía devolver, ya que había comido quizás la carne más fácilmente digerible de su vida, y se suponía que los huesos también se disolverían.

Otro rayo cayó. Los huesos.

Al mencionarlos, Xajb'a Kej se sintió como si hubiera sido golpeado desde el cielo por la ira de los dioses. Concentrado en la situación traumática y en los sentimientos de la víctima, no pensó en el hecho de que pronto tendría el gran esqueleto dentro de él.

El aguacero empapaba cada vez más el pelaje de los onkalots. La mayoría de los que habían estado en la plaza ya se habían ido hacia la ciudad o habían desaparecido en el bosque. Las jaulas fueron retiradas, el fuego se apagó.

Xajb'a Kej se dio cuenta de que solo podía alejarse del poste tres pasos. Sin embargo, era suficiente para esconderse bajo un refugio de madera con un comedero para el ganado, cosa que aún no había hecho. Sentarse en el suelo bajo el chorro de lluvia le dio esa pequeña paz que tanto necesitaba. Los objetos que le cautivaban parecían sólidos, e incluso en un frenesí salvaje no habría tenido oportunidad de romper el collar o arrancar un pesado poste de losas de piedra.

—¿Qué se supone que significa eso? —Preguntó agresivamente—. ¡Devuélveme a Pek! Tráela aquí ahora, ya que he accedido a tu estúpida petición.

Se levantó. No se sentía especialmente pesado con la mujer en su vientre, pero tenía que olvidarse de los saltos largos y las carreras rápidas durante un tiempo, si es que salía vivo de esta zona. Se sintió vacío y deprimido al darse cuenta de que el contenido de su estómago ya no se movía—. Así es mejor —pensó— dormirse tranquilamente por falta de aire que morir desangrándose en las rocas—. ¿Era realmente ser devorado una forma de muerte tan terrible como le había parecido antes? ¿Quizás la mejor, con calor, paz y, en cierto modo, una sensación de seguridad?

Kejnay extendió los brazos.

—No tenemos a ninguna Pek. —Se rio.

Xajb'a Kej se abalanzó sobre él, pero se ahogó cuando el aro le apretó la garganta.

—¡Me han engañado! ¡Eres un monstruo, un mentiroso! ¡Esta es tu única característica!

—No te he mentido. Dije que te ayudaría con Pek, no que te la daría. Y te ayudaré de manera que sobrevivas y puedas buscarla. No hay ninguna Pek con nosotros. No sacrificamos hembras, y no necesitamos esclavos para trabajar ahora.

—Ni siquiera sabes quién es. Nunca la has visto. —Durante otro relámpago, Lolmet lucía con sus espantosas pinturas en la cabeza como si hubiera sido un oscuro habitante de Xibalba, el reino de la muerte. Con su pelaje húmedo y engominado, parecía un cadáver en descomposición.

—Ningún esclavo o víctima —explicó— es anónimo aquí, aunque probablemente lo parezca a todo el mundo desde fuera. Recuerda que los jun kame son telépatas. Si yo fuera tú, buscaría a Pek entre los amigos de las estrellas. A nuestro achij, ya lo han matado. Dame la calavera mañana y serás libre.

Pronto Xajb'a Kej se encontraba solo bajo la lluvia. Mojado hasta el último mechón, finalmente se escondió bajo los troncos de madera.

Cuando las nubes de tormenta se movieron a otras partes del bosque, el onkalot se acurrucó en un ovillo y trató de dormirse. Las emociones que bombardeaban su mente, relativas tanto a la melancolía como a la experiencia culinaria, no le permitieron hacerlo durante mucho tiempo.

***

Le despertaron los ruidos que salían de su tripa, como si el barro se hubiera depositado allí. Tres ciervos que andaban sueltos, mordisqueando la hierba del pasto, también les prestaron atención. Por un momento miraron al jaguar humanoide con interés, triturando perezosamente la comida con sus mandíbulas. Ya no llovía desde el cielo nublado; a Xajb'a Kej le pareció que había mucha más luz que cuando había estado cabeceando.

—¡Eh, tengo que ir al bosque! —Llamó a un grupo de caníbales maduros que estaban aburridos cerca de los árboles, observando a los jóvenes que se golpeaban con escudos y macuahuitls. Cuando le ocurría algo a alguno de ellos, alguien se magullaba la rodilla tras recibir una patada, por ejemplo, el maestro lo llamaba bruscamente y le decía que volviera rápidamente a la pelea. Los jóvenes así lo hacían. Entre los jun kame se despreciaba la debilidad. Un alumno no sentía pena por el otro, no mostraban amistad, luchando por parejas, se comportaban como enemigos mortales.

Xajb'a Kej fue ignorado.

La presencia del ganado y su estiércol resultó ser beneficiosa. Cuando al jaguar humanoide le pareció que nadie miraba en su dirección.

Todavía tenía mucho sueño, estaba demasiado cansado para sucumbir a la influencia atormentadora de los pensamientos o para ver los matices de su cuerpo. Pronto se sumió de nuevo en la inexistencia.

Soñó que en un cruce de caminos hablaba con una calavera humana que colgaba de un árbol y le indicaba el camino.

***

Esta vez le despertó el jun kame pinchándolo con una jabalina, que, por curiosidad, se acercó a comprobar el estado del forastero. El K'ajolom colgaba bastante alto en el cielo sin nubes, pero aún no hacía el suficiente calor como para secar del todo los charcos. Se llevaron el ganado y limpiaron los desechos; Xajb'a Kej se enfadó consigo mismo por haber dormido en esos momentos. El achij debería haber estado siempre atento. Le echó la culpa al alcohol, que también se manejaba con cuidado, por cierto, porque embotaba los sentidos. Kejnay debió de darle algo fuerte a propósito, viendo el estado mental en que se encontraba.

El jun kame de la jabalina se fue aburriendo. Xajb'a Kej bostezó ampliamente y se llevó la mano a la barriga con la pata. Comprobó con sus almohadillas que era mucho más pequeña que cuando se había comido a Jenny, y las protuberancias antes pastosas habían desaparecido. Ahora notaba una dureza curvada, y mucho espacio entre ellas.

Se sentó bruscamente, como si le hubieran ordenado ir a la guerra.

Los jugos gástricos ya habían conseguido digerir toda la carne humana; era lo que esperaba debido a su delicadeza y poca fibrosidad. Pero no había terminado. El proceso, que requería mucha energía, aún mantenía el ritmo cardíaco de Xajb'a Kej elevado, tenía calor y sus órganos internos estaban agrandados.

Unos cuantos jun kame paseaban por la plaza, pero ninguno le prestó atención. Ignorando las moscas que se metían en su pelaje, Xajb'a Kej se tumbó sobre las losas con un fuerte suspiro. Se pasó los dedos por los pelos del estómago, intentando reconocer los huesos que sobresalían. Sintió fácilmente el que quería Kejnay. Al jun kame le encantaban los cráneos, los adoraba. Construían con ellos muros llamados tzompantli, los guardaban como trofeos, los colocaban en las fronteras de los territorios conquistados por la fuerza, los utilizaban para las apuestas, los juegos deportivos, y lucían fragmentos de ellos en joyas. Xajb'a Kej sospechaba que Lolmet necesitaba un cráneo humano para algo concreto, pero por alguna razón prefería conseguirlo con las zarpas de otro, sin involucrar siquiera a sus propios achijes en el proceso. Y en lugar de hacerlo rápidamente, con la decapitación más ordinaria, indolora y honorable, decidió divertirse a costa de Jenny y Xajb'a Kej, humillando a ambos.

Lolmet no tardó en aparecer, acompañado de Muluc, Etznab e Ik. Xajb'a Kej no tenía ni idea de por qué Etznab necesitaba una jabalina carbonizada, y el telépata un saco de algodón que olía a quemado en algunas partes.

Kejnay, por su parte, se acercó a él con un garrote. Lo presionó contra el vientre de Xajb'a Kej, que estaba siendo sujetado por Muluc, y golpeó con satisfacción la esfericidad justo al lado del orificio cardíaco, antes de que la pata del molesto jaguar humanoide, que se soltó de su agarre, hiciera caer la madera.

—Perfecto. —El jun kame miró las losas de piedra por un momento—. Estoy impresionado —dijo después de inspeccionarlo—. Esperaba un enorme vómito de hueso aquí, pero resultó que tu sistema digestivo es más fuerte de lo que pensaba. Sin embargo, todavía tuviste que dormir durante dos días. Fue una buena idea cagar en el estiércol del ganado. ¿Tal vez te gustaría unirte a nosotros después de todo?

—Jódete, Kejnay.

Se encogió de hombros.

—Como quieras. Aquí tienes, bébelo. —Le lanzó una botella de coco con corcho, que Xajb'a Kej agarró al vuelo. Muluc lo soltó del collar y lo acercó al cahua.

—¿Quieres emborracharme de nuevo? —Murmuró Xajb'a Kej—. ¿O es veneno esta vez?

—Los venenos los usan los cobardesv. —Lolmet cruzó los brazos sobre el pecho—. Bebe.

Xajb'a Kej sabía que, si no hubiera obedecido la orden, le habrían vertido ese líquido de forma brutal, y probablemente no habría soportado otra humillación. Si ahora hubieran querido obligarle a hacer algo por la fuerza, habría atacado para matar, sin importarle ya las consecuencias.

La bebida tenía un olor agrio. Xajb'a Kej se acercó el pico de la botella a la boca y miró al cahua con desconfianza.

—Hasta el fondo. —Kejnay sonrió.

El fluido derivado de la planta también tenía un sabor agrio y bastante amargo.

Haciendo una mueca, Xajb'a Kej consiguió dar unos cuantos tragos y se sintió terriblemente mal, como si le hubieran envenenado.

—Atrás. —Lolmet empujó un poco a Muluc con su antebrazo, y los otros dos dieron unos pasos atrás.

Xajb'a Kej cayó a cuatro patas, contrajo inmediatamente fuertes calambres en los músculos del abdomen, el diafragma y el pecho. Su cabeza estaba justo por encima del suelo. Abrió la boca y empezó a resoplar como un gato que lucha con una bola de pelo. Una espesa saliva corría por su lengua. El estómago estaba dispuesto a expulsar los huesos parcialmente digeridos, pero su tamaño y forma se lo impedían.

El onkalot pensó que iba a asfixiarse cuando el estómago se abrió por fin lo suficiente como para que la potente contracción muscular arrastrara el contenido más cercano.

Lanzó fuera de sí el cráneo cubierto de pelo, seguido de una parte de su columna vertebral. El cráneo rodó un poco y se detuvo en la coronilla, todavía balanceándose. Con sucesivas contracciones, salieron varios huesos más pequeños antes de que el desagradable paroxismo acabara por remitir. Todo estaba cubierto de mucosidad, saliva y jugos gástricos.

El onkalot pensó que iba a vomitar de nuevo, pero no pasó nada. A cuatro patas, cayó en el estupor. Jadeaba con la boca ligeramente abierta. No podía apartar los ojos horrorizados de la calavera que aún se balanceaba en la losa cuadrada. La vista era macabra, impresionante, terrible, pero también —de alguna manera enfermiza y digna de un jun kame— fascinante. Xajb'a Kej acababa de ver a esa mujer viva, abrazándolo, acariciando su cabeza, perdonándolo por el acto que se había visto obligado a realizar.

La voz de Kejnay, como apagada, le llegó:

—Genial. Ya había pensado que sería necesario matar y cortar. —Xajb'a Kej cambió el objeto de observación solo cuando desapareció en una bolsa, en la que fue cuidadosamente llevado con la jabalina carbonizada, cuyo extremo puntiagudo fue introducido en la cuenca del ojo.

—Ahora corre. —Kejnay le lanzó su daga, y luego comenzó a agitar su pata hacia la selva—. Los exploradores no te harán daño. Buena suerte con Pek. —Las últimas palabras sonaron irónicas.

Xajb'a Kej trató de sondear telepáticamente para qué querían un cráneo humano, pero como había previsto, chocó con su capacidad psíquica contra las barreras mentales.

—¡Tenía más armas! —Llamó mientras comenzaban a dirigirse hacia Quehnay.

Ya nadie se interesaba por él, así que, con un resoplido de irritación, se trasladó a la selva.

Lo primero que hizo fue saciar su fuerte sed en un estanque que encontró, se lavó en él de forma casi morbosa, centrándose especialmente en el interior de su boca.

No estaba regresando a toda prisa a su ciudad natal, estaba deprimido, perdido en pensamientos que se centraban sobre todo en Jenny y, ¿por qué habría de mentirse a sí mismo?, las sensaciones placenteras cuando la devoraba.

De la comida más terrible de su vida no quedaba ni rastro cuando, dos días después, vio el brillo de una antorcha en la oscuridad en la pirámide exterior de la ciudad de chiq'aq.

***

Los cuatro achijes, que fueron a Xajb'a Kej por el cráneo, entraron en la Casa de las Cinco Hembras. Pronto se detuvieron frente a los miembros del consejo sentados en tronos de piedra. Los achijes inclinaron la cabeza en señal de respeto.

—¿Está hecho? —Le preguntó a Kejnay la onkalot más alta del consejo, llena de adornos como un quetzal en época de celo.

— Sí, señora. —Recogió el saco quemado.

—Eso es bueno. ¿Te aseguraste de que sólo quedaran los rastros del jaguar humanoide chiq'aq en el cráneo?

—Sí gran gobernante.

—Entonces finaliza nuestro plan. No hace falta decir que nadie puede verte. Lo mejor es que sólo se vayan dos achijes.

—Así será.

Kejnay se inclinó y se volvió, al igual que sus compañeros. En el patio exterior, utilizando guantes de vejiga de pescado, Lolmet tensó el arco de Xajb'a Kej y, desde una distancia de varias decenas de pasos, soltó una flecha chiq'aq con un característico emplumado. Impactó en el cráneo que sobresalía del saco, que Etznab había colocado previamente en el suelo, perforando el hueso frontal.

***

El Dr. Twist se hartó de permanecer en el transbordador Bear durante la segunda semana por orden del teniente Sunder. Desde el momento en que las relaciones entre los terrícolas y los jaguares humanoides del planeta H14 se deterioraron, el carácter científico de la expedición según los procedimientos se convirtió en militar, y Twist perdió su soberanía. La tripulación, por su parte, perdió a seis hombres antes de que la esclusa se cerrara definitivamente; el destino de la cabo Jenny Bengtsson seguía siendo desconocido. Los soldados de Sunder tomaron represalias matando a todos los onkalot que se acercaron a la nave. La investigación del doctor se limitó a mirar los cuerpos de los antropomorfos que le trajeron.

El hambre de conocimiento no le dio tregua. Sobre todo, porque el planeta recién descubierto resultó ser un fenómeno a escala de todo el cosmos. La flora y la fauna locales estaban compuestas casi en su mitad por especies terrestres, y las criaturas de mayor evolución, aparte de que descendían del jaguar y compartían más del sesenta por ciento de los genes con los humanos, también hablaban las lenguas de los antiguos aztecas y mayas, aunque distorsionadas. Su cultura tecnolítica y sus costumbres indígenas también eran similares. Nadie tenía idea de cómo pudieron ocurrir tales fenómenos.

Como no quería acabar con la depresión, el médico rompió la orden y salió por la puerta de mantenimiento. Antes se había puesto una armadura suficiente para protegerse de las primitivas armas de los onkalot. Quería ver al menos la estrella local en vivo y las plantas más cercanas al transbordador, para recoger más muestras. Caminó un poco por un terreno quemado por un cañón, previamente preparado para el aterrizaje del Bear. Se detuvo en seco en cuanto miró hacia la selva. Había un cráneo humano colocado en un pilar, y de su frente sobresalía una flecha terminada en plumas de aves exóticas.

—¡Jesucristo!

—Dr. Twist, ¿habla en serio? —El indignado teniente Sunder, comandante del pelotón asignado a la expedición, salió tras él. Se quedó sin palabras. Maldijo al ver el cráneo, colocado conscientemente a la vista—. Debe ser la cabo Bengtsson... Bueno, a no ser que haya más gente en este maldito planeta, cosa que dudo. —Contactó a uno de los soldados de guardia en la cabina a través del comunicador—. Sargento Rodríguez, escanee la zona en busca de fauna.

—No más de veinte kilogramos de fauna en unos cientos de metros, señor —el informe llegó pronto—. Sólo animales. Pero recuerde, señor, que estos mequetrefes han aprendido a utilizar rocas con fuertes propiedades ferromagnéticas para enmascarar su presencia.

—Probablemente la descubrieron por accidente —dijo el científico, como si el comentario hubiera sido para minimizar el daño hecho por los indígenas—. Su civilización no tiene ni idea de tecnología digital. Es un cero coma dos en la escala de Kardashov.

Tres subordinados se unieron a Sunder. Cuando volvieron a ser capaces de obedecer órdenes, el teniente les ordenó que mantuvieran las armas en dirección al bosque, mientras él mismo se acercaba al horrendo regalo. Hizo una mueca, miró a un lado y quiso vomitar el desayuno.

—Es el cráneo de Jenny, por desgracia —le susurró al médico, que le siguió como un patito asustado—. Reconozco esa abolladura sobre la cuenca. En una misión, la cabo fue alcanzada por la metralla. No quiso corregirlo, diciendo que las cicatrices añadían valor y carácter a un soldado. Sin mirar lo que hacía, metió el guante bajo el cráneo y lo agarró por debajo.

Empezaron a subir de nuevo a bordo.

—Ahora ya no debe salir nadie —murmuró bruscamente el teniente—. Les dispararé como un perro antes de que esos bastardos nos atrapen. Doctor, por favor, lleve la cabeza al laboratorio y examínela, pero no deje que las chicas la vean...

—¿Qué no vamos a ver? —Una de las asistentes de Twist se detuvo en las escaleras junto a la puerta de mantenimiento. Chilló al ver la calavera, se llevó los puños a la boca y volvió a gritar antes de escapar hacia el tablero.

Sunder volvió a su camarote. Allí ya pudo desprenderse de esa incómoda máscara de tipo sereno con rostro desalmado: se dejó caer pesadamente sobre una silla y escondió la cabeza entre los brazos.

Una hora más tarde, el médico le llamó al laboratorio. Twist estaba pálido como una sábana, cercano al color de su bata. Le mostró al oficial los resultados de su análisis en una pantalla holográfica.

—Esta pobre chica ha sido devorada por algo —comenzó de forma poco profesional—. Cada milímetro de hueso muestra signos de acción de jugos digestivos.

—¿A qué te refieres con devorada por algo? Por favor, sé más claro.

—Los estudios microbiológicos y químicos muestran que uno de los onkalots lo hizo. El cráneo debe haber estado en su estómago durante dos días. Incluso he averiguado de qué tribu procedía utilizando los datos que los drones de investigación nos habían proporcionado al principio de la expedición, esos del tamaño de pelotas de pingpong de los que se reían sus soldados, antes de que los nativos empezaran a derribarlos. Catalogamos a los felinos basándonos en sus retratos de memoria y escaneamos materiales biológicos. Es un chiq'aq, señor.

Con su rostro mortífero, Sunder levantó una flecha sacada del cráneo.

—Los jun kame son responsables de la muerte de Jenny —dijo, girando el objeto.

—¿Cómo puedes estar seguro?

—Los chiq'aq no lo habrían hecho. Nos temen demasiado, al menos por ahora. Los jun kame debe haberse dado cuenta de que podemos identificarlos, aunque por supuesto no entiende cómo lo hacemos. También comprendieron la esencia de la desinfección. Le pasó un cráneo de tripulante con pistas añadidas de forma ostensible para hacernos creer que lo había matado una tribu rival. Quería engañarnos para conseguir sus objetivos—. El teniente lanzó la flecha sobre la mesa.

—La situación se ha vuelto crítica; ya no estamos a salvo. Los jaguares humanoides son más listos de lo que pensábamos, son tan inteligentes como nosotros, y nos están superando en crueldad. Nosotros sólo vivimos porque ellos se han quedado en el nivel de la cultura tribal. Nunca querrán trabajar con nosotros. Debido a las nuevas circunstancias, la expedición científica ha terminado definitivamente, doctor. Según los procedimientos, todas las decisiones dependen ahora de mí.

—Sunder, ¿qué vas a hacer? —Preguntó Twist con seguridad. El teniente no respondió, salió del laboratorio y se dirigió por el pasillo hacia el puente. Tras una discusión con el oficial civil que había estado a cargo de la nave propiedad de Space X, ordenó a los soldados que lo sacaran de la sala.

Sunder conectó por primera vez con los dos transbordadores que seguían en camino, enviados con el Bear en la expedición H14. Debido a una fuerte tormenta magnética en el espacio, que fue evitada por el transbordador Sunder, el viaje de ambas se prolongó un mes a bordo. El Bear por su parte, tuvo problemas de navegación y de localización de objetos peligrosos, lo que provocó roces con un cometa, daños en los paneles espaciales y en los depósitos de combustible, y fugas del preciado líquido. Por tanto, la nave no pudo salir del planeta.

Tras describir la amenaza y cancelar el aterrizaje de los transbordadores, Sunder se puso en contacto con el comandante destinado en Próxima Centauri.

—Tenemos el código 71 —informó a su capitán—. Un planeta terrestre listo para ser colonizado. Los nativos agresivos asesinan brutalmente a nuestra gente. Necesitamos apoyo aéreo. Recomiendo un ataque aéreo.

—¿Confirmas el código 71, Sunder? —Gracias a los satélites que repetían las señales a lo largo del camino en el espacio, no hubo grandes retrasos en la comunicación.

El teniente pensó por un momento.

—Confirmo, señor. Y por favor, envíenme algo de combustible extra.

Solo los muertos fueron testigos

El año terrícola 2511

El sol del planeta Aj alcanzó su cenit sobre sus cabezas más de cuatrocientas veces antes de que Q'ualel y Xajb'a Kej consiguieran por fin activar el portal de Nimja —los antiguos ancestros divinos— y regresar a Chulimal. Como dos jaguares humanoides primitivos, no tenían conocimientos sobre viajes interplanetarios, y consiguieron completar la teleportación de vuelta por ensayo y error, recordando vagamente los pasos que habían dado en el templo de Tonatiuha cuando se habían trasladado accidentalmente desde allí a Aj. Entonces los onkalots contrarios simplemente golpearon el suelo del santuario y golpearon la estructura, y, sin saber cómo, iniciaron el procedimiento de traslado.

Y también, del rescate.

El proceso era de alto poder, por lo que en el momento en que fueron lanzados desde el portal de Chulimal, toda la montaña comenzó a temblar. El armazón de piedra del puerto explotó, lanzando rocas y escombros en todas direcciones. Q'ualel fue alcanzado de cabeza por un proyectil, perdiendo el conocimiento en el acto. Xajb'a Kej se echó a su amigo al hombro y comenzó a dirigirse rápidamente hacia la salida a través del templo, tan oscuro y frío como si nadie hubiera mirado en él durante mucho tiempo. El fuego eterno y sagrado no iluminó su camino por primera vez, así que el onkalot tuvo que utilizar la infravisión.

No se quitó a Q'ualel de encima hasta que llegó a los árboles más cercanos, fuera del alcance de una avalancha de tierra. Él mismo se dejó caer sobre la hierba para recuperar el aliento. Las vibraciones del suelo pronto cesaron. A Xajb'a Kej le resultaba difícil estimar el daño total, pero podía ver que la mayor parte de la entrada principal había sido bloqueada. Si los nimja habían utilizado alguna vez el portal de piedra para viajar entre mundos como Chulimal y Aj, debían hacerlo de forma competente, sin socavar la estabilidad de la montaña, y por tanto del templo que había en ella. A no ser que el tiempo hubiera debilitado los cimientos, pero era más probable que los dos onkalots no pudieran utilizar el transportador, que al parecer se había perdido para siempre. Probablemente la Gran Casa podría repararlo, pero sus representantes habían partido del planeta hacia lo desconocido hace milenios.

Xajb'a Kej comenzó a mirar a su alrededor. La selva, dorada por los rayos de K'ajol, tenía un aspecto normal, tal y como la había recordado: las hojas crujían, las ramas se balanceaban, un animal intrépido graznaba una y otra vez en las profundidades. Exactamente, los animales, ¿quizás ése era el problema? El bosque de Chulimal, antes de la portación a Aj, estaba constantemente lleno de sonidos espontáneos de la fauna, diferentes a cualquier hora del día, y ahora todo estaba inquietantemente silencioso.

Además, ninguno de los achijes o sacerdotes vigilaba el templo de Tonatiuha.

Q'ualel se movió, gruñó al tocar el pelaje ensangrentado donde había sido golpeado con una piedra.

—¿Estás bien? —preguntó Xajb'a Kej.

—Probablemente no. Me late un poco la cabeza y también estoy un poco mareado. A lo sumo es una ligera conmoción cerebral, ya he experimentado esos estados muchas veces, debería recuperarme pronto. Gracias por sacarme de ahí.

—De nada. Lo hemos conseguido, hermano. —El jaguar humanoide más grande le sonrió victorioso.

—¡Sí, por fin! —Q'ualel le devolvió la sonrisa, y luego ambos se rieron.

—Si estás bien, vamos a Chiq'aq lo antes posible —anunció Xajb'a Kej, cuando los pequeños síntomas neurológicos de Q'ualel desaparecieron.

El templo de Tonatiuha no estaba lejos del Lugar del Fuego, donde había tres pirámides más, tradicionalmente al aire libre.

A medida que se dirigían a la ciudad tribal, Xajb'a Kej se sentía cada vez más perturbado por la sensación de que algo iba muy mal. Una inquietante penumbra flotaba en el aire como vapores venenosos sobre los pantanos que atravesaban. Notaron que había huesos que sobresalían ligeramente del barro, lo que los hacía difíciles de reconocer, no vistos en esta zona. Demasiado numerosos para que fuesen de un solo animal, eran más bien los restos de alguna pelea o ejecución masiva. Xajb'a Kej miró a su compañero y se dio cuenta de que él también compartía sus temores, especialmente cuando percibieron el hedor de los cadáveres en las últimas fases de descomposición.

No percibían la presencia de los guardias, siempre presentes en algún lugar de los límites de la ciudad. Lo peor era ese silencio traumático, como si casi toda la vida hubiera desaparecido de la selva.

Se quedaron helados y aterrorizados al encontrarse sobre las losas de piedra en los límites de Chiq'aq. Todas las casas de madera se habían quemado hacía tiempo, algunas de las casas de ladrillo se habían convertido en escombros y el resto tenía sólidas huellas de daños. Había cadáveres por todas partes: esqueletos cubiertos con retazos de tela y pieles moteadas. Solo las pirámides parecían no haber sido tocadas por el zarpazo de la truculencia, que debió ocurrir decenas de kines antes: siempre majestuosas, siempre perdurables, siempre indiferentes. Aunque no del todo; mirando a contraluz, Xajb'a Kej se dio cuenta de que un templo ceremonial en la cima de una de las pirámides se había derrumbado, algo enorme había destruido también la escalera. Debió de hacerlo una fuerza que podría haber sido generada, como mínimo, por una avalancha de rocas o un terremoto particularmente fuerte. Las aceras de piedra tenían agujeros y marcas de quemaduras.

—No...

Jadeando de ansiedad y desesperación, Xajb'a Kej comenzó a correr por la plaza, de un cuerpo a otro. Q'ualel se quedó en el lugar en el que se encontraba: estaba conmocionado y sólo podía mirar con incredulidad.

Con el corazón palpitando como el de una víctima a punto de morir brutalmente en las garras de un jun kame, Xajb'a Kej corrió hacia la casa donde vivían su madre Baji y su joven hermana. A la primera la encontró en tan mal estado como al resto de los jaguares humanoides, fuera, ante el umbral. El cuerpo había sido cortado desde el aire; estaba dispuesto como si Baji se hubiera apresurado a entrar. Pero no lo había conseguido. Como achij, tuvo una muerte vergonzosa: inesperada, degradante, no en una lucha honorable.

Xajb'a Kej cayó de rodillas junto a ella, apoyó sus patas delanteras en el suelo y comenzó a llorar.

Al cabo de un rato, como en trance, fue a examinar las ruinas de la casa. Allí encontró un espectáculo aún más horrible: su hermana pequeña había muerto en una guarida infantil, aplastada por un fragmento del tejado.

Cuando Xajb'a Kej salió al exterior, rugió de dolor y rabia con tanta fuerza que probablemente espantó a todos los pájaros que permanecían cerca del chiq'aq sumido en la muerte.

Se arrodilló en el suelo durante mucho tiempo, con la mirada perdida y recordando a su familia antes de que Q'ualel lo encontrara. Al ver los restos de Baji, giró la cabeza con tristeza. Se sentó junto a su amigo.

—Mi hermanita también —le dijo Xajb'a Kej mecánicamente, sólo moviendo las mandíbulas—.

—Lo siento mucho, Kej. He revisado los dos templos. Los sacerdotes están muertos. Sólo nosotros estamos vivos en Chiq'aq. Pero algunos de los habitantes lograron escapar.

—Y seguramente fueron atrapados en el bosque. Sé realista, Q'ualel—. Xajba Kej se volvió. Sus ojos verdes hervían con una rabia tal que Q'ualel no había visto antes, hasta él mismo empezó a temerle—. Los humanos atacaron desde el cielo —dijo, con una calma alarmante—. Quien no moría por el fuego de las naves, era abatido por pequeños drones que podían volar a cualquier parte. Ya lo vi antes de trasladarnos a Aj. Mientras luchábamos por volver a Chulimal, los jaguares humanoides luchaban por sus vidas. Era tan pequeña... —Xajb'a Kej se frotó la nariz. Se levantó y miró el ruinoso santuario en la cima de la pirámide. Apretó el puño con la suficiente fuerza como para que las garras que sobresalían parcialmente le atravesaran el pelaje y la piel—. Tienen que pagar por ello. No solo los que vinieron a Chulimal, sino todos ellos. Tenemos que aniquilar a esos monstruos.

—Xajb'a Kej —Q'ualel se levantó—, cálmate, por favor. Sé que hemos sufrido una pérdida inimaginable y mi corazón también sangra, pero no podemos enfrentarlos. Somos mucho más débiles que el enemigo. Tampoco sabemos cuántos onkalots han sobrevivido.

—Lo dices porque no has perdido a nadie. Tus padres emigraron a un lugar desconocido y te dejaron en el templo para que te criaran los sacerdotes cuando eras un cachorro. Nunca has tenido a nadie cerca. ¿Qué puedes saber de la pérdida? —Le gruñó Xajb'a Kej, sacando los colmillos.

—Todos los chiq'aq eran mi familia. Y sé lo que es perder a un ser querido. Sólo porque no hayas experimentado algo, no significa que seas un ignorante, alguien inferior en esa categoría. Y mi sangre es exactamente la misma que la tuya. No deberías dirigir tu ira hacia mí.

—Mi sangre es ligeramente diferente a la tuya. Siempre has sido pasivo, Q'ualel, aunque tienes el cuerpo achij y la agilidad, la mitad sacerdotal es más fuerte en ti. Recuerdo lo que enseñaste a los cachorros. Cuando había una pelea entre ellos, les decías que buscaran soluciones pacíficas. Dijiste que cuando el enemigo es más fuerte, hay que retirarse y no irritarlo, dijiste a los más estúpidos que cedieran. Enseñaste a los jóvenes a ser una víctima mansa, evitando la lucha y la competencia. Siempre pasivo. Siempre cobarde. Siempre esa maldita melancolía tuya.

Q'ualel le perdonó este insulto solo porque sabía que Xajb'a Kej siempre había lidiado con los traumas buscando a alguien a quien culpar y dirigiendo su ira hacia los que le rodeaban. Tampoco tenía intención de iniciar una pelea delante de su casa, donde había tenido lugar la tragedia.

—Porque la venganza no es una buena solución —dijo —, y menos contra un enemigo que puede viajar entre las estrellas. — Q'ualel levantó su pata hacia el cielo.

—Si lo dejamos pasar, seguirán sembrando la muerte en otros lugares.

—¿Nosotros? ¿Qué quieres hacer? ¿Con un grito y la daga de obsidiana, atacar sus drones y naves?

—Ya se me ocurrirá algo. Tal vez podamos convocar a otras tribus.

—Mientras no tengan problemas propios. De todos modos, ya había sucedido antes del viaje a Aj y, cómo pudiste ver, la reconciliación terminó trágicamente.

—Tenemos que ver cómo está la situación. Pero primero... — La voz de Xajb'a Kej se quebró—, reunamos a todos en un lugar y quememos los cuerpos. No podemos dejarlos así...

—Espera. —Q'ualel le agarró del brazo justo cuando estaba a punto de moverse—. Puede haber una plaga aquí ahora. Puede que ya estemos infectados. Mejor venir cuando los cuerpos estén completamente... —Miró con tristeza a Baji.

—No tienes que terminar —Xajb'a Kej se soltó. Desesperado, se esforzó por enmascarar su ira—. ¿Vas a venir conmigo? Es necesario averiguar qué pasó con las otras tribus. Quizá nos encontremos con alguien de Chiq'aq en la selva.

—Sí, ya podemos irnos.

—Espérame en el bosque, me reuniré contigo pronto.

Q'ualel le puso la pata en el hombro de forma tranquilizadora antes de alejarse.

Xajb'a Kej estuvo velando los cuerpos de su madre y su hermana durante un rato más.

—Prometo que pagarán por ello. Me gustaría tanto tener el poder que me permitiera la venganza. Tanto... —Expresando su deseo con enorme pasión, inclinó la cabeza y la sacudió. Había oído en alguna parte que cuando se desea sinceramente algo, al final la voluntad se cumple, que la palabra se convierte en materia. Le hubiera gustado mucho que se cumpliera, pero no creía que las súplicas verbales y las oraciones tuvieran ningún poder.

Volvió a sollozar.

En el fondo sabía que Q'ualel tenía razón; un amigo como él, que disfrutaba del privilegio de la soledad, lloraba al borde de Chiq'aq, con la frente pegada al suelo.

Llegaron a Quehnay de noche, no porque les preocupara salud de los jun kame, sino porque la ciudad era la más cercana. No entraron en su territorio, porque pudieron ver desde la distancia que los humanos había hecho exactamente lo mismo con los caníbales que con los chiq'aq. Sobre Quehnay también flotaba incluso un aura física de muerte y desesperación. Xajb'a Kej, sin embargo, no se compadecía de la suerte de los salvajes. El cruel se había topado finalmente con alguien más cruel.

Cuando, después de dos días de viaje rápido, encontraron exactamente lo mismo en el territorio de la tribu Che'ab'aj, es decir, el Árbol de Piedra, ya sabían que la masacre por parte del pueblo era global. Más aún, esto minó la esperanza en sus corazones de no haber encontrado ningún jaguar humanoide en su camino por la selva.

Amok se estaba alzando en Xajb'a Kej. Podía parecer que la energía extra le pasaba del cada vez más malhumorado y roto Q'ualel. El jaguar humanoide más pequeño prácticamente solo hablaba cuando se le preguntaba.

Excepcionalmente, el primero rompió el silencio cuando hicieron una parada en el bosque junto a las ruinas de un antiguo templo:

—Me rindo —Q'ualel bajó la mirada, avergonzado—. La voluntad de luchar ya no está en mí.

Su compañero, sentado bajo un árbol, abrió el hocico con asombro.

—¿Hablas en serio? No me vas a dejar ahora, ¿verdad? ¡Deberíamos permanecer juntos!

—¿Para qué? —El exsacerdote miró instintivamente a su interlocutor a los ojos con mirada desafiante—. De todos modos, no vamos a hacer nada.

—Estoy pensando. Estoy tratando de pensar en algo. Para los dos.

—Basta de esto —Q'ualel se levantó nervioso—, no quería decírtelo antes, para no sumirte aún más en la desesperación, pero han pasado tantos kines que creo que es el momento adecuado para ello. Seamos sinceros. Pensé que lo que hacías era temporal, y que una vez que te calmaras lo dejarías pasar. Pero la pasión fatal sigue siendo tan poderosa en ti como el día que entraste en Chiq'aq. Te consume tanto como el arrepentimiento. Sin embargo, esto no es más que una forma de defensa contra la realidad, un deseo de hacer cualquier cosa sólo por hacerla. No hay nada que podamos hacer, Xajb'a Kej, además, sólo somos dos. Es como si quisiéramos luchar contra los dioses.

Xajb'a Kej también se levantó y le miró como si Q'ualel le hubiera desafiado.

—Exactamente. ¿Y dónde están tus dioses de todos modos?, ¿eh? —Respondió agresivamente, moviendo la cola—. Les rezaste con tanto ahínco la mayor parte de tu vida. ¿Por qué permiten que sus seguidores sean asesinados?

—No nos corresponde a mí ni a ti juzgarlos. ¿Quiénes somos nosotros para entenderlos?

—¿O tal vez no les importamos una mierda? ¿O no existen en absoluto? ¿Has visto alguna vez a tu querido Tonatiuh con tus propios ojos? Descartando el apoyo al delirio de las hierbas, por supuesto.

—Deja de blasfemar —dijo Q'ualel en voz baja, suspirando. Ya no tenía fuerzas para resistirse con más vigor a la locura de Xajb'a Kej.

Continuó con las preguntas:

—¿Por qué me dices lo que debo hacer? ¿Te has quedado sin argumentos? ¿Por qué los dioses han permitido esto? —En su voz, en un chorro limpio y veloz, irrumpió la desesperación, que intentó ocultar todo el tiempo bajo la apariencia de la rabia.

—No sé... ¿se te ocurrió algo? —Q'ualel cambió de tema.

—Nada por ahora. Pero definitivamente haré algo al respecto.

—No te aconsejo que vayas donde los humanos se han instalado. Sin duda te matarán. Tenemos suerte de que aún no nos hayan localizado con sus objetos.

—¿Deduzco de tus palabras que nuestros caminos se separarán? —Preguntó Xajb'a Kej más retóricamente.

—No puedo vivir así, Kej. Perdóname.

—¿Qué vas a hacer?

—Sobrevivir, sólo eso.

Q'ualel comenzó a caminar como si fuera golpeado hacia la selva.

—¿Y se supone que eres un sacerdote guerrero Chiq'aq? —Le gritó Xajb'a Kej, haciendo gestos nerviosos con sus patas—. ¡El gran Q'ualel que me derrotó en la lucha por ser el líder! ¿Dónde está ahora? ¿Sabes qué? Vete a morir en algún lugar de los arbustos bajo una roca, maldito cobarde.

Q'ualel se detuvo un momento e inclinó ligeramente la cabeza.

—No tienes derecho a culparme por mi elección. No veo ningún sentido en lo que estás haciendo, sobre todo porque aún estás en el calor de la pasión.

Cruzó el vado de un arroyo y pronto desapareció entre los arbustos y el follaje; no se dijo ninguna palabra entre los viejos amigos, aunque ambos estaban sufriendo.

Xajb'a Kej comenzó a vagar inquieto por la orilla. Enfadado, balanceó su pata y se golpeó tan fuerte contra un tronco que se rompió una garra; le picó el tendón.

Al menos una cosa había salido de la ruptura, quizá no buena, pero que le permitía sacudirse los grilletes: podía dejar de fingir que era duro y decidido. Cayó al suelo de espaldas y se quedó mirando medio inconsciente el firmamento hasta que los K'ajolom fueron expulsados por las estrellas.

***

A lo largo del día siguiente, se sintió masticado, consumido y expulsado por la desesperación. La soledad no hacía más que aumentar su depresión y su ansiedad, que había conseguido mantener a raya con Q'ualel. Pero ahora no tenía que alardear de nada, al menos en ese aspecto era libre. Permanecía casi constantemente tumbado de espaldas, a veces girando hacia un lado, observando a ciegas el susurro de las hojas de las palmeras o el claro del cielo cambiante. Ignoraba los insectos que se paseaban por su pelaje, tratando de llegar a sus fosas nasales y a su boca. Pensó que no tenía a nadie más cerca; estaba completamente solo. En cuanto se adormecía, su mente empezaba a reproducir en colores escenas macabras de la ciudad de Chiq'aq, así como en general sobre el exterminio de los onkalots, que Xajb'a Kej no había presenciado durante su estancia forzada en Aj. Todo su cuerpo se estremecía a menudo como el de una persona que sueña con caerse, lo que le devolvía a la plena conciencia. Alternadamente lloraba, se dormía, se quedaba quieto y triste como un condenado a muerte inminente, agotado de sus fuerzas, que ahora necesitaba tanto.

Sus pensamientos comenzaron a dar vueltas alrededor de Jenny. ¿Acaso la chica era exactamente el mismo monstruo que el resto de los humanos, y solo la situación y la soledad la habían convertido temporalmente en víctima? ¿Realmente merecía su compasión? ¿Quizás los jun kame habían tenido razón desde el principio, y la humanidad solo merecía un trato cruel? Había matemáticos entre los jaguares humanoides que creaban observatorios astronómicos precisos o pirámides que podían sobrevivir, tal vez, de los propios onkalots. Sostenían que cuando un determinado grupo examinado de criaturas al azar se comportaba de una manera particular, toda la especie era exactamente igual, con excepciones. ¿Podría ser Jenny una de esas excepciones entre los asesinos de jaguares humanoides?

Llegó otra tarde desperdiciada y llena de tristeza.

***

No recordaba cuándo se había quedado dormido en posición fetal. Al sentarse, se dio cuenta de que las estrellas de arriba también se habían trasladado al suelo. Las feas pieles de los líquenes, durante el día adheridas a todo lo que había en el entorno, incluidas las ramas altas, por la noche se convertían en obras de arte naturales. Las bolas de diáspora inmaduras brillaban en azul, las que estaban listas para reproducirse eran rojas y las usadas se volvían verdes. La zona había pertenecido a una de las tribus del piedemonte, Xajb'a Kej no tenía motivos para visitar estas zonas, por lo que admiró el fenómeno desconocido para él. Si hubiera estado aquí en circunstancias normales, sin duda le habría producido más alegría. Pero, no dejaba de ser algo que admirar, al menos podía olvidarse por un momento de los demonios de pesadilla. El onkalot pensó que habría sido bonito tener un fuego tan multicolor que se pudiera utilizar en la ciudad en lugar del tradicional. Pero ya no tenía su ciudad.

No solo los líquenes deleitaban con un interesante efecto bioluminiscente: los escarabajos luminosos se reunían en las orillas del arroyo. Xajb'a Kej se metió en el agua hasta los muslos y siguió la corriente como una ruta marcada con colores chillones.

No muy lejos, a mayor profundidad, vio otra fuente de luz, más intensa esta vez. Le recordaba a la linterna de un fraile o a la gran flor mágica azal uoh, en la que también se producían reacciones químicas en la oscuridad, pero su efecto era un arco iris, no un color dorado...

Xajb'a Kej se puso rígido como si hubiera visto alejarse a una serpiente comprimida y venenosa.

En Chiq'aq, había leyendas sobre un ratón dorado inmortal que fue un regalo de la Gran Casa a los jaguares humanoides de Chulimal[6]. Un animal, más bien un objeto, del color del amado mineral de los dioses. Algunos afirmaban que solo revelaba su presencia en caso de gran necesidad, otros creían que aparecía por accidente.

Se decía que el ratón dorado había salvado una vez a su madre Baji de los jun kame. Al menos ella lo había creído firmemente cuando le había contado a su hijo la historia de las guerras tribales. Él mismo se había encontrado con el ratón en la selva antes de que los humanos llegaran a Chulimal, pero en aquel momento le había parecido simplemente un fenómeno de su especie, como un jaguar

---

[6] Lo que realmente son los artefactos alienígenas se explica en la Misión Renacimiento y en La Guerra con Kandrok.

humanoide negro entre una multitud de hermanos manchados. Un roedor corriente, nada más, por su rareza, cargado de mito.

Fascinado por el fenómeno, al onkalot no le importó cuánto de cierto había en él. Dejó de creer en dioses y mitos, y las leyendas, con el paso del tiempo, también empezó a considerarlas tonterías. Sin embargo, el animal encantador que se alzaba sobre un tocón y no temía en absoluto al depredador gigante, tenía que tener algún efecto sobre él. Xajb'a Kej quería tomarlo en sus manos, guardarlo para sí, poseerlo como un precioso tesoro.

Caminó con cautela hacia él, pero cuando estuvo al alcance de la mano el ratón dorado, este saltó del tocón y desapareció entre los arbustos sin prisa.

—Ah... ¿Por qué iba a ser fácil? — gruñó Xajb'a Kej.

El artefacto —si realmente tenía algo que ver con Nimja— no huyó como una víctima aterrorizada por la presencia del cazador. Parecía más bien que había estado guiando a Xajb'a Kej en una dirección determinada, moviéndose rápidamente a través de túneles de alta maleza, pero también deteniéndose para que el onkalot pudiera alcanzarlo fácilmente.

Siguió al ratón durante un largo rato por el bosque, intrigado, sintiéndose algo aliviado de que por fin estuviera haciendo lo que era el semillero de sus intenciones. Con su infravisión, no perdía de vista al objetivo ni siquiera a grandes distancias, sobre todo porque brillaba más como una coca volcánica fresca que como un organismo vivo.

Llegó a la ciudad de Quehnay en las primeras horas de la mañana, concretamente se encontró frente a la formidable pirámide de Tukumb'akam, donde el objeto entró por el pórtico principal. Esta ciudad siempre había aterrorizado a Xajb'a Kej, especialmente ahora, abarrotada de los esqueletos recubiertos de pieles de sus antiguos habitantes. Un miedo abrumador, una pesada depresión y un olor mortal flotaban en el aire, su quintaesencia parecía moverse en las alas de las moscas, activas incluso en la oscuridad. En Quehnay, como en Chiq'aq, no había luces encendidas. Xajb'a Kej se preguntó qué sonaba más espeluznante: los gritos de las víctimas asesinadas, antaño frecuentes en la ciudad, o el actual murmullo omnipresente del viento, que susurra palabras imaginarias sobre el desamparo y la muerte.

El onkalot se estremeció, se despertó de su letargo y, con la daga en la mano, se adentró en el oscuro pasillo que conducía al centro de la pirámide. Toda su arquitectura interna y sus pinturas estaban asociadas a lo macabro y a la muerte. Los relieves representaban sobre todo huesos y habitantes demoníacos. Xibalba desvió la mirada hacia los tzompantles: muchos de los cráneos se habían reunido aquí.

El ratón se detuvo en el mismo centro de la pirámide, en medio de una cámara funeraria, llena de bloques de piedra rectangulares. Después de encender un tronco encontrado con pedernal, Xajb'a Kej se preguntó por qué habían acabado exactamente allí. Creía que el artefacto le había conducido al santuario más cercano, donde se habían realizado hecatombes; especialmente el día del sacrificio, los cautivos alimentaban con su sangre y sus corazones a los dioses malvados, eternamente hambrientos. El artefacto mítico procedía de los dioses. Así que podría tratarse de extraer el poder de la fuente más cercana. En la cima de esta pirámide habían muerto también muchos chiq'aqs. Xajb'a Kej empezó a plantearse si estaba dispuesto a recibir ayuda del lugar asociado a un sufrimiento y un terror inimaginables. ¿Era este el precio a pagar por la venganza de un jaguar humanoide? Si ocurría algo, bien podría haber seguido a un estúpido roedor con una anomalía en el pelo. Sin embargo, decidió intentarlo.

Siempre cabía la posibilidad de que hubiera malinterpretado algo. Después de todo, su cabeza estaba abrumada por el recuerdo de los desafortunados acontecimientos. Además, aquel sombrío lugar se encajaba en ella, como una cuchilla sacerdotal entre las costillas.

—Vamos. —Sacó las patas abrazadas, con las almohadillas hacia arriba. El ratón saltó sobre ellas como si fuera una mascota domesticada. Xajb'a Kej lo acercó a su nariz y comenzó a examinarlo. Se sintió como un tonto, acariciando el animal en la cabeza, esperando que saliera algo de lo que empezaba a cristalizar en su mente. Es posible que, en efecto, fuera el único idiota de Chulimal; por muy enfadado que estuviera con Q'ualel, no podía llamarlo tonto.

—¿Qué eres...? —Pensó en voz alta, dejando que el ratón recorriera sus patas y hombros—. ¿Un organismo, una máquina, un dispositivo psiónico?

Todo lo que sabía sobre la Gran Casa era que su civilización se basaba en el poder mental. Esto podría tener sentido, ya que los jaguares humanoides habían heredado de ellos sus habilidades psiónicas. El pueblo de las estrellas que tan fácilmente derrotó a los onkalots tomó un camino completamente diferente: desarrolló una civilización basada en la tecnología digital. Pero sus mentes eran débiles y vacías. Durante las acechanzas de guerrilla con el uso de piedras ayin o los exitosos ataques individuales antes de la expedición de Aj, Xajb'a Kej había aprendido a leer la mente de los humanos libremente. Entonces se había dado cuenta de que no tenían habilidades psiónicas.

Cerró el ratón entre las patas que tenía apretadas, creando una jaula con sus garras extendidas.

—De acuerdo, ¿qué daño puede hacer? —Aunque su deseo resonara en las paredes de la cámara, al menos se aliviaría con las palabras. A menudo, los rezos de Q'ualel afirmaban que se decía que tenían un gran poder. El sacerdote-guerrero, sin embargo, suplicaba y se inclinaba cada vez. ¿Y si exigía algo a los dioses? ¿Quizás odiaban la debilidad y la humildad, y por eso rara vez concedían su gracia a los seguidores de los dioses?— ¡Quiero convertirme en humano!

Habría sido un buen plan. Los humanos se referían a esta estrategia como el Caballo de Troya. Xajb'a Kej se habría colado en sus filas fingiendo ser uno de ellos, se habría hecho pasar por salvador y les habría atacado cuando menos lo esperaran. Sin embargo, necesitaba aliados unidos por la fe y las ideas. Muchos aliados. El propio tirano era inútil, los subordinados adoctrinados siempre trabajaban para él. Como había esperado, no pasó nada. La situación era tan idiota que se echó a reír. Menos mal que solo los sacerdotes y dignatarios muertos en las tumbas fueron testigos de su payasada.

—¡Quiero convertirme en humano! —Exclamó, esta vez con seguridad, cuando se calmó.

El eco de su barítono recorrió los pasillos contiguos, llevando repetidamente la demanda alrededor del santuario.

Sintió un agradable calor que irradiaba desde el interior, como si se tratara de un buen alcohol, que asoció con el aumento natural de la presión sanguínea cuando alguien se divierte de repente con algo. Rápidamente se dio cuenta de que era algo más que eso cuando se convirtió en un calor enfermizo que le envolvía todo el cuerpo. Esto rara vez ocurría, porque el pelaje de los jaguares humanoides tenía la propiedad de refrescarse en los días de calor y calentarse en los de frío, manteniendo la temperatura corporal óptima en los individuos sanos. Xajb'a Kej frunció el ceño, instintivamente preocupado. Sintió un cosquilleo en las extremidades. Se puso a cuatro patas; el ratón saltó de sus patas, se alejó un poco, hizo una parada de manos y empezó a mover el bigote con vigor.

—Qué está pasando, por todos los monstruos de Xibalb...

Sus ojos se abrieron de par en par con asombro: ¡los huesos comenzaron a moverse! Con un rugido, cayó sobre el suelo cubierto de arena, retorciéndose como una larva dañada. Iniciada por la tecnología alienígena, la transmutación acelerada, cuya esencia (con su nulo conocimiento del cosmos) Xajb'a Kej no habría sido capaz de comprender, se lanzó con toda su fuerza, según las directrices del operador inconsciente.

La transformación no fue especialmente dolorosa, pero sí desagradable y terriblemente chocante, sobre todo para alguien escéptico respecto a lo sobrenatural. El pelaje comenzó a contraerse, al igual que la cola y las garras, transformándose en piel desnuda, rabadilla y uñas. Como si la materia se hubiera engrosado y caído. Las patas y los dedos se hicieron más finos. En general, todas las secciones del cuerpo comenzaron a encogerse, incluido el hocico. Los dientes parecían los mismos guijarros, los más pequeños posibles. En realidad, no eran los mismos, pero con los largos colmillos y los poderosos incisivos que aplastaban los huesos que el jaguar humanoide había tenido anteriormente, no había diferencia. La debilidad lo presionó efectivamente contra el suelo.

Al cabo de lo que los humanos llamaban un cuarto de hora, estaba tumbado en el suelo de la pirámide como un hombre con el maxtlatl un poco suelto, con la bolsa y el cuchillo de obsidiana al cinto.

Haciendo una mueca, se incorporó, sacudió la cabeza y algo negro empezó a temblar a su alrededor. Sorprendido, Xajb'a Kej lo cogió con la pata... o más bien con la mano. De su pelo hasta el cuello, pasó inmediatamente a mirar aquellas pequeñas y pálidas salchichas de cerdo, terminadas con tejas como de cristal fino.

Apretó las rayas del maxtlatl. Cuando se levantó, no tuvo ningún problema para caminar: las extremidades traseras de los onkalots y de los humanos tenían una forma similar, salvo que estos últimos tenían un talón que pertenecía al pie en lugar de la articulación alta de un felino. El artefacto viviente se colocó en una piedra cercana y esperó pacientemente la siguiente orden del operador. Xajb'a Kej se balanceaba al principio, pero pronto dominó el caminar sobre unos pies delicados cubiertos de piel fina y desprovistos de almohadillas duras. Era terriblemente incómodo y extraño, los términos «fracaso», «calvo» y «desnudo» vinieron a su mente. Podía sentir claramente todos los desniveles que había debajo, y para sufrir, bastaba con pisar cualquier piedra roma o surco entre las losas.

—Ahora entiendo por qué siempre usan zapatos. —Su voz era similar a la de su forma nativa, seguía hablando en barítono. La transformación no parecía ser del todo exitosa, había sido malinterpretado o eso suponía el artefacto, porque había conservado su infravisión, aunque en el tronco desvanecido, veía la mitad de bien que de costumbre.

Una vez pasado el primer susto, Xajb'a Kej sintió cada vez más satisfacción al empezar a darse cuenta de lo que acababa de ocurrir. Gritando y riendo, corrió alrededor de los sarcófagos y estatuas de la cámara. Agitaba las manos, saltaba, probando su nueva encarnación. Tenía muchas ganas de ver su aspecto en todo su esplendor, se asomó al estanque ceremonial, pero vio sobre todo el contorno de una silueta negra en él.

Atravesó el corredor más allá de la pirámide hasta llegar al clima soleado del final de la mañana. Se dirigió a la orilla de un río lento donde se puso a la sombra de un árbol. Se inclinó y comenzó a mirarse en el agua. El artefacto lo había convertido en un hombre de unos cuarenta años con una complexión atlética. A pesar de medir más de dos metros y pesar más de cien kilogramos, era mucho más pequeño que en su forma felina, el efecto era aún más pronunciado por la piel desnuda y clara desprovista de pelaje que lo agrandaba. Los mosquitos se aferraban sin piedad a él, la piel ya empezaba a picar, y además le picaban los rayos tropicales de K'ajolom que brillaban a través de las hojas, y el astro aún estaba lejos del cenit. Notó con un poco de pesar que sus ojos eran ahora marrones, no verdes. «Qué pena», pensó, cosas mucho peores tendría que aceptar.

Xajb'a Kej no había tenido en cuenta algunas cuestiones, como el hecho de que los humanos vivían, por término medio, siete veces menos que los onkalots (el hecho de que una criatura tan efímera hubiera arruinado la civilización de los jaguares humanoides era especialmente irritante). Se preguntó si a partir de ahora su cuerpo estaría sujeto a las mismas leyes biológicas que el de los humanos.

Como precaución, podría planificar todo para llevar a cabo su venganza dentro de las décadas del tiempo de vida humana, pero no quería ni pensar en ello. Al fin y al cabo, tenía el artefacto que, según el mito, podía cumplir otros dos de sus deseos, por absurdo que sonara.

—Entonces, ¿inmortalidad?

Sonrió al ver su cara, que se movía en los círculos de agua formados por los insectos, y vio los colmillos. Los caninos estaban muy separados del resto de la dentición. Comenzó a investigar qué más había de inhumano en él. Al comprobar los bordes de la mandíbula inferior con las manos, se dio cuenta de que todavía tenía una estructura anterior. Esto significaba poder comer grandes trozos de comida sin masticar, es decir, tragarlos enteros. Afortunadamente, en los humanos existía el transhumanismo, es decir, las modificaciones tecnológicas y biológicas del cuerpo, a veces tan intensas que una persona podía parecerse a un animal. No era la naturaleza de Xajb'a Kej mentir, lo detestaba, pero podía dejar espacio para la interpretación, sin negar ni confirmar nada. Por eso le gustaba el transhumanismo: que los humanos pensaran que estaba modificado.

También estaba la cuestión de la telepatía. Al igual que en la forma de jaguar, ahora tampoco podía probar en ranas, pájaros o peces de los alrededores, ya que solo funcionaba en criaturas con una estructura cerebral similar a la suya, así que tenía que encontrar un humano.

Miró hacia atrás y vio que el artefacto le había seguido desde la ciudad de los caníbales.

—Así que tengo otro deseo. —Se agachó y tomó el ratón en la mano. Había muchas más cosas que le gustaría; lo mejor para él habría sido que toda la raza humana hubiera muerto en un instante. Sin embargo, así Xajb'a Kej no podría haber disfrutado de su venganza; además, el campo de acción del artefacto era limitado. Tal vez los dioses, si hubieran existido realmente, no habrían sido capaces de matar a toda una especie de repente. En cambio, se le ocurrió una idea diferente. Se levantó y miró hacia las lejanas montañas pálidas donde debían estar situados los transportadores—. Quiero obtener un poder cada vez mayor, ascender en la escala social. Quiero tener éxito en todo. Quiero que los humanos me sigan. ¡Que nadie pueda detenerme! ¡Quiero un ejército! Quiero ser el hombre más poderoso.

Se rio al darse cuenta de que estaba hablando con creciente pasión. El impulso de vengarse por la destrucción de su especie parecía cegarle más de lo que había supuesto. Tal vez hizo demasiadas peticiones a la vez, a menos que el ratón lo tomara como una larga petición. Sin embargo, sabía que su destino descansaría en sus garras de todos modos... bueno, ahora en sus manos. Se sumió en la locura, probablemente imposible, pero prefería la locura, la acción, antes que esconderse en el barro, bajo las hojas como Q'ualel.

—Sería mejor que nadie más utilizara tu poder —se volvió hacia el ratón, acariciándolo. Se quedó inmóvil, solo le temblaban los bigotes; le miraba fijamente con sus ojos dorados—. Porque, ¿cómo puedo saber exactamente cómo actúas? Alguien podría intentar detenerme, suponiendo, por supuesto, que mi loca hipótesis se hiciera realidad. Gracias por lo que has hecho por mí. El resto, tengo que manejarlo yo mismo.

Si el animal tenía habilidades telepáticas, tal vez las aprovechó, o se activó el instinto animal más ordinario integrado en el artefacto, pues se puso rígido cuando un pensamiento loco se formó en la cabeza de Xajb Kej.

El artefacto que había existido durante miles de años tenía que desaparecer aquí y ahora. Era demasiado peligroso en las manos equivocadas, las suyas, por ejemplo. El humano se planteó pedirle al ratón la inmortalidad, pero lo dejó pasar. No se sabía si esto habría funcionado después de la letanía de sus deseos, y se habría sentido mal si las fuerzas paranormales lo hubieran hecho todo por él. O tecnología alienígena, como habrían dicho probablemente los humanos.

Sin embargo, ¿cómo iba a deshacerse del artefacto que existía desde la época de Nimja, para que no quedara ningún rastro? ¿Es posible destruir algo creado por criaturas con el poder de los dioses? Si mata al ratón, quedan los huesos. Si lo quema, quedan cenizas. ¿Podría la ceniza también ser utilizada por alguien?

Se dio cuenta de que tenía hambre.

¿Por qué no? Probaría su patética dentadura al mismo tiempo.

El artefacto no reaccionó como un animal normal, sino que se mantuvo alerta cuando Xajb'a Kej se lo llevó a la cara y le lamió el lomo, queriendo probar la presa antes de comerla, como había hecho en su forma felina. Su sentido del gusto también se había deteriorado, pero al menos reconocía que la piel del ratón sabía como cualquier otra.

Separó sus mandíbulas y lo colocó, perfectamente quieto, en su lengua.

No era tan malo como había sospechado antes. Con un fuerte apretón de dientes, consiguió matar al animal rápidamente y sin dolor la primera vez. La sangre dulce y caliente corría por su boca, se deslizaba por su barbilla y goteaba sobre su pecho. Es posible que también en el caso de la mecánica de las mandíbulas, le quedara mucho de un onkalot, un hombre corriente no habría sido capaz de matar a un roedor de esta manera. Probablemente los humanos ni siquiera lo hacían, tendría que aprender mucho sobre ellos. El olor y el sabor de la sangre no resultaban tan intensos como en el caso de los animales organolépticos, pero Xajb'a Kej estaba preparado para el sacrificio y el calvario en este cuerpo débil para lograr su objetivo.

Después de masticar un rato, decidió guardar el fémur arrancado de su boca como recuerdo. Lo metió en la bolsa de cuero junto a la daga de obsidiana; quizá se hiciera un colgante con el trofeo. Consiguió tragar el resto del ratón desmenuzado a bocados. De ninguna manera renunciaría a esa forma de alimentarse, aunque se viera obligado a practicarla en secreto, para no despertar asco y sospechas. Y pensar que todo había empezado con el maldito Kejnay. Al principio, Xajb'a Kej había odiado las costumbres practicadas por los caníbales, pero cuando se había producido un conflicto entre personas y jaguares humanoides, su opinión había cambiado y había empezado a utilizar sus prácticas bárbaras con los intrusos capturados. Matarlos le había ayudado a lidiar con el enorme estrés y a mantener una escasa sensación de plenitud patriótica, de poder hacer algo ante la trágica situación. La carne de los machos había resultado horrible, así que solo había comido la carne de las hembras, que era más delicada y sabrosa, cuando se presentaba la ocasión. Comenzó a hacer exactamente lo que le había asustado no mucho antes. Entre las tribus de jaguares humanoides, la matanza o el secuestro de hembras podía llevar a la extinción de la tribu.

Ahora tenía que ir al pueblo.

Tras lavarse la sangre, se dirigió a la morada alienígena más cercana, a medio día de camino de la pirámide de Tukumb'akam.

Toda la rabia por los cortes, abrasiones y heridas que le habían infligido los insectos y las plantas del bosque se desvaneció de inmediato cuando, al llegar al destino a última hora de la tarde, vio un creciente enclave humano. Xajb'a Kej se detuvo en seco, apoyó la mano en el tronco de una palmera y observó los inimaginables cambios. Una gran parte de la selva había sido completamente liquidada por los orbes logísticos, que de forma incomprensible habían eliminado por completo la biomasa. La zona así preparada había sido nivelada para su desarrollo, se había vertido sobre ella algo parecido a la roca por su dureza, aunque mucho más duradera. Los edificios plateados parecían la mayoría de las veces mitades de coco, crecían con una rapidez alarmante, hechos por máquinas con brazos. Varios centenares de personas caminaban por el asentamiento en construcción, otras probablemente estaban en transbordadores espaciales estacionados en los márgenes, rodeados de numerosas máquinas militares. La basura estaba esparcida por toda la región.

Xajb'a Kej aprendió un poco sobre los humanos antes de ser trasladado a Aj. También aprendió lo básico de su idioma angloamericano y un montón de neologismos. Sin embargo, aún no era suficiente para mezclarse con la multitud sin despertar sospechas. Los humanos habían volado a Chulimal en gran número, pero se debían conocer el uno al otro, al menos de vista. Entre ellos también debían existir procedimientos desconocidos para Xajb'a Kej. Consideró la posibilidad de bajar al valle y hacerse el tonto, pero descartó rápidamente esa idea. Por mucho que odiara a los humanos, no era probable que se trajeran a alguien poco capacitado a un planeta desconocido, o eso pensaba.

Cuando finalmente decidió arriesgarse e improvisar, descubrió lo equivocadas que estaban sus suposiciones.

Entró en la obra donde los recién llegados trabajaban con máquinas y androides. Cogió una botella de alcohol por el camino, de pie sobre una mesa hecha con un enorme tronco de árbol cortado, y bebió unos cuantos tragos para darse valor y credibilidad. Le sorprendió que casi nadie le prestara atención, y cuando alguien lo hizo, levantó las cejas sorprendido, no por la visión de Xajb'a Kej, sino por su ropa. Realmente destacaba: el resto de los constructores llevaban pantalones de trabajo, estaban desnudos de cintura para arriba, y los que se quejaban del calor, solo llevaban pantalones cortos y sombreros.

Un capataz calvo con un anotador holográfico en la mano, rodeado de un grupo de trabajadores, le miró. Al cabo de un momento volvió a mirarle, primero con asombro y luego con irritación. Despidió a sus subordinados y él mismo se dirigió hacia Xajb'a Kej.

—Genial, otro más —puso a rodar la pelota. Olió el alcohol del recién llegado—. También bebemos mientras trabajamos.

Xajb'a Kej solo entendía la palabra —trabajar—. No sabía cómo comportarse ni qué decir, pero por suerte el terrícola completó él mismo el guion y tomó la iniciativa, colmándolo de preguntas:

—¿Te pasó lo mismo que a Jacobson y no te han dado formación en seguridad e higiene? De todas formas, ¿qué llevas puesto? ¿Dónde está tu ropa reglamentaria? —El capataz levantó más sus notas y lo acercó a la cabeza de Xajb'a Kej—. ¡¿Te han enviado al espacio sin una sonda?! Voy a perder la cabeza ahora mismo.

El antiguo onkalot adoptó un rostro inocente y se encogió de hombros. Olvidó por completo que en su anterior encarnación había sido telépata. Intentó entrar en la mente del hombre y ver lo que pensaba. Y... ¡funcionó! Afortunadamente, el artefacto había transferido su capacidad psiónica al nuevo cuerpo. Xajb'a Kej respiró aliviado en espíritu, eso le haría la vida mucho más fácil. El capataz imaginó a algunas personas, probablemente trabajadores, y entre ellos a un trabajador igual a él de otro grupo, un tal Jacobson. Ni siquiera sabía que le estaban escaneando, su mente no estaba protegida por ninguna barrera sostenida conscientemente que fuera el tormento de Xajb'a Kej al tratar con jun kame. Así que seguía funcionando a la antigua usanza.

—No puedo creerlo... —El capataz, con la ayuda de su asistente personal, llamó a Jacobson. Tras dos minutos de discusión sobre los borrachos, el desorden y el circo de tres pistas, se dirigió de nuevo al recién llegado—. Te presentarás en la enfermería de inmediato, te darán un entraser. Esperarás unas horas y después irás a mezclar birclones A[7], ¿entendido? Siempre, necesitan manos para trabajar allí. Y busca ropa adecuada. —Aunque el hombre puso cara de ostentación, Xajb'a Kej vio en su imaginación que le envidiaba su altura y estatura—. Que estemos en el bosque no significa que tengamos que vestirnos como salvajes. Dame tu nombre, tengo que inscribirte en el chip.

---

[7] Material para la construcción de carreteras. Obtenido a partir de plásticos sintéticos y ecológicos mezclados con arcilla.

Esta pregunta, Xajb'a Kej la entendió sin rebuscar en la cabeza del capataz. Cierto, en toda la confusión, había olvidado darse un nombre humano. Solo conocía cuatro, tres de los cuales pertenecían a soldados y uno a la mujer que se había comido. No sabía si entre los humanos, los achijes y los trabajadores tenían algún nombre específico, propio de un grupo social, y no quería molestar aún más a este hombre, que probablemente habría pensado que se burlaba de él si le había dado la identidad equivocada. La telepatía de Xajb'a Kay funcionaba de tal manera que solo sabía lo que una persona estaba pensando en un momento dado, por lo que no podía comprobar cuáles eran los nombres de las personas que le rodeaban. Aunque tuvo suerte, uno de los colonos pensó en una chica llamada Atenea, pero de todos modos no sirvió de nada.

Su mirada se posó en el envoltorio sintético de una chocolatina, que vagaba por el suelo con las ráfagas de viento. También conocía las letras terrestres lo suficientemente bien como para leer parte del texto en mayúsculas: «For kids» (para niños). El papel se enganchó en una piedra y se dobló de tal manera que una de las letras quedó oculta.

—Forkis —respondió apresuradamente Xajb'a Kej.

El capataz anotó algo en un cuaderno electrónico.

—¿Y el apellido?

—No tengo.

El hombre volvió a pensar en algo bien conocido por él. Miró a Forkis con desconfianza.

—¿Eres de un bebe in vitro? ¿Hiciste algo malo y te desheredaron? ¿O tal vez problemas con el divorcio y tu ex te quitó hasta el apellido? Viendo tu estatura, tu mirada amenazante y tu rostro severo, supongo que es probablemente lo último. No podías apartar a las chicas de ti y ella estaba celosa —hizo la biografía de Forkis con la habilidad de un escritor. Suspiró melancólicamente y miró la zona más allá del transbordador espacial más cercano—. Así son las cosas, a las mujeres les gustan los españoles. Aunque parezcas un poco indio, tu tez es antinaturalmente pálida. A mí también me pasaba con las mujeres...

Forkis sonrió amablemente. Demasiado tarde se acordó de no separar demasiado la boca para no mostrar los colmillos y llamar aún más la atención.

—¡Ah, eres un transhumanista! —El capataz, que resultó ser muy conversador, tomó este hecho sin sorpresa—. De ahí el fenotipo antinatural. Así que debes ser rico ya que modificaste tu cuerpo. Es un poco extraño que hayas acabado haciendo trabajos de colonización... Pero espera... —Entrecerró los ojos y agitó su cuaderno frente a la nariz de Forkis—. ¿Estás cumpliendo condena? Ya entiendo; veo que no eres muy hablador. Bueno, eso no es asunto mío. Espero que ningún cabrón nos mande criminales serios a ayudarnos. Sin embargo, después de tres meses terrícolas, el equipo será enviado de vuelta a la tierra de todos modos. Tengo que irme, ha sido un placer hablar contigo.

Al capataz debió caerle bien porque se despidió con un apretón de manos y se marchó, dejando a Forkis asombrado en medio de la obra. Hasta el momento, todo le había resultado muy fácil, como si fluyera con la corriente del río, y no luchara contra ella, como había imaginado al mezclarse en una sociedad alienígena. ¿Podría comenzar a desarrollarse la realidad creada por el artefacto? De ser así, el misterioso objeto del pasado, en forma de animal vivo dorado, debía ser muy poderoso y peligroso. Forkis había arriesgado mucho al destruirlo tan irreflexivamente. ¿O tal vez era así como la esencia del artefacto había pasado a su cuerpo? Qué poco entendía de todo esto...

Los alienígenas no resultaron ser como los dioses que él había supuesto solo porque habían venido de las estrellas. Todo lo contrario: tenían un desorden total en sus filas y pensaban en asuntos tan mundanos como los aburridos onkalots. Bebidas, diversión, sexo, chicas, sueño, descanso, fiesta, sexo de nuevo. Forkis se inclinaba a suponer que quizá solo los equipos automatizados e inteligentes que pensaban por los operadores les habían permitido ganar la guerra contra los jaguares humanoides. Si él mismo hubiera tenido que crear una sociedad perfecta, habría empezado a darle forma, empezando por una disciplina total y un orden basado en el achij. Reflexionar sobre ello, era un placer para él. Tener su propia nación, era un pensamiento muy bonito. Siempre quiso el poder. Si no hubiera perdido el duelo público con Q'ualel, habría sido quizás el nuevo líder de Chiq'aq.

Se dirigió al edificio indicado y, tras un largo rato de admirar el interior, se encontró en la enfermería. Su nariz se llenó de intensos olores que sintió por primera vez en su vida. Le ordenaron que se sentara en una silla blanca y plateada. El médico que le esperaba le inyectó algo en el cuello con una aguja fina y larga, justo debajo del occipucio. Resultó ser un poco desagradable, pero no dolió en absoluto. Después de la inyección, le ordenaron que se tumbara en un sofá, donde Forkis se quedó rápidamente dormido.

Cuando se despertó después de unas horas terrestres, se sorprendió al ver que sabía muchas cosas diferentes sobre la construcción de nuevas ciudades y asentamientos. Sin embargo, no era lo más sorprendente.

—¿Y cómo te encuentras, Forkis? Tus parámetros de salud son normales, puedes volver a tus tareas —dijo el médico con agrado—. El entraser ya está en tu lóbulo frontal, la transferencia de información debería estar completa. Se trata de una versión permanente, inofensiva para el organismo, pero si quiere que se lo quiten quirúrgicamente, solo hará falta un procedimiento sencillo y poco invasivo con una aguja que no llevará más de un minuto. También podríamos inyectarle una bionano que arrancaría la sonda, pasaría la barrera hematoencefálica y se dirigiría al sistema excretor.

Forkis entendía cada palabra y contexto como si hubiera aprendido el inglés desde su nacimiento como terrícola. También entendía las estructuras sociales humanas, los términos de todos los inventos, las máquinas, las colonias, los planetas, las lunas, las profesiones... ¡todo!

—Gracias, doctor. —Sonrió amablemente—. Por ahora, la interferencia no es necesaria, lo pensaré más tarde. Ahora déjeme ir a buscar mis pantalones de reglamento y volver al trabajo.

—Por supuesto, Forkis. Que tengas un buen día.

El lobo y la chica del uniforme rojo

El año terrícola 2681

Las tormentas espaciales eran raras; se descubrieron en el siglo XXIV, cuando la población de la tierra empezó a colonizar otros planetas. Era la definición coloquial de materia muy fina en la zona de fuerte actividad de la CME[8], generalmente trozos de roca triturados hasta convertirlos en arena, con fuerte radiación y propiedades magnéticas. Estaba formada por cuerpos celestes destruidos con una composición química específica. La nube que se precipitaba por el espacio tenía diferentes tamaños de manto, podía alcanzar la longitud de un planeta, pero también las había enormes que se extendían por varios sistemas estelares. Estas últimas solían producirse cerca de agujeros negros.

Al regresar de un reconocimiento del planeta rico en iridio recientemente descubierto, los kiritianos no esperaban caer directamente en el corazón de una enorme nube al salir del túnel subespacial. Los cálculos con el uso del propulsor Alcubierre no

---

[8] Eyección de masa coronal de una estrella.

tuvieron en cuenta los fenómenos raros al final del viaje, que estaban dentro de una probabilidad muy baja de ocurrencia, y por lo tanto fueron ignorados. Pequeños trozos inundaron una corbeta, un vehículo blindado de transporte de personal y varios cazas, como una tormenta del desierto que deambula por el Sahara. La visibilidad detrás de los ojos de buey se redujo casi a cero, debido a la CME la navegación también se rompió, incluso fue imposible captar señales. En 2681, los kiritianos se convirtieron en la nación dominante en el cosmos, actualmente solo los rebeldes podían derrotarlos en combate, pero ni uno ni otro bando disponían de tales escudos para poder proteger las máquinas contra los fenómenos cósmicos destructivos, como un combo de materia de planetas destruidos y la CME.

—Es bueno —pensó Forkis— que las máquinas de nuestro escuadrón[9] estén protegidas por un blindaje de acero dhurn, y que las cubiertas de la cabina y los ojos de buey sean de puronax ultraduro. Así que la nube no puede hacer más daño que un pequeño rasguño—. Con esto en mente, el hombre se puso a contemplar el llamativo espectáculo desde su sillón situado en el centro del puente de la corbeta. Muchas limaduras blanqueadas, brillaban con su propia luz; el efecto recordaba a la plata viva flotando en el espacio.

Frente a Forkis, se encontraban las posiciones de los capitanes Kiret «Necron» Biffter y Velkee Vandringen, también conocido como Warfighter. Los oficiales trataron de hablar con los pilotos de la escolta, pero apenas podían oírse entre los ruidos crepitantes. Los inmortales se comunicaron en morse utilizando la iluminación

[9] En la aviación kiritiana, varias máquinas de diferentes tipos.

externa. Sin embargo, las máquinas debieron acercarse mucho la una a la otra.

—General —la voz del canoso Velkee, kiritianizado en sus sesenta años, despertó a Forkis de sus meditaciones—. Perdóneme, pero... No sé dónde estamos —añadió enfadado—. Ciertamente, en algún lugar del Universo de los Peces. Los capripods de a bordo debieron detectar la amenaza y se activó el sistema de corrección automática del rumbo, que ignoró las coordenadas de destino introducidas manualmente. Y debido a que la nube alteró sus cálculos, nuestro escuadrón fue lanzado al centro del ojo del ciclón.

—Prácticamente estamos volando a tientas —completó Kiret, con la cabeza rapada, inmortalizado a una edad mucho más temprana que Vandringen—. Propongo apagar el equipo por completo, detener la escuadra y esperar a que pase.

Velkee volvió inmediatamente la cara hacia él.

—Me niego. Esta es una zona de actividad rebelde. Nos matarán si nos rastrean y descubren que vamos a la deriva. Seremos como un blanco inmóvil para ellos. En tal número, seguramente perderemos.

—¿Cómo nos van a rastrear, si la electrónica no detecta nada dentro de la nube?

—No se sabe cuánto durará este fenómeno. Puede que pase volando en unos minutos y nos encontremos en... lo desconocido.

—Y volando a tientas, podemos ir directamente hacia el enemigo.

Forkis cerró los ojos. Estaba acostumbrado a la rivalidad entre los capitanes, o para ser más precisos, era el animado Velkee quien solía atacar conversacionalmente al tranquilo kiritiano. Los kiritianos, como nación militar en formación, se instalaron temporalmente en CD4G5 porque resultó que el planeta no estaba a la altura de sus expectativas. Forkis ejercía una autoridad suprema entre este pueblo, se le llamaba dignatario, autócrata, pero preferentemente general. Cuando encontraran un nuevo y mejor hogar (y eso debía ocurrir pronto) planeaba trasladar a Kiret a un puesto alto y civil, para que ese forcejeo con el guerrero terminara. También tenía la intención de darse un título específico, hasta ahora desconocido.

—¿Cuál es su decisión, general? —Preguntó Velkee. Abriendo los ojos, Forkis vio que los dos capitanes le miraban fijamente.

—Siempre es mejor hacer algo que quedarse en el medio y rendirse al destino. Así que, volemos, pero con cuidado. Tenemos que ir más allá de la zona de la nube—. Kiret era su amigo, pero Forkis esta vez apoyó la idea más sensata de Warfighter.

Así que volaron. Los oficiales trabajaban constantemente para establecer la ubicación del escuadrón.

Observando el trabajo de sus hombres, Forkis hizo girar con sus dedos una cápsula de metal que colgaba de una cadena en su cuello. El hueso de ratón dorado en su interior se convirtió para él en una especie de reliquia, símbolo de su poder. Al no verse acosado por los informes de sus subordinados, volvió a dedicarse a la meditación. Tenía que admitir que se sentía orgulloso de sus kiritianos, también llamados los inmortales o los infectados. Ya no tenía intención de deshacerse de ellos después de tomar su venganza, como había planeado hacer en la creación de la nación. Eran sus fieles achijes, entregados hasta la última gota de sangre; por apego y sentido del deber, se sentía responsable de ellos. Habían pasado ciento setenta años terrícolas desde que se había sometido a una transmutación acelerada en humano y supuestamente se había unido a un equipo de trabajadores en Chulimal. Como había anunciado entonces el capataz, al cabo de unos meses fue enviado de vuelta a la tierra, donde comenzó a observar y estudiar a un ser humano. Promoviendo la telepatía — que se percibía como una forma de transhumanismo prácticamente imposible de crear— solo en un pequeño grupo de servicios y la policía, trabajó en la selección de criminales y enemigos del Estado para el Grupo Visegrad. No le gustaba, ya que gracias a una sola persona era posible cerrar el edificio y despedir a casi todo el personal[10]. Sin embargo, a Forkis no le importaba en absoluto, lo importante para él era que tenía el trabajo y el dinero. Mucho dinero. Cuando su camino se cruzó con el de un desertor del ejército del Nuevo Orden, antes ejército de la Unión Europea, Kiret Biffter, y el Dr. Maximus Figam, crearon juntos un laboratorio secreto. Contrataron a personas de confianza para que les ayudaran, lo que fue fácil con las habilidades del antiguo jaguar humanoide. Allí, Figam creó un supervirus que inmortaliza el cuerpo. Forkis atacó la sede de un gobierno mundial en Londres y creó a Kiritia. Entonces comenzaron las luchas contra la NOA tras el colapso del gobierno global. La guerra de la tierra se trasladó al espacio, a planetas cada vez más lejanos de tipo terrestre. La NOA en el espacio se convirtió en los rebeldes.

Y así había sido durante dos siglos: la lucha por el dominio de la humanidad entre los kiritianos y los rebeldes, en la que varias colonias habían sufrido un rebote en el camino. Hasta ahora, nadie se había impuesto definitivamente, aunque los inmortales se habían convertido en una potencia tecnológica; para los humanos

---

[10] La robotización del trabajo comenzó en el siglo XXI.

corrientes de fuera de la nación, llamada oderses, eran como dioses.

Cuando una poderosa descarga recorrió inesperadamente la corbeta, Forkis sintió por un momento como si hubiera estado a punto de salir disparado de una silla junto con un protector de pecho.

Miró el panel de control y vio a Velkee tumbado con la frente en la consola. El capitán no estaba herido, solo era la forma en que quería descargar su frustración.

—El teniente Robert Milles... El transportador nos golpeó con vehemencia —dijo en contra del reglamento—. Debido a la falta de navegación, el piloto se quedó muy atrás de nosotros, solo quiso acelerar ligeramente y encendió el motor de impulso en lugar del de plasma.

—Pero la situación está bajo control —lo tranquilizó Kiret.

—¿Averías? —Preguntó Forkis, frotándose el costado derecho.

Biffter echó un vistazo a la lista del análisis realizado por la IA.

—Daños en el blindaje de la corbeta. Pero el tablero ya está asegurado y no hay riesgo de descompresión. Además, un aplastamiento de cuatro generadores de campo de protección. Una explosión de la base del cañón orbital. También, una quema de la antena.

—Así que, en otras palabras, el potencial de combate se descontroló, caballeros —murmuró Forkis.

Sin embargo, no fue tan grave. Si la corbeta hubiera sido golpeada por una máquina de combate enemiga de clase media o pequeña, el blindaje de acero dhurn la habría aplastado hasta convertirla en un acordeón. Habría sido diferente si dos unidades kiritianas protegidas por los mismos materiales hubieran chocado por accidente, pero tales incidentes prácticamente no ocurrían.

—General, creo que tengo algo...

Velkee y Forkis dirigieron su atención a Kiret, con el brazo levantado.

Tras la serie de chasquidos se pudo reconocer una voz masculina en el canal civil de comunicación universal. No pertenecía a nadie del escuadrón.

—gg..t nge... ..rse por siet... ...es, curso ze... ...rds ...tar...

El soldado frunció el ceño, tratando de entender algo.

—¿Quiénes son ustedes? Apenas le oímos, repita —ordenó. Al cabo de unos minutos, el mensaje sonó por fin correctamente:

—A esa velocidad, te sugiero que cambies el curso en setenta grados, rumbo cero hacia Antares. A menos que quieras detenerte, aún tienes tiempo.

Los capitanes y el general se miraron sorprendidos. Forkis abrió el protector del pecho[11] y se dirigió al puesto de Vandringen para mirar por encima del hombro uno de los monitores holográficos. Aparte de los rebeldes que los despreciaban ostensiblemente, probablemente todo el mundo tenía miedo de los inmortales. Ciertamente, nadie se habría atrevido a hablarles de forma tan arrogante.

—¿Quién habla? Preséntese —exigió Velkee.

---

[11] Puedes leer más sobre la tecnología kiritiana -en este caso, la que permite caminar sobre las tablas de las naves y acorazados en el espacio- en la trilogía de Death Bringer.

—Parece un civil borracho —comentó Kiret—. Puede ser que la nube se esté debilitando o que nos estemos acercando a su fin.

—Le aconsejo que cambie de rumbo o se encontrará con nosotros —dijo de nuevo el hombre misterioso—. No es demasiado tarde. Faltan 29,7 minutos para la colisión, si mantienen la velocidad actual.

—Les habla el capitán kiritiano Kiret Biffter. Es usted quien debe cambiar el rumbo. Seguiremos la trayectoria designada.

—Me niego. Es imposible. Le sugiero que cambie su rumbo en setenta grados, rumbo cero hacia Antares.

—Definitivamente no son rebeldes —murmuró Forkis, con las manos juntas en la nuca.

Todo el escuadrón escuchó atentamente el intercambio de opiniones: la comunicación comenzó a regresar lentamente, aunque la visibilidad seguía siendo terrible. Se veían las luces de los fuselajes de las máquinas lejanas, y un pequeño borrón de lo que probablemente era la enana amarilla más cercana, tal vez una estrella azul de la secuencia principal, o una subgigante; era difícil distinguir algo en esas condiciones.

Molesto por la ineficaz y amable charla de Kiret, Velkee le quitó el comunicador.

—Soy el capitán Velkee Vandringen. En nuestro escuadrón hay una corbeta, un acorazado y un grupo de cazas. No vamos a cambiar la ruta y o lo hace usted o habrá un tiroteo.

—No tenemos forma de parar o cambiar el rumbo —continuó temerariamente el interlocutor anónimo—. Si no lo hacen, morirán todos, incluyendo muchos inocentes.

Finalmente, Forkis, jovial hasta el momento, perdió la paciencia. No había experimentado nada parecido antes. Se inclinó junto a Velkee para acceder al comunicador.

—Les habla el general Forkis, comandante en jefe y general kiritiano. Será mejor que salgan de la ruta, idiotas, o solo será su gente la que saldrá herida. Sé que no son rebeldes. —Forkis no podía admitir que los rebeldes representaban una amenaza para los kiritianos.

—Ya veo —dijo el otro lado de forma irritante e impasible—. Al menos cambia tu rumbo diez grados en cualquier dirección, porque entonces si chocas con el planeta, nadie más saldrá herido.

Forkis se quedó sin palabras.

—¿Quién demonios eres tú? ¿Qué planeta?

—Soy Lindgreen, androide de tercera generación Space Dream. El operador de la torre del puerto espacial del asentamiento de Mirphak. Te diriges a Atla.

Las caras del general y sus oficiales lo decían todo. Uno de los pilotos de caza no pudo soportarlo y comenzó a reírse. Salieron ilesos mientras los de la otra nave se desintegraron. En mil años se contarán chistes sobre ello, y ellos, como inmortales, los escucharán. Claro, los no que mueran en alguna batalla antes.

Forkis quería golpear su frente contra la consola de instrumentos, como había hecho antes Warfighter, y quedarse así durante unos minutos.

Consiguieron frenar antes de la frontera de Roche.

La nube se fue desvaneciendo poco a poco.

Ante sus ojos apareció un planeta recién terraformado similar a la tierra, con tres lunas y una superficie de color púrpura como resultado de la refracción de la luz.

***

El aterrizaje cerca del pequeño puerto espacial se produjo sin mayores problemas. Aunque se plantaron las primeras plantas silvestres en Atla, la atmósfera naturalizada funcionaba lo suficientemente bien como para permitir respirar libremente, como en la tierra. La presión atmosférica y la humedad también resultaron soportables. La masa del globo era un cuatro por ciento mayor que la del Planeta Azul, pero en poco tiempo el cuerpo humano podía adaptarse a ella. Sobre todo, cuando alguien viajaba a menudo por el espacio y estaba acostumbrado al cambio sistemático de las condiciones ambientales.

Era de noche en el hemisferio, por lo que los kiritianos tenían dificultades para ver la superficie del planeta. Dejaron las máquinas y comenzaron a evaluar los daños.

—¿Cuánto tiempo se tardará en repararlos? —Preguntó Forkis.

—Depende, señor, del equipo que tengan en los hangares del puerto espacial —respondió el técnico mecánico.

—De acuerdo. Compruébalo ahora mismo.

—Por supuesto, señor.

—Mierda, ni siquiera sabía que había asentamientos en Atla. —Velkee, con los brazos en alto, comenzó a mirar a su alrededor. Forkis le siguió y rápidamente se dio cuenta de por qué la existencia de Mirphak había eludido su atención. Aterrizaron en una colina con una buena vista de cientos de hectáreas de terreno. El pequeño enclave con edificios estaba rodeado de desierto rocoso.

El puerto espacial, junto con su torre, que albergaba al intrépido androide, estaba a un kilómetro de las casas más cercanas. Junto a la estación aérea había una pequeña y característica plaza, ahora vacía, donde se realizaba el comercio intra o interplanetario de bienes esenciales. Forkis se fijó en una gran cantidad de astroplanos serpenteantes cerca de la ciudad, destinados al cultivo de alimentos. Así, parecía que Mirphak era prácticamente autosuficiente y minimalista. Esto se traducía en poco movimiento sobre el asentamiento en el cosmos, lo que a su vez significaba una baja firma energética y térmica para ser captada en el espacio profundo. En cualquier caso, la finca no hacía alarde de su existencia.

Los kiritianos aterrizaron sin el permiso de nadie y, aparte del androide, nadie se puso en contacto con ellos. Lo mismo ocurría en la mayoría de los planetas y lunas colonizados: pocos estaban dispuestos a causar dificultades a los inmortales. Solo en el lugar se les acercó un grupo de soldados mercenarios asignados a la colonia. Tras una breve conversación, Forkis se enteró por un teniente local de que la homogénea aglomeración, que solo existía desde hacía unos meses, estaba habitada por más de cuatro mil civiles más doscientos mercenarios. El dignatario sabía por experiencia que esto era una terrible protección en caso de un ataque desde el espacio, y el pequeño tamaño del ejército, además mercenario, solo podía significar una cosa: Mirphak se llevaba bien con los rebeldes. Es posible que les pagaran regularmente para asegurarse la protección contra otras nacionalidades, gánsteres o piratas del espacio.

—Si informas a la oposición —dirigiéndose al comandante mercenario, Forkis, como siempre, utilizó el método de disparar cañones a un mosquito— de que estamos aquí, pediremos nuestros propios refuerzos. Y eso significa que esperarás una batalla en las calles y sobre sus cabezas. No queremos hacerles daño, solo repararemos los daños y volaremos a nuestra ruta. No nos importa su planeta.

—Por supuesto, señor. —El pálido oficial se tranquilizó, al menos en cuanto a la seguridad. Los kiritianos eran considerados una nación cruel, pero eran famosos por su franqueza, que formaba parte de su estricto credo.

Forkis leyó con satisfacción en sus pensamientos que, efectivamente, habían estado en contacto con los rebeldes, pero que, por miedo a las complicaciones, no iban a informarles de la llegada de los inmortales. Así que, al menos, todo estaría tranquilo aquí. Miró la corbeta y el cañón orbital dañado que no podía deslizarse en el hueco del tren de aterrizaje. En caso de problemas, un disparo incluso desde la atmósfera inferior habría bastado para aniquilar a toda la colonia, pero incluso sin eso los kiritianos se habrían ocupado de los locales con la ayuda de cazas si los mercenarios hubieran hecho despegar sus unidades.

Algunos de los inmortales se quedaron en las máquinas, el resto, incluidos los capitanes y Forkis, se dirigieron hacia la finca. La homogeneidad de las pequeñas colonias consistía en que las personas con los mismos puntos de vista o necesidades se reunían en un lugar, la ley se establecía allí y las autoridades no eran elegidas. El orden lo mantenía el ejército u otros servicios uniformados. Incluso funcionaba bien, pero solo durante un tiempo. Con el tiempo hubo disputas y divisiones: Forkis sabía por experiencia que los humanos no podían funcionar de otra manera. Aunque debía gran parte de su éxito al artefacto, estaba orgulloso de sí mismo por haber conseguido crear kiritianos inhumanos que le seguían como las ovejas siguen a su pastor. O como un lobo que les aterroriza y, a la vez, es admirado por ellos.

Frente a las casas que parecían globos, había una plaza con una posada arcaica, de estilo medieval, de Diamond Geyser. El edificio, de dos plantas y bastante grande, estaba construido con materiales sintéticos, visualmente indistinguibles de la madera.

Cuando los kiritianos de armadura ligera entraron, la conversación se interrumpió y todas las miradas, sorprendidas y aterrorizadas, se volvieron hacia ellos. Durante largos segundos solo se oyó el fuego chisporroteando en los troncos de una gran chimenea. Los clientes se quedaron helados mientras los inmortales, ignorándolos, ocupaban las mesas vacías; Forkis, Kiret y Velkee se sentaron juntos. Solo la niña, que vino a cenar con su padre y su hermana unos años mayor, rompieron el silencio: se acercó a la mesa de Forkis con entusiasmo y una sonrisa ingenua. Se agarró a una esquina con las manos y empezó a saltar, agitando hacia arriba y hacia abajo dos coletas rubias a los lados de la cabeza. El sudor apareció en la frente de su padre. Kiret sonrió a la niña y la saludó.

—Salgan todos —espetó Forkis a los huéspedes de la posada. Y todos, a toda prisa, comenzaron a abandonar sus puestos. El dignatario dirigió a la niña una mirada gélida que se suavizó ligeramente.

—¿Dónde está tu madre? —Preguntó.

—¡Encerrada!

Comprobó su mente, y como pensaba, se trataba de un trabajo, no de una prisión. La mujer cuidaba uno de los sectores de la planta en el astroplarn.

—La niña y la familia pueden quedarse —dijo mirando a su padre. El kiritiano levantó la mano cuando este estaba a punto de levantarse.

—Relájate, siéntate y termina tu cena.

El hombre, aún preocupado, asintió. No tuvo más remedio que cumplir la orden del dignatario de temida reputación, por no querer molestarlo, y por la comodidad de sus propios nervios. Se sentiría incómodo todo el tiempo, pero al menos la comida que apenas le habían servido, no se desperdiciaría. Su hija mayor mostró más valor que su progenitor y se acercó a su hermana. Disculpándose con el kiritiano, la levantó por las axilas.

—Mika, vamos. —Apartó a la niña de la mesa y ambas volvieron a la suya.

Velkee se acercó a la barra. Echó un vistazo al comedor y luego, apoyando las manos en el tablero de la mesa, se dirigió amablemente al silencioso y preocupado anfitrión:

—La cabaña es muy bonita y su decoración fue una gran idea. Además, servicio tradicional, sin máquinas. Seguro que su negocio está en auge. Lo asumimos en su totalidad por tres días, incluyendo la comida. Por favor, no se preocupe por las pérdidas financieras debido a la falta de clientes. Pagamos por adelantado, el triple.

Una bolsa sintética con varios gramos de painita aterrizó en el mostrador: los kiritianos manipulaban el valor de este mineral, controlando todos sus depósitos encontrados. El asombrado anfitrión abrió más la bolsa y empezó a tocar el contenido con inseguridad, como si temiera que fuera solo una proyección inmaterial. Pero no, la painita estaba realmente allí. Desde la trastienda, apareció una trabajadora rubia igualmente confundida.

—Como puedes ver, no somos los monstruos que los oderses creen que somos. A veces basta con ser amables con nosotros. —Velkee sonrió facciosamente, mirando a la chica que se sonrojó—. Creo que no habrá ningún problema, ¿o sí?

—Por supuesto. No hay problema —respondió mansamente el dueño del edificio—. Llámeme Ramaphos.

—Capitán Velkee Vandringen. Si hay clientes arriba, échalos. Y no se preocupe, este edificio no perderá ni una astilla. Lo dejaremos en las mismas condiciones en que lo encontramos. Ahora haznos una buena cena.

La rubia sustituyó al anfitrión detrás de la barra —contenta de poder mirar ahora al envejecido pero atractivo combatiente—, Ramaphos se dirigió a la cocina para corregir al equipo y que nadie metiera la pata. Intentando no mirar en dirección a los kiritianos, el padre y sus hijas se encargaron de la comida, en los descansos entre bocado y bocado el hombre hablaba con la mayor sobre la escuela. Los achijes de los cazas y el transportador también se enfrascaron en una animada discusión. Tres de ellos salieron a fumar tumbaku, una droga muy popular en el Zodiac Universum.

—Bueno, Necron, ¿qué más interesante tienes ahí? —Preguntó Forkis a Biffter cuando Velkee volvió con ellos. Lejos de sus achijes, podían hablar con más libertad—. Durante el vuelo, hablaste de un candidato más.

—Ah, sí —Kiret colocó un proyector del tamaño de una castaña sobre la mesa, y la imagen holográfica apareció inmediatamente.

—Este es el último planeta de la presentación que sería adecuado para nuestra sede —describió Necron—. Rocoso, de tipo terrestre, por supuesto. A unos quinientos cuarenta y cinco años luz de la tierra. Tres lunas. Orbita alrededor de una enana amarilla, pero es el último globo de su sistema, lo que significa que la estrella le afecta poco y apenas es evidente a simple vista. Sin embargo — alzó un dedo—, a pocos años luz del planeta hay una supergigante roja, Betelgeuse, y actúa como su estrella principal, tiene un impacto significativo en el clima y la corteza terrestre. El planeta es sísmico y volcánicamente activo, por lo que tendríamos infinitas fuentes de energía gratuita para procesar. La amenaza para nosotros sería nula. No es nada a lo que no pudiéramos hacer frente con el estado actual de nuestra tecnología…

—Señor. —El sargento Ivester, que había estado fumando tumbak fuera, se acercó a su mesa.

—¿Sí? —El achij, algo avergonzado y la nariz ligeramente torcida, parecía avergonzado—. Una chica ha venido a verte.

Forkis se recostó en su silla.

—¿En serio?

—¿Qué chica? —Preguntó Velkee.

—De la ciudad, señor. Quiero decir, ella vino del desierto. Parece, habla y actúa como si estuviera deprimida. La hemos escaneado en busca de amenazas de bomba, químicas o microbiológicas. Está completamente limpia. Y sana. No tiene ningún arma. Parece que vino aquí por su propia voluntad, sin relación con otras personas.

Los tres miraron a su comandante, curiosos por su decisión. El personal de la posada les trajo comida y cerveza y las puso sobre la mesa. Forkis no temía que se hubiera vertido allí algún veneno: la telepatía era una herramienta versátil y poderosa para la vigilancia de los olores. Si alguien hubiera querido hacerles daño, probablemente habría estado pensando mucho para no cometer el más mínimo error, siendo así una carta legible para las habilidades de Forkis. No habrían tratado de hacer otra cosa para mantener su mente en estado de tabula rasa. La sospecha de que el líder de los inmortales era telépata, para su diversión, seguía existiendo entre los oderses como una teoría de conspiración, una de las miles que había sobre él. La telepatía funcionaba con mayor eficacia cuando Forkis, concentrado, tenía un objetivo en su línea de visión y a una distancia máxima de varias decenas de metros, pero también era capaz de captar pensamientos a través de paredes más finas, especialmente las no metálicas. Por eso, los empleados de la cocina, que a veces deambulaban por la sala, no podían ocultarle nada. Además, casi todos tenían miedo, por lo que no había duda de que los platos se estropeaban y el servicio era deficiente. Varias personas maldecían mentalmente a los kiritianos, lo cual no era nada nuevo, y ninguna comunidad tenía penalizaciones por pensar de forma negativa. Solo la rubia, que ponía los platos delante de ellos, se interesaba por Velkee, lanzándole discretas miradas cuando no lo veía. Una vez no consiguió apartar la vista y se miraron el uno al otro. El capitán sonrió significativamente, y ella también.

Forkis recogió sus cubiertos y le dijo a Ivester:

—Cuando termine de comer, traiga a esa chica aquí, sargento. —El achij se sorprendió ligeramente.

—¿Está seguro de eso, señor?

El dignatario apartó los ojos del contenido poco atractivo del plato y le miró con severidad.

—¿No has entendido algo, achij? Acaba de dejarnos claro que no está aquí para asesinarme.

—Lo siento, señor. Y por supuesto, la traeré aquí...

—Que sea un cuarto de hora —Forkis agitó el tenedor y empezó a detallar más la comida—. ¿Dónde está la carne? —Preguntó a la rubia que fregaba el mostrador con un trapo. La pequeña Mika se levantó de nuevo de la mesa y se dirigió con entusiasmo hacia los soldados armados con una armadura fría.

—No tenemos, señor. En Mirphak solo viven veganos.

Velkee se rió y empezó a jugar con un dátil, haciéndolo rodar entre sus dedos.

—Ya sabemos de qué va la homogeneidad de esta zona. Diablos, voy a quedar con hambre —refunfuñó el dignatario, moviendo los elementos de la ensalada con el tenedor. Sin embargo, era reconfortante que las croquetas de setas y verduras de la cocina tradicional local estuvieran cubiertas de mucha grasa calórica.

—Me pregunto de qué va esta chica y qué quiere. — Necron comenzó con una jarra de cerveza—. Me sorprende que no la hayas rechazado, Forkis. Tienes que hacer respetar tu estatus.

—Un poco de entretenimiento no nos hará daño en este agujero —respondió el dignatario. Empezar con cerveza, y en buena cantidad, era sin duda una buena idea.

Kiret miró a Mika, que apretaba los dientes superiores contra el tablero de la mesa, babeándolo, y sonriendo alegremente mientras observaba a los kiritianos. El hombre levantó la mano de forma tranquilizadora mientras el nervioso padre se levantaba para llevarse a su hija.

Mika se agarró a la esquina de la mesa con las manos y empezó a saltar y a gritar:

—¡Un cuento de hadas, un cuento de hadas!

—Vamos, Velkee, cuéntale a la pequeña un cuento de hadas —sugirió Forkis, ligeramente divertido.

—Érase una vez —empezó a decir Warfighter, ocupado con su plato— había un oder pacifista que quería ser jardinero. Sin embargo, el gobierno mundial le ordenó ir al ejército en la ANO. Él no quería, porque decía que allí moriría y no le gustan las armas. Sin embargo, no pudo hacer nada. Le enviaron a una misión en la que recibió una bala en la cabeza. El fin.

—¿Se supone que esto es divertido? —Le dijo Kiret.

—Perdóname, pero en todas las historias que conozco hay vísceras y cadáveres —respondió el capitán con seriedad irónica, entre bocado y bocado.

—Probablemente se te ocurrió de improviso.

El guerrero lanzó una mirada sombría a Biffter.

—¿Saben cuál es el mayor error educativo de los oderses cuando se trata de niños? Que desde que nacen no les cuentan la verdad sobre la vida, sino que solo les cuentan de animales parlantes, el poder mágico de la amistad, Papá Noel o afirman que la muerte no existe. Luego un niño crece y la vida real les da un golpe en la cara. Prácticamente tiene que aprender la vida de nuevo por culpa de esta tontería que se supone que protege la mente de un niño pequeño. Y si fuera de otra manera, todo se sabría desde el principio y no tendría miedo, gracias al método de dosificación gradual de información fiable. Sé lo que digo porque tuve varios hijos y luego eduqué a sus descendientes. Y todos ellos se convirtieron en personas duras. Cuando eran niños, se asustaban tal vez unos días y nada más. Es mejor enseñar cosas aterradoras pero reales cuando un niño todavía abarca emocionalmente poco.

—Si crees que puedes hacerlo mejor, puedes contar una historia tú mismo, Kiret —sugirió Forkis.

—Vamos —Necron extendió sus manos, sonriendo amistosamente. Mika, contenta y sin miedo, se dejó poner en su regazo. Sabía cómo tratar a los pequeños, solo se ponía difícil con los adolescentes. El capitán tuvo que admitir que Velkee tenía algo de razón en cuanto a inculcar la dulzura a los niños, así que optó por un cuento educativo.

***

Sucedió hace muy poco, en el planeta Próxima Centauri. Había una vez un joven, bastante rico, porque sus padres ganaban mucho y compartían gustosamente sus bienes con sus hijos. Él también ganaba bien, pero eso no le daba la felicidad. Aunque era un buen hombre, experimentaba constantemente algunos disgustos de los humanos. Llegó a la conclusión de que esa no era su realidad, porque él era diferente, no pertenecía a ese lugar y se sentía mal allí. Se enteró de que había una secta llamada licántropos que se convirtió en su inspiración.

***

— Cuidado, ella podría entender algo de esto —interrumpió Velkee, sin importarle que su comentario confidencial fuera escuchado por los achijes, divertidos por la hilarante visión del capitán contándole a Mika el cuento de hadas.

Kiret se dio cuenta de que la sala estaba tan silenciosa como cuando habían entrado en la posada, y todo el mundo estaba escuchando, incluida la rubia que estaba detrás del mostrador y la familia de Mika. Evidentemente, al padre no le importaba que su hija menor escuchara la historia, o él mismo sentía curiosidad por las historias que circulaban entre los inmortales.

—Está bien, sigue —le animó Forkis—. No interrumpas, Vandringen.

***

El hombre decidió irse a vivir a un lugar en un bosque extraño, lejos de la ciudad, para que el cambio de entorno y el barrio tranquilo le hicieran bien. También quería cambiar. Utilizó su dinero para someterse a una fuerte transmutación cosmética y genética y convertirse en un lobo. Funcionó, se convirtió en una criatura como un hombre lobo: con boca, colmillos, garras, pelo y cola, pero con su antigua mente humana. El lobo vivía en el bosque, era realmente feliz, alejado de los humanos y de su mundo caótico y triste.

Sin embargo, con el tiempo, el transhumanista comenzó a sentirse solo, porque lo prefería a unirse a la secta de los licántropos, donde otros eran similares a él, entonces habría dejado de ser especial, se habría convertido en un revoltoso más. Más de una vez observó cómo una chica con uniforme rojo volaba en un skulak hasta las afueras de un pueblo cercano. Al cabo de unas horas, volvía por el mismo camino. Esto ocurría con regularidad, por lo que el lobo recordaba este ciclo.

Un día decidió abordarla. Solo para saludar.

—Hola —dijo cordialmente, saliendo del bosque—. ¿A dónde estás volando?

La chica lo miró despectivamente, juzgándolo. Porque ella no toleraba la alteridad.

—A casa de mi abuela —respondió, y luego se puso en marcha con su skulak.

El lobo se sintió triste. Cuando en otra ocasión quiso intentar hablar con la niña cuando volvía de su abuela, ésta le amenazó con un arma.

El lobo odiaba a los humanos. Se burlaban de él cuando era un hombre bueno, conciliador y manso. No les gustaba que fuera un transhumanista. Era solo la naturaleza humana, se dio cuenta, y maltrataban a los demás sin ninguna razón. Pero también comprendió que no tenía por qué soportarlo y permanecer pasivo.

Decidió cambiar y liberar su naturaleza oscura. La del lobo. ¿Por qué tenía que seguir siendo bueno?

Mucho antes de que la niña del uniforme rojo volviera a visitar a su abuela, corrió por el camino a través del bosque. Llegó a una cabaña solitaria en el borde de un claro, lejos del pueblo. Como la abuela era una persona de confianza y nadie en la zona se burlaba de ella, no tenía vigilancia ni otras medidas de seguridad en su casa.

El lobo había vivido en el bosque durante mucho tiempo y había aprendido a escabullirse sin hacer ruido. Así que atacó a la abuela por sorpresa mientras trabajaba en el jardín, la aturdió, la ató y la escondió en un cobertizo. La mujer tenía ciento cuarenta años, pero aún estaba viva y sana, por lo que no temía que le pasara algo. Al principio, pensó en comérsela, pero desistió. La naturaleza humana habló en él, diciendo que al final la abuela no le hizo nada, además, después de devorarla, no habría habido suficiente espacio en el estómago para la chica del uniforme rojo. Así que se puso la ropa de la abuela y se escondió bajo un edredón en la cama.

***

Kiret se detuvo un momento para dar un sorbo a su cerveza. Todos seguían escuchándole, pero Forkis parecía estar más absorto en la historia, moviendo la jarra vacía sobre la mesa. Apoyando la cabeza con tres dedos, estaba concentrado, serio y un poco ausente.

El capitán continuó.

***

La chica vino como el lobo predijo.

—¡Hola, abuela, estoy en casa! —Dijo tras el umbral, bajó la chaqueta del uniforme y la funda de la pistola. Se dirigió al dormitorio. Inmediatamente se dio cuenta de que la colcha estaba muy abultada.

— Abuela, ¿estás bien? —Preguntó.

—Hola, cariño, claro que sí —graznó el lobo—. Hoy hace un poco de frío y he me he arropado con algunas capas extra.

—¿Por qué tienes una voz tan extraña? ¿Estás bien? —La chica se acercó a la cama y estiró la mano para doblar el edredón.

—No podría estar mejor —se alegró el lobo. La agarró de la mano y tiró de ella gritando hacia él. Abrió la boca y se comió rápidamente a la aterrorizada chica. Luego se acostó en la cama para descansar.

***

— ¿Así? ¿Sin partirla a pedazos? —Preguntó Mika sorprendida, con sincero interés.

— Sí, partirla en pedazos —confirmó Kiret, sonriendo de buena gana.

— ¿Por qué? ¿Cabía completa?

—Es muy lista. Es muy pequeña y no deja que nadie le diga una barbaridad —comentó Velkee.

—Porque era un lobo muy grande —completó Necron, ignorando al capitán. Y siguió con el cuento.

***

Entonces, el lobo se quedó dormido. Sin embargo, no sabía nada porque no había estado antes en esta zona. El sector era patrullado regularmente por un dron centinela del bosque. Poco después de que el lobo se comiera a la niña, sobrevoló la casa de la abuela. Escaneó su propiedad desde arriba, y cuando los rayos del dron atravesaron rápidamente las paredes, vio a tres seres vivos: la abuela encerrada en una celda, el transhumanista y la niña dentro de él.

La transmisión del dron fue captada inmediatamente por un joven agente del servicio forestal, que se encontraba felizmente en la zona. Pronto corrió a la casa de campo, abrió de una patada la puerta del dormitorio y apuntó con el cañón de un rifle multimodo al lobo, que se había despertado por los ruidos.

—¡Libera a la chica! —Exigió con dureza.

—¡No puedo hacerlo! —Respondió el lobo aterrorizado—. Puedo tragarla, pero NO puedo regurjitarla. Es imposible.

El recién llegado disparó un dardo de sueño al transhumanista para evitar que se moviera durante la operación. Él mismo, con un cuchillo quirúrgico ligero sacado de una bolsa, con el que todo agente forestal estaba equipado, comenzó a abrirle el vientre.

***

— ¿Y la chica no se asfixió? —La niña hizo otra pregunta.

— Es realmente inteligente —dijo Velkee.

— Como he dicho, era un lobo grande y tenía mucho aire en su interior —explicó Kiret de forma vacilante, sin querer decirle a la niña que solo era un cuento de hadas, y en ellos había mucha ilógica. Y reanudó el cuento.

***

Al cabo de unos minutos, la aterrorizada niña salió del estómago del lobo. El oficial selló el abdomen del transhumanista con pegamento molecular. Luego llamó a otros guardias para que lo pusieran bajo custodia y lo juzgaran.

Un momento después, el hombre liberó a la abuela del cobertizo. La anciana y la nieta estaban muy contentas de que todo hubiera salido bien. La niña, después de lavarse y cambiarse de ropa, se puso a besar al oficial en el jardín, y luego... es irrelevante.

***

Kiret sonrió.

—Como esto es un cuento de hadas con moraleja, ahora volverás con tu papá y hablarás de quién fue la verdadera bestia aquí: el lobo o los humanos que contribuyeron a su condición.

— ¿Sabe que a mi hermano también se lo comió un lobo? —La chica anunció algo que no entendía muy bien, pero que había escuchado alguna vez.

El padre de Mika, avergonzado, se puso pálido y se levantó inmediatamente para apartarla finalmente de los kiritianos.

—Lo siento mucho por ella, señores —dijo humildemente.

Forkis frunció el ceño, se llevó los dedos a la sien y entró en su mente. La despreocupada confesión de la niña desencadenó una serie de recuerdos desagradables en los lugareños. Esto fue antes de que naciera Mika. Forkis vio a un niño muerto a mordiscos por los perros en una propiedad ajena. Entre los humanos reunidos, el padre, desesperado, aullaba, se tiraba al suelo, no podía más.

Algunos intentaban ayudarle, a veces se veían obligados a sujetarle por la fuerza, otros se apartaban y le miraban con simpatía. Finalmente se llevaron a los perros y les aplicaron la eutanasia, el dueño de la parcela fue a la cárcel.

En la mente del dignatario, el perro se convirtió en un lobo de cuento, que a su vez se convirtió en onkalot.

—Será mejor que me vaya —dijo el padre, tomando las manos de sus hijas—. Gracias por entretener a Mika. Y perdón por las molestias de nuevo.

—Buena suerte —dijo Forkis, mirándole impasible.

El hombre se volvió. Al ver la penetrante y aguda mirada del dignatario, solo consiguió asentir. Tuvo la inquietante impresión de que el líder de los kiritianos sabía perfectamente lo que había ocurrido en su pasado.

Al marcharse, la chica satisfecha saludó a los achijes de otra mesa, y ellos se despidieron de la misma manera, enviándole sonrisas.

Kiret se dio cuenta de que Forkis estaba sentado ante el plato vacío, pensando de forma poco natural para él.

—¿Estás bien?

—¿Cree que fue canibalismo? —El dignatario movió la cuchara entre el pulgar y el índice—. Ya sabes. Un transhumanista es como un lobo, tiene cuerpo de lobo pero mente humana.

Velkee y Kiret estaban intrigados no por la pregunta en sí, sino por quien la formulaba.

—Esta cerveza no es tan fuerte —comentó Biffter, mirando la jarra vacía de Forkis. El dignatario lo fulminó con la mirada.

—Es solo un tonto cuento de hadas —respondió el otro capitán. Miró a Necron—. De todos modos, el Sr. Kiret Biffter lo ha adornado. Su versión no tiene ningún sentido.

—¿Por qué?

—El tipo transhumanista era de Marte, tenía que mudarse urgentemente porque tenía problemas con la ley, y Próxima Centauri le parecía la mejor opción, pero allí odian a los marcianos. En su día fueron planetas competidores desde el punto de vista económico y de asentamiento, y se intentó endosar un montón de casas caras a los colonos. En cuanto a las comunidades en sí, en el momento de la acción del cuento, este tipo también odiaba a la colonia por su religión y apariencia, por lo que odiaba la nueva colonia. Se dio por vencido después de muchos años de persecución y ninguna reacción de las autoridades. Así que comenzó a realizar cruzadas de linchamiento. Con el tiempo, se volvió loco, desarrolló una doble personalidad: humana y de lobo. Como lobo, se comió a la anciana y a su nieta, lo que le llevó un mes.

—La niña no lo habría entendido y tendría muchas dudas durante los siguientes años.

—Quizás todos los niños de cuatro años ya saben quiénes son los licántropos y los transhumanistas. Y no tendría dudas, si se le hubiera transmitido todo correctamente. No habría necesitado entrar en detalles sobre el desgarre gradual de las partes del cuerpo de estas mujeres.

Forkis no se concentró en el intercambio de las últimas frases.

—¿Qué piensas, Velkee? —Preguntó—. ¿Hubo canibalismo en este cuento de hadas o no?

—Psicológicamente creo que sí, pero biológicamente no —dijo Biffter, aceptando la explicación de que el dignatario se había pasado con la cerveza—. Yo creo que sí. Un cuerpo de lobo, pero una mente humana.

—No lo sé. —Mirando al camarero y escuchando la conversación con media oreja, Velkee se terminó el resto del té caliente que le acababan de servir con la cena.

—¿Y si fuera al revés? —Continuó Forkis—. Supongamos que un animal muy inteligente fuera transformado en un humano en el laboratorio, y que ese humano se alimentara de carne humana, pero tuviera una mente de una especie diferente.

—¿De dónde viene esta repentina necesidad de filosofía? —Preguntó Velkee con una sonrisa.

—Solo divagaba.

—Son preguntas de la categoría de la paradoja del barco de Teseo: si empezamos a ciborgizar a un ser humano, cuando se convierta en una máquina al cien por cien, ¿seguirá teniendo conciencia o esta desaparecerá?

—Todavía la tendría —respondió Kiret—. Este es un caso conocido por la ciencia. Así es como se hacen los androlobos.

Forkis se liberó de sus pensamientos y encendió el comunicador junto al estrobo de su casco.

—Sargento Ivester, traiga a esta chica.

El achij entró inmediatamente, como si hubiera estado constantemente de guardia en la puerta, esperando órdenes. Delante de él caminaba una mujer delicada y menuda, con cara de ciervo asustado. Parecía reflexionar sobre si había hecho bien en venir aquí. Visualmente de no más de treinta años. De no ser por una mancha de tierra, su vestido habría sido de color crema; de sus hombros colgaba un abrigo demasiado grande que parecía una capa. Su pelo, que le llegaba a la barbilla y estaba teñido de un morado mate, lo había peinado hacia el lado derecho, solo las raíces eran brillantes. Sus grandes ojos verdes y, en aras del contraste, una barbilla diminuta le daban la inocencia y el aspecto de niña que había llegado, y el efecto era aún más pronunciado por sus ojos fijados humildemente en el suelo de madera.

Forkis apoyó la cabeza con el puño, colocó el pie derecho sobre la rodilla izquierda y, al igual que el achij, siguió a la chica con una mirada curiosa mientras pasaba por las mesas. Al contrario de lo que ocurría con los oderses constantemente asustados y solitarios, la presencia de los kiritianos no la convertía en un manojo de nervios incoherente, la chica parecía estar en un mundo de pensamientos propios; Forkis aún no se había molestado en comprobarlo. Prefería la tradicional conversación cara a cara, explicando todo el asunto, que siempre había sido calmante para la psique humana, y la recién llegada parecía claramente necesitar ayuda. Cada uno de sus movimientos y la posición de su cuerpo indicaban que estaba mentalmente destrozada, la expresión de resignación y reconciliación con el inevitable destino era visible en su triste rostro.

Su rostro solo cambió cuando se detuvo un paso delante de la mesa del dignatario y le miró. Aspiró aire a través de los labios ligeramente separados, le miraba ahora con miedo y con una fascinación que él conocía bien. Había visto una mirada similar en las mujeres miles de veces, así que no le causó la menor impresión.

—He oído que querías verme. —Miró un trozo de lechuga cogido entre sus incisivos.

—Sí —respondió ella después de un momento.

Extendió los brazos por un momento.

—Bien, aquí estoy.

Miró con inseguridad a la mesa donde los suboficiales estaban sentados riendo y cuchicheando.

—He venido aquí… para que me maten.

Una vez más, esa noche, la posada habría permanecido en un silencio desolador, si el fuego, tan indiferente como siempre a los asuntos humanos, no hubiera estallado.

Y entonces los achijes empezaron a reírse a carcajadas. La chica no le dio importancia, solo miró expectante a Forkis, y este a ella.

—Ya que has comido, ¿podrías ir a la ciudad y luego informarme de lo que ocurre allí? —Ordenó Kiret a los achijes—. Pero por favor, nada de cadáveres y peleas.

Los subordinados, decepcionados por la interrupción de su prometedor entretenimiento, se pusieron a cumplir la orden a regañadientes.

Sin embargo, antes de irse, fueron testigos de otro incidente.

—¡Es ella! ¡Asesina de niños! —De la sala de la cocina, salió la rubia, recogiendo antes a Velkee, queriendo comprobar si a los invitados no les faltaba nada. En un instante, pasó de ser una empleada amable y servicial a una pantera furiosa. Con los ojos llenos de fuego como un caldero infernal, comenzó a marchar hacia la recién llegada—. ¡Creíamos que estabas muerta, perra! Te habías abierto la cabeza con estas piedras.

Velkee se levantó y la agarró por los hombros, de lo contrario se habría abalanzado sobre el objeto de su odio con las uñas.

La sirviente miró a los agentes.

—¡Mátala! —Señaló a la chica con el dedo—. ¡Maten a esa bestia!

—¡Cálmate!

El barítono de Forkis rodó por la habitación como el trueno de un cohete. Las dos jóvenes se estremecieron igual. El dignatario se levantó y dio unos pasos perezosos, miró a la asustada y silenciosa trabajadora, directamente a los ojos.

—Soy yo quien va a decidir quién merece vivir y quién merece morir aquí —zumbó con una voz que congestionó la sangre en las venas de los presentes—. Por favor, vuelvan a sus tareas y no hagan una escena. Quiero descansar aquí después de un largo viaje en una lata de metal.

La rubia se retiró humildemente a la cocina, no volvió a servir a los kiritianos.

—¿Y ustedes? ¿No me escucharon? —Le gruñó Forkis a los achijes que seguían agrupados en la puerta. Luego se sentó y, como si no hubiera pasado nada, se dirigió a la chica, que seguía tan malhumorada como antes— ¿De dónde salió la idea de que alguno de nosotros te matara? —Se recostó en la silla y cruzó las manos sobre el vientre cuando de los kiritianos, solo él, Necron y Velkee permanecieron en la sala—. Supongo que estarás de acuerdo en que se trata de un desiderátum bastante inusual. ¿Cómo te llamas?

—Vanessa. —Miró a los oficiales.

Curioso, Forkis entendió el mensaje silencioso sin su telepatía, se levantó de nuevo.

—Entonces, subamos, Vanessa, me lo contarás todo. Por cierto, tu valor es admirable.

Kiret y Velkee observaron intrigados cómo el dignatario subía las escaleras, y la muchacha le siguió vacilante.

—Lo siento mucho, señores —les dijo, girando la cabeza un momento. A Forkis se le asignó la habitación más grande y lujosamente amueblada, con un enorme balcón con vistas a las casas de astroplarn y a un valle rocoso, opalescente de rosa y azul de los minerales. Una de las lunas, peculiar, con rayas negras y grises, se estaba llenando, inundando la zona con una luz inquietante e intensa. El hombre se asomó al balcón, extendió los brazos y los apoyó en la barandilla; por un momento contempló a los achijes que se encogían a medida que se alejaban en su camino hacia la finca de Mirphak.

De repente, tuvo ganas de reírse de sus propios pensamientos.

—Increíble. Si alguna vez pierdo mi trabajo, creo que montaré una empresa de asesinatos por encargo. No debería quejarme de la falta de clientes. Podemos hablar libremente —se dirigió a Vanessa, que se detuvo insegura un poco detrás de él.

—No creí que sus soldados me dejaran verlo. Es un milagro. Vi que aterrizaban y te dirigían a la posada, así que decidí intentarlo.

—A veces me reúno con oderses mediocres, a veces no. No hay una regla para eso. Depende de muchos factores, pero generalmente de mi estado de ánimo. ¿Por qué quieres que te mate? —Se giró para mirarla, apoyando los codos en el pórfido verde.

—Porque solo usted... —Se mordió el labio mientras miraba con vergüenza los pequeños guijarros del suelo de mosaico junto a sus botas blindadas— puede hacerlo de esa manera. Ofrece la muerte más suave posible; algunos incluso dicen que es sobrenaturalmente placentera. Tengo miedo, pero también tengo curiosidad por ver hasta qué punto es cierto…

—Mírame, Vanessa. Justo a los ojos.

Cuando ella levantó la vista tímidamente, él se permitió rozar telepáticamente su mente para confirmar finalmente lo que había leído en la expresión de su rostro antes en la planta baja. Vanessa estaba totalmente fascinada por él, intimidada, pensó ahora por su aspecto, su estatura y su poder, pero de una manera con una ingenuidad de niña. Pura, que no tenía nada que ver con la lujuria comercial o la planificación egoísta. La encantó, y se enfadó un poco consigo misma, porque no era lo que había esperado cuando llegó a la posada.

Vanesa imaginó cómo habría sido estar entre sus fuertes brazos, sentir el calor de su fuerte y babosa lengua contra su piel, y justo encima, el cálido aliento del poderoso kiritiano. Un delicioso escalofrío la recorrió.

Forkis consiguió no sonreír. La chica era atractiva, la modestia espontánea y este delicioso rubor solo aumentaban su encanto.

—Entonces, ¿responderás a la pregunta que te hice abajo? ¿Quién te ha dicho que puedes venir a mí y pedirme que te ejecute?

—Los humanos dicen de usted… cosas increíbles.

—Bien, pero ¿cómo pudo filtrarse? —Se preguntaba. Ignoraba las tonterías que se decían sobre él, aunque parte de ellas resultaran ser ciertas. Por lo general, incluso le divertían, pero sin duda hubiera preferido que los humanos las repitieran como rumores con cierta incertidumbre en lugar de acudir a él con peticiones insólitas. No hacía esto más que una vez cada dos meses, siempre de forma clandestina, asegurándose de que no hubiera aparatos electrónicos de espionaje, ni oídos en la pared, ni siquiera un par de ojos de más cerca.

No podía prever cómo habrían reaccionado los achijes ante la noticia de la parafilia de su gobernante, si lo habrían condenado y destituido de su cargo... o, por el contrario, se habría reforzado más su condición de dignatario cruel. No obstante, cuando algún achij tuvo la mala suerte de presenciar sus «métodos», Forkis lo enviaba a un centro médico y ordenaba que le borraran la memoria selectivamente, ya que el doctor Figam había desarrollado tal procedimiento. Al parecer, alguien se dio cuenta de algo y lo divulgó al universo, a no ser que se tratara todavía de una teoría conspirativa que dio en el clavo accidentalmente.

—Los oderses dicen todo tipo de cosas sobre mí. Los kiritianos también. Sería más fácil suicidarse. Lo siento —reflexionó inmediatamente. Su antiguo odio fanático hacia las personas, todas sin excepción, había cambiado con el tiempo. Ahora las seleccionaba según sus propios criterios. Cada vez más a menudo se guiaba en sus juicios por los principios onkalotianos derivados de Chulimal, en los que también se basaba la funcionalidad de la nación kiritiana. Agarró a la chica suavemente por el brazo y le sugirió con una ligera presión que se sentara en una silla de bambú en la mesa de los postres. Mientras ella lo hacía, él se colocó frente a ella.

—Cuéntame lo que pasó. Pero no intentes mentirme.

Para su sorpresa, Vanessa comenzó a sollozar.

—Wiria, en la habitación, tenía razón, soy una asesina —confesó mirando el borde de la mesa, cuando ya pudo hablar—. Maté al recién nacido de mi hermana y tiré el cuerpo a un cubo de basura. ¡Por odio y celos! Todo Mirphak lo sabe, pero tengo miedo del linchamiento de los habitantes, por eso hui al desierto. Hay una casa en ruinas escondida entre las rocas, que dejaron los científicos que terraformaron Atla. No quiero vivir, no con semejante carga. No puedo soportarlo... Intenté suicidarme, pero no pude. Soy una cobarde. Ni siquiera sé si merezco una muerte así —le miró con los ojos rojos e hinchados— a la que supuestamente puedes someterme.

Forkis se pasó la mano por la cara.

Durante todo el tiempo que ella habló, él la sondeó telepáticamente, analizando cada recuerdo. Todo parecía verdad. Mientras hablaba, Vanessa veía a través de los ojos de su mente acontecimientos traumáticos, reales, no imaginarios. Muy claros, ya que habían tenido lugar solo una semana antes. Así que estaba diciendo la verdad sobre lo que había vivido. Y esta claridad, no perturbada por las emociones de la mente, le llamó la atención. Era como ver una película, detalle a detalle. Normalmente, en los recuerdos habrían aparecido imperfecciones, algunos hechos siempre se olvidan, como en el caso de un sueño algún tiempo después de despertar. Y aquí no ocurrió nada parecido. Vanessa estaba temblando con los recuerdos, pero le transmitió telepáticamente el mensaje perfectamente.

Pensando en ello, Forkis salió un momento de la habitación y le trajo una caja de toallitas húmedas. Ella asintió agradecida y tomó una, limpiándose la cara con ella.

—Ahora lo entiende —susurró—. Y gracias por su precioso tiempo.

—Sí —respondió lentamente—. ¿Puedes hablarme de las circunstancias? ¿Quién es tu hermana?

—Una psicóloga.

—¿Y no estaba tratando de ayudarte?

—Ella me odia. Ella instó a la turba a lincharme. —Forkis la observó detenidamente por debajo de sus párpados parcialmente cerrados mientras terminaba de limpiarse la cara.

—Háblame de ti —exigió.

Averiguó que Vanessa había estudiado botánica y astrobotánica, y que antes del asesinato del bebé, al igual que un tercio de la finca, había trabajado en un astroplarn y sabía lo que hacía. A partir de los recuerdos de la chica, también estableció su dirección. Junto con su hermana Valerie y su pareja Rytar, vivía en una de las casas de allí, compartiendo el alquiler; Vanessa ocupaba sola el último piso.

—Muy bien, acabaré con tu sufrimiento —dictaminó Forkis—. Rápida y eficazmente.

Lo miró con horror, pues ahora comprendía, mientras estaba sentado frente a ella, grande, poderoso, aterrador, con un frío cristalizado en sus ojos marrones, lo que realmente le estaba pidiendo. Miró su ancha y fuerte mandíbula, y luego bajó hasta donde estaba su vientre bajo la ligera armadura biometálica.

—Gracias —susurró de todos modos.

Forkis se acercó a Vanessa. Pasó sus dedos enguantados por su mejilla.

—Eres bonita. Es una pequeña pena aniquilar tal belleza. —Le levantó la barbilla un momento—. ¿Te importa si paso la noche contigo antes de resolver el asunto?

—Soy toda suya, señor… —A ella le gustaba mucho el líder de los inmortales, sin importar para qué había ido allí.

—Llámame solo Forkis. Y no tienes que estar de acuerdo con cosas que no quieres, solo porque te consideras un subhumano.

Le miró confundida cuando él utilizó exactamente el mismo término que ella pensaba de sí misma.

Ella asintió.

Ya no iba a hacer que Vanessa dijera en voz alta que quería quedarse con él durante la noche. Habría tenido que admitir abiertamente que estaba fascinada por él, y eso era ciertamente embarazoso para una chica tan acosada.

—Si quieres, ve al baño para refrescarte —le sugirió. Cuando ella se levantó y se marchó, consciente de que el kiritiano le permitía preservar la dignidad humana en los últimos momentos de la vida, el dignatario apoyó la espalda en la barandilla y se conectó mediante un comunicador con Kiret.

—Que nadie me moleste hasta mañana —le dijo. Luego eligió el número de Robert Milles que estaba con los achijes en el centro de la ciudad—. Teniente, consígame información sobre Valerie Bondar —le ordenó—. Es la hermana de Vanessa, la chica de la posada. Me interesa especialmente saber cuáles son sus poderes. Se supone que estará por la mañana en mi PDA.

—Por supuesto, señor —respondió Milles. De fondo se oía una música dinámica y voces divertidas.

Cuando entró y cerró la puerta del balcón tras de sí, Vanessa salió del baño, descalza, en ropa interior y con una camiseta fina. Todavía le miraba con admiración, pero también con miedo y resignación.

Se acercó a ella, llegando apenas a su pecho. Ella cerró los ojos mientras, moviendo el pulgar, él empezaba a marcar huellas en su cara, mandíbula y cuello. La acercó y apretó su cara contra su pelo aún húmedo, saboreando su aroma afrutado.

Se quitó la armadura y fue a lavarse.

Cuando regresó vistiendo solo pantalones, Vanessa estaba sentada expectante en la cama. Parecía una de esas chicas desafortunadas que habían sido secuestradas y obligadas a prostituirse por los proxenetas. Pero él no podía esperar otras emociones de una persona segura de que estaba a punto de morir. Al menos ella quería sinceramente estar cerca de él, sabía que Forkis iba a utilizar algunos de sus trucos para hacerla desestresarse un poco.

El kiritiano desactivó verbalmente la luz. La fuente de iluminación en la habitación eran ahora los rayos de una luna que colgaba baja en el cielo. Se sentó en la cama junto a Vanesa, le quitó lentamente la camiseta y le quitó el sujetador. Tocó con la lengua la impecable piel entre los pequeños pechos y tiró de ella hacia el cuello de la temblorosa muchacha, luego por el lado de la cabeza hasta la sien.

—Eres dulce —dijo en sentido figurado y literal.

Le mordió la oreja, le lamió la espalda, le chupó los dedos, haciéndola gemir, temblar y respirar más rápido y más fuerte. Luego empujó a Vanessa suavemente sobre las sábanas y empezó a chuparle los pechos, metiéndoselos enteros en la boca. Bajó la cabeza y cogió el pequeño ombligo con los dientes.

Apoyó los brazos en los costados de la chica y la miró con sed, manteniendo su rostro a pocos centímetros del de ella. En los ojos de Vanessa vio no solo el miedo erótico de la compañera (que representaba varios por ciento de las emociones que sentía ahora) sino también el terror primario de una víctima presionada por el cazador.

Eso era exactamente lo que Forkis le recordaba ahora: un tigre grande y hambriento, no un ser humano. Tal vez fuera porque sus ojos avellana, marcados por la infravisión en el crepúsculo, se parecían inquietantemente a los de los gatos, por no hablar de unos colmillos demasiado largos para un humano estándar.

Satisfecho, Forkis leyó sus pensamientos. Si las mujeres como Vanessa hubieran sabido lo poco que se habían equivocado en sus asociaciones...

—¿Así que es verdad lo que dijeron de ti? —Preguntó en voz baja.

—En este caso, sí —respondió.

—¿Dolerá?

—Ni siquiera un poco. —Sonrió de forma depredadora—. Te garantizo que quedarás satisfecha.

Siguió recorriendo con su lengua húmeda el cuerpo de ella, la cápsula ósea del ratón dorado se paseó por la delicada piel cercana a los carnosos labios de su dueño; Vanessa comenzó a calmarse. Forkis estaba seguro de que el artefacto le permitía retener las sustancias onkalónicas y las feromonas en la saliva de su anterior encarnación, porque gracias a la lengua (y a las palabras y caricias adecuadas) siempre conseguía aturdir a las mujeres.

Más de una vez, gracias a este conjunto, las hizo sentir muy bien antes de su muerte. Algunas le convencieron de que nunca se habían sentido mejor en su vida. En cualquier caso, no había comprobado las propiedades de sus secreciones en un laboratorio.

—No te preocupes por nada —susurró al oído de Vanessa, medio dormida—. Pronto te encontrarás en un lugar mejor, cálido y seguro. Entonces todo habrá terminado; todos tus problemas desaparecerán.

Encantada con sus acrobacias, le creyó y se entregó completamente a él.

***

Era tarde en la noche cuando Forkis se despertó. Después de que su vientre dejara de retumbar, pudo oír sonidos metálicos amortiguados procedentes del puerto espacial, voces aisladas de la ciudad y los gemidos de una mujer procedentes de la habitación del piso superior que había ocupado Vandringen. Al parecer, el propietario de las instalaciones superó este tradicionalismo o recortó costes porque no se dignó a instalar paredes insonorizadas. O lo hizo intencionadamente para que los vecinos pudieran escuchar, o para que los huéspedes molestos no hicieran demasiado ruido en sus habitaciones.

Forkis miró a Vanessa, que estaba profundamente dormida con el brazo extendido por encima de la cabeza. Parecía aún más adorable e inocente, adornada con una sonrisa de paz. Retiró su pesado brazo de la cintura de ella y se sentó con cuidado en la cama para buscar la PDA en un compartimento de la armadura. El teniente Milles cumplió perfectamente con su tarea, ya que todos los datos sobre Valerie Bondar solo esperaban el análisis del asistente personal de Forkis.

De todos modos, la tarea no era especialmente laboriosa, bastaba con descargar los datos personales de la base de datos central, y los kiritianos tenían acceso a todos ellos. La familia Bondar, la única de Mirphak, estaba legalmente registrada.

A Forkis le interesaba especialmente una información, que encontró rápidamente, tal y como esperaba. Para llevar a cabo la terapia con los pacientes, Valerie obtuvo la licencia para utilizar una técnica de rayo azul, que consistía en cargar recuerdos falsos en el cerebro. En términos reales, se suponía que ayudaba a los convalecientes a superar el desagradable trauma.

—Pero los humanos siempre tienen que convertir un cuchillo de pan en un arma homicida —murmuró en voz baja. Sintió que la chica cambiaba de posición detrás de él.

Dejó la PDA, apretó el pecho contra la espalda de Vanessa y volvió a rodearla con el brazo, ligeramente molesto por el hambre que había empezado a darle vueltas después de la asquerosa cena. Es un milagro que con su peso doblando la cama de tal manera, consiguiera no despertar a la chica.

Cuando sintió un pequeño y cálido cuerpo cerca de él, su estado de ánimo mejoró. Pronto volvió a sentirse abrumado por el sueño.

***

Lo primero que vio Vanessa al abrir los ojos, porque no podía ver bien en la oscuridad, fue un espacio apretado, cálido y suave a su alrededor. Se despertó probablemente porque le faltaba el aire. Vio una luz pálida y rojiza amortiguada por la gruesa capa en la que se encontraba.

Le entró el pánico.

Movió los brazos con fuerza y se deshizo del edredón. A través de las ventanas, se filtraban los rayos azules matutinos de una estrella de la secuencia principal de gran masa, el sol de Atla.

Jadeando, Vanessa se sentó en la cama. Despertó a Forkis, que estaba tumbado a su lado.

—Estoy... viva. —Ella le miró interrogativamente.

—¿Qué creías? ¿Que te mataría solo porque los dices?, ¿sin investigar el asunto? Desde el principio me parecía que mentías.

—Pero podrías haberlo hecho de todos modos... No te hace falta una razón. Ustedes son unos usurpadores sádicos.

—¿Crees que buscar la verdad sobre lo que les pasó es solo un capricho para mí?

Él mantenía el rostro serio, por lo que ella no podía adivinar si se burlaba de ella en represalia por decir que los kiritianos son monstruos sin alma para los que la vida de los oderses significaba menos que la arena bajo sus zapatos. Ella no sabía que él se sentía halagado por comparar a Forkis y a la nación militar con los unos opresores; tales conceptos significaban fuerza y poder. Y a Forkis le encantaba el poder que daba el miedo.

—No eres una asesina, Vanessa —anunció—. He investigado a tu hermana. ¿Sabes que, como terapeuta, está autorizada a utilizar la tecnología del rayo azul?

Ella le miró expectante, entendiendo poco.

—Tus recuerdos son falsos —explicó—. Nada de lo que creías que era verdad ocurrió. Al menos en el caso de tu problema, porque el hijo de Valerie realmente murió.

Vanessa negó con la cabeza, las lágrimas aparecieron en las esquinas de sus ojos. Los kiritianos se caracterizaban por la veracidad y la honestidad, porque con sus habilidades no tenían que ocultar nada, así que ella sabía que Forkis no habría hecho promesas vacías.

—¿Por qué me hizo esto? ¡¿Y cómo sabe todo esto?!

—Ahora eso no importa. —Forkis no quería hundir aún más a esta chica sensible, aunque crédula y tonta, con conjeturas que en este caso equivalían a los hechos—. Como prometí, te llevaré a un lugar seguro. Me refiero a mi corbeta, por supuesto. —Le guiñó un ojo. Le divirtió, pero también le sorprendió que Vanessa pareciera decepcionada—. Eres una botánica, y resulta que pronto vamos a colonizar un nuevo planeta. La ayuda de gente como tú sería útil. Es probable que no haya vida aquí, incluso después de que se aclare el asunto. Para que todo vuelva a ser como antes, habría que borrar los recuerdos de todos en Mirphak. ¿Qué opinas?

—Entonces, tendría que unirme a su nación.

—No. Serías una trabajadora temporal contratada. Luego te ayudaríamos a encontrar una nueva casa, a menos que desees ir con tu familia lejana.

Vanessa se levantó, cogió un albornoz del respaldo de la silla y se lo puso. Salió al balcón, observó por un momento la estrella azul que calentaba al planeta y se sentó en la silla de bambú. Apoyó la cabeza en los codos. Se quedó quieta un rato, pensando.

—Por favor, lléveme de Atla —dijo resignada a Forkis, sin volver la cabeza hacia él, pero oyendo que se había acercado a la entrada del balcón.

—Alguien te acompañará pronto a la corbeta y se ocupará de ti. Vivirás en un oropel. Todavía tengo un asunto que resolver aquí. Te veré cuando despeguemos, en unos tres días.

***

Valerie Bondar se atrincheró en la casa cuando se dio cuenta de que los soldados kiritianos habían venido a por ella. Sin embargo, el sargento Ivester tenía más de un siglo de experiencia en allanamientos. Cuando la orden de abandonar el edificio fue infructuosa, tras el minuto que dio a Valerie para reaccionar, ordenó a los achijes que derribaran la puerta y entraran.

Después de varios minutos más, la aterrorizada Valerie y su compañero Rytar fueron arrastrados a la plaza central llena de curiosos que mantenían una distancia prudencial. El llamativo traje rojo de la mujer entre el gris, el blanco y el marrón de los alrededores se hizo notar de inmediato. Hubo tensiones entre los achijes y el ejército de mercenarios que se reunió en la calle, pero este choque psicológico lo ganaron los kiritianos con juguetes más fuertes y una terrible reputación en el espacio. Los mercenarios que custodiaban a Mirphak estaban impotentes y ansiosos. Solo reaccionaban para mostrar a sus comandantes y a los ciudadanos que estaban haciendo algo. Podían resolver cualquier problema en este barrio, pero nadie sabía cómo enfrentarse a los kiritianos.

—Es sospechosa —le decía Ivester a Valerie, arrodillada bajo el brazo de uno de los achijes— del asesinato e incitación al asesinato de nuestra colaboradora: Vanessa Bondar. La pena tras demostrar su culpabilidad será ejecución inmediata.

Sorprendida, Valerie bajó la cabeza, tanto que su cara quedó blanca como una capa protectora que cubría las casas cercanas.

—¿Mi hermana? No sabía que trabajaba para los kiritianos.

—¡No tengo nada que ver con esa mujer ni con lo que hizo! —Rytar se animó inmediatamente cuando se dio cuenta de la desastrosa situación en la que se encontraban... los descubrieron— . ¡Tuvimos una discusión y estaba a punto de mudarme!

—Por supuesto. —Ante el gesto del sargento, el achij recogió a los detenidos del suelo. Se volvió hacia los mercenarios—. Vamos a llevar a estos dos a Forkis, que los juzgará. Probablemente Valerie sea la verdadera asesina del recién nacido.

El sargento no debería haber revelado el motivo de la detención, pero le dieron vía libre y lo dijo para suavizar la situación. Ahora, al entrar en juego el asesinato del niño inocente, los inmortales se convertían automáticamente de usurpadores a héroes que querían intervenir en el incómodo asunto y reparar las consecuencias del trágico error de la comunidad local.

Los residentes y los mercenarios fruncieron el ceño al ver cómo se llevaban a Valerie. Si no fuera por los kiritianos, probablemente se habría producido un linchamiento. Ivester miró todo aquello con desprecio: solo hacían falta unas pocas frases para que el odio de la muchedumbre se trasladara a otra persona. Siempre le había extrañado que los humanos creyeran tan ciegamente en las palabras de personas prestigiosas (tanto si mentían como si decían la verdad) sin indagar más. Pero tuvo que admitir que en este caso también se trataba de matizar la autoridad de los inmortales. Ellos también eran odiados, pero sus palabras eran respetadas y creídas, y así debía seguir siendo siempre.

Los oderses siguieron a los achijes hasta la posada del Géiser del Diamante, en los límites de la finca. Forkis, que esperaba dentro, ordenó a sus subordinados que dispersaran a los aventureros locales hacia sus casas. También sacó al anfitrión Ramaphosa y a todo el personal del edificio para que tuvieran el control total del mismo hasta que partieran de Atla. Todas las cámaras[12] del interior fueron desactivadas.

---

[12] Generalmente una placa del tamaño de una uña. Transmite el video y audio. Tiene un alcance territorial, global e incluso interplanetario.

Valerie y Rytar fueron conducidos al interior de la posada, y luego fueron obligados a arrodillarse frente a Forkis, sentado relajadamente en una silla.

—Me gustaría que me contaran lo que realmente pasó hace una semana —fue directo al grano—. Seguramente saben de qué se trata. Yo, por mi parte, sabré si intentan mentirme. Por decir la verdad, tal vez modere la sentencia de alguna manera. Primero tú, Rytar—. Miró al hombre intimidado con una mirada aburrida pero penetrante.

—¿Por qué los kiritianos estarían interesados en lo que sucede en Mirphak? —Preguntó Valerie. Forkis la miró. Con ese uniforme rojo y holgado, le recordó inmediatamente al personaje del cuento de hadas que le había contado Kiret un día antes. Se parecía a su hermana, salvo que era una cabeza más baja que ella—. Perfecto —pensó, deslizando inconscientemente su lengua desde el interior sobre su labio superior.

—Creo que mi sargento dejó claro por qué fue arrestada. Vanessa trabaja para mí ahora, y yo protejo a mi gente.

Rytar nunca fue valiente, así que cedió enseguida.

—Val y yo no planeamos el embarazo, pero de alguna manera resultó así —comenzó a hablar sin pudor, ignorando la mirada llena de odio, asombro y miedo de su compañera. De repente, gritando de mala gana, ordenó al hombre que se callara, uno de los achijes ante el asentimiento de Forkis, la golpeó dolorosamente en la espalda con su arma—. Decidimos que el bebé iba a nacer. Sin embargo, cuando ocurrió en nuestra casa, nos asustamos por toda la situación y la responsabilidad. Además, estábamos un poco borrachos.

El hombre continuó:

—A pesar de su profesión, Val no era normal, había matado antes, pero no me enteré hasta que mató a su propio hijo. Con un cuchillo. Aunque le rogué que lo diera en adopción. Al amparo de la noche, se deshizo del cuerpo, conociendo el ciclo de los drones centinelas y las patrullas mercenarias. Poco después, Vanessa regresó del trabajo. Con una transferencia de rayo azul, Val cargó en su cerebro recuerdos detallados y falsos: que ella era la asesina. La investigación fue innecesaria porque Vanessa confesó todo. La multitud quería destrozarla, por supuesto, pero dejó de perseguirla cuando huyó al desierto en el skulak. Sabía que Vanessa moriría de hambre allí o de un linchamiento aquí. Después de estos acontecimientos, Val y yo pensamos que el asunto estaba resuelto.

El asco subió al rostro de Forkis al escuchar a Rytar informar del asesinato del inocente niño como si se tratara de un jarrón roto. Pero al menos dijo la verdad. Tal vez creía en la «supuesta» teoría de la conspiración de que el gobernante de Kiritian era telépata, o tal vez solo estaba asustado, presionado contra el suelo.

—Es suficiente para mí. Levántalo. —Forkis agitó la mano sin cuidado.

—¿Qué vas a hacer conmigo? —Rytar le miró con los ojos abiertos de miedo. Tenía los músculos agarrotados, lo que le hacía moverse como los androides de primera generación cuando le ponían en pie—. ¡Yo no he matado a ese niño!

—Me das asco, oder. Hueles a cobardía. Además, estás completamente desmoralizado. Creo que enviarte a la colonia penal de Aristillus será proporcional a tu culpa.

El hombre se movió bruscamente.

—¡Por favor, ahí no! —Situada en la luna de la tierra, Aristillus era una de las tres peores colonias penales jamás creadas por la humanidad, tanto por el rigor como por la supervivencia de los prisioneros y las razones de su exilio—. Prefiero morir inmediato que allí después de una semana de terrible tormento.

—Ahí tienes, al menos en este aspecto, resultaste ser un hombre. Ya que me has dicho la verdad, accederé a tu petición.

Rytar se quedó helado con una expresión de «¡¿qué demonios?!»; el dignatario sabía perfectamente que las palabras habían salido de su boca sin pensar.

Forkis miró a Milles e hizo un breve y revelador movimiento de cabeza. El teniente de piel clara, ojos azules, y pelo rubio, asintió con la cabeza, sacó una pistola de energía de la funda del muslo y mató a Rytar en el acto, asegurándole una muerte rápida e indolora.

Valerie gimió cuando el cuerpo cayó sobre los tablones de madera sintética a su lado.

La pregunta de Forkis no le llegó, pero vio que la miraba con cansancio... y con un inquietante brillo de satisfacción en los ojos, como si ya hubiera hecho planes desagradables para ella.

—Ahora tú —dijo, frotando los dedos de su mano derecha—. ¿Confirmas que todo lo que contó tu pareja es cierto? ¿Que mataste a tu propio hijo, que utilizaste los conocimientos de la ayuda para organizar el linchamiento y que aceptaste, en tu insensibilidad, sacrificar a tu hermana para librarte de la culpa?

Se mordió el labio y negó con la cabeza.

—No. ¡Rytar solo quería compartir su culpa! ¡Lo juro!

—Lo juras... —Forkis sonrió cálidamente. Se acercó a ella, se agachó y apoyó los codos en sus muslos. Ella apenas podía soportar su fría mirada desgarrando su dignidad.

—Preguntaré de nuevo y por última vez: ¿es cierto lo que dijo Rytar?

Esta vez no pudo apartar la mirada, como si ambas cabezas estuvieran unidas por una estructura metálica invisible. Los recuerdos del pasado cercano comenzaron a fluir libremente por su mente, pero Valerie pensó que su secreto estaba a salvo, ya que el gobernante de los kiritianos, en su necedad, había ordenado matar al único testigo de aquel suceso. Sin contar a Vanessa, por supuesto. De quien, no se sabe qué pasó. Aunque, circulaban rumores de que se había presentado en Mirphak. Forkis no dio detalles al respecto. Si había algo de cierto, ella fue quien lo organizó todo. Aunque confraternizar con los kiritianos no era en absoluto propio de aquella conejita miedosa y perpetuamente asustada.

Valerie no se dio cuenta de que Forkis vio exactamente lo mismo que ella. Aparte de los sucesos con el niño y Vanessa, le vinieron a la mente inesperadamente otros actos delictivos.

Asombrado por las tendencias psicopáticas de la mujer, Forkis enarcó un poco las cejas cuando vio al padre de Mika en su memoria. A Valerie siempre le había molestado que su hijo hiciera ruido fuera, y que su padre le permitiera hacer lo que le diera la gana, así que un día había decidido solucionar por fin el problema. Aprovechando la ausencia de otro vecino, y con la ayuda de las habilidades de hackeo de Rytar, había abierto en secreto una puerta con mando a distancia. Dejado salir a dos perros agresivos. Que, el dueño siempre había asegurado meticulosamente en su propiedad. Cuando ocurrió la tragedia, fingió ser una de las compasivas y nerviosas espectadoras.

—Eso no es cierto —dijo.

El dignatario se levantó y miró a la mujer como si fuera una larva comiendo cultivos.

—Estás mintiendo descaradamente. Señora terapeuta que hizo el juramento hipocrático. Acabas de firmar tu propia sentencia de muerte. Y se te podría haber concedido la gracia de una muerte rápida y digna. —Miró el cuerpo de Rytar.

—Usted... —La mujer había oído que Forkis conocía la telepatía. Como mujer de ciencia, no lo creyó, asumiendo que él era simplemente un maestro de la interrogación y la deducción, y que la deificación era un producto del fanatismo. El miedo combinado con la falta de conocimiento siempre había dado lugar a la invención de todo tipo de tonterías. Pero ahora, mirando a esos ojos avellana tan juiciosos en los que parecía ver su fin, creía que podía haber algo.

—Sí, lo he visto todo en tu mente —respondió a la pregunta no formulada. La agarró del brazo, la «ayudó» a levantarse de las rodillas y la empujó ligeramente hacia la mesa de invitados, donde últimamente había comido esa desagradable cena baja en calorías—. No estás loca: eres una nerd normal y corriente, probablemente inspirada por tus propios pacientes. Una mujer que persigue al lobo de las mentes ajenas y lo lleva por un camino indirecto en su morada. Maldita Caperucita Roja.

Forkis continuó:

—Por lo tanto, no te trataré como demente. Pero el viejo y distorsionado cuento de hadas podría ser puesto en el camino correcto. Teniente —Forkis se volvió hacia Milles—. Salgan todos de aquí y no me molesten. Búsquense otro alojamiento. Infórmenme solo cuando tengan las máquinas listas para el despegue. Hasta entonces, nada de visitas, solo por intercomunicadores.

—Por supuesto, señor —respondió Milles tras unos segundos de silencio. No habría dejado a su dignatario sin achijes, si hubiera tenido la menor duda en cuanto a su seguridad. Pero sabía por la práctica que la orden significaba estar a la expectativa y desplegar guardias en el edificio para no perturbar la intimidad de Forkis.

Valerie se puso tensa y apretó el asiento contra el borde de la mesa cuando los kiritianos se marcharon, llevándose el cuerpo.

Forkis se acercó a ella, se agachó y puso las manos sobre el tablero de la mesa a los lados de la chica, que se inclinó hacia atrás para estar lo más lejos posible de él.

—¿Y para qué fue eso? —Dijo, manteniendo su cara a pocos centímetros de la expresión de Valerie congelada por la ansiedad.

—¿Qué vas a hacer conmigo?

—Ya has oído: te mataré. —Se apartó y se alejó. Miró por un momento las dos cadenas cruzadas que separaban la cocina de la sala principal.

—¿Y tuviste que enviar a tu gente lejos? ¿Quién soy yo para que el propio dignatario de los inmortales quiera matarme a tiros personalmente?

—No te hagas ilusiones. No te mereces una muerte así.

—¿Y qué vas a hacer? —Apenas podía controlar su voz.

No le gustaba como la miraba: una mirada hambrienta de un depredador que observa a su presa. Más aún la sonrisa que apareció en una mueca de indiferencia, lamiéndose lascivamente con la lengua.

Se sintió abrumada por un miedo incontrolado y animal, porque ni siquiera pensó en lo que le habría deparado una huida sin sentido. Forkis la atrapó antes de que apenas pudiera dar tres pasos hacia la puerta. Agarró a Valerie con un brazo por la cintura y la arrojó sobre la mesa con un golpe seco.

—Desnúdate o te desnudo yo.

Jadeando nerviosamente, le miró con las pupilas dilatadas, como si estuvieran inducidas por la droga.

—Oh no… No vas a abusar de mí, ¿verdad, pervertido?

—Ni siquiera lo he pensado. Además, desprecio lo que tú has pensado.

Forkis se acercó a Valerie, que estaba tumbada sobre la mesa, y, apoyándose en los codos, empezó a jugar con su pelo rubio, enrollándolo alrededor de su dedo.

—Muy bien. Entonces te diré ahora lo que inevitablemente ocurrirá. Primero gritarás algo sobre «romper las leyes de la física», tal vez te decidas por la versión de que es «físicamente imposible». Entonces se cumplirá uno de los dos escenarios: o bien gritarás y me llamarás psicópata, o bien te parecerá muy agradable y aceptarás tranquilamente tu destino. Es posible que de un estado pases al otro. Y así es cada maldita vez…

—Pero, ¡¿qué quieres hacer?!

La sorprendió cuando arrastró su cálida lengua por su nariz.

—Ya tienes una pista, la otra es: ¿cuál es el uso previsto del mueble sobre el que estás tumbado?

Giró la cabeza y su mirada se posó en los cubiertos de la mesa de al lado, concretamente en un cuchillo. Lo comprendió.

—Oh no... ¡¿Estás loco?! ¡Mátame normalmente!

Ella intentó levantarse de un salto, pero Forkis la obligó con la presión de su mano a volver a la posición anterior. Siendo dirigido por la mirada de ella, se alejó un poco y agarró el cuchillo. Valerie no hizo el tercer intento infructuoso de escapar después de sus anteriores fracasos.

—¿Y cómo se mata normalmente? —A su regreso, Forkis adoptó una expresión interrogativa en su rostro, y luego se puso serio. La mujer observó, a punto de perder el sentido, el movimiento de su mano mientras hacía un contorno con un cuchillo sobre la mesa alrededor de su torso, deslizándolo a veces inofensivamente sobre su cuerpo—. Desgraciadamente, debes ser consciente de que te estás muriendo, a diferencia del niño inocente que mataste cruelmente y que tiraste como un desperdicio en un cesto de basura.

Forkis continuó:

—¿Y el niño para el que arreglaste la muerte al ser desgarrado? ¿Qué te hizo él, salvo hacer ruido? Ni siquiera sabes cuánto odio que alguien haga daño a gente inocente que ni siquiera puede protegerse.

—¿Como tú ahora, hipócrita? —Siseó, aterrorizada de que él se hubiera enterado de alguna manera del crimen que, después de todo, ¡había logrado ocultar a toda la ciudad! ¿Quién demonios era ese monstruo?

La ignoró.

—Y ningún dron centinela va a alertar al guardabosque. —Pasó el cuchillo por la piel de su cuello, tensa como una cuerda cargada, sin cortarla.

—¿Qué dron? ¿Estás desvariando? —Dijo al no obtener respuesta—. Por favor... Así no. Dispárame, rómpeme la cabeza, estrangúlame, lo que sea. No quiero —la voz de Valerie se convirtió en un sollozo— que me destroces el cuerpo. Tengo miedo de este terrible dolor y del derramamiento de sangre...

—Te has pasado con la imaginación subjetiva, cariño. No habrá sangre. —El utensilio cayó sobre el banco con un estruendo cuando el kiritiano lo arrojó detrás de él.

La chica estaba demasiado asustada para analizar sus palabras. Observó cómo él sacaba una pequeña botella sin marca del compartimento de la armadura y engullía todo su contenido.

—Es un agente disolvente de huesos —explicó Forkis— funciona durante días. Aunque hace tiempo que podría haber pedido a los médicos que modificaran permanentemente mis enzimas digestivas y fortalecieran los tejidos de mi estómago, prefiero este método. Es un preludio simbólico del agradable ritual que me espera.

Ahora estaba realmente asustada. Su corazón latía con fuerza como si fuera a matarla antes de que aquel extraño caudillo espacial llegara a ella.

—¿Por qué me haces esto? —Ella negó con la cabeza—. ¿Por qué no puedes resolverlo normalmente?

—Te di una opción, era suficiente con decir la verdad. Solo eso. Entonces podrías haber elegido cómo querías morir.

Observó cómo las telarañas se movían bajo el techo por el calor de la chimenea, tratando de ignorar las acciones de Forkis mientras, suspirando lujuriosamente, le acariciaba el costado de la cara con la lengua. Ella estaba temblando. ¡Malditos kiritianos haciendo lo que quisieran en territorio ajeno! ¡Extendiendo su enfermiza justicia aquí!

—Aparentemente se puede —dijo— limpiar una memoria a cero. Cambiar la personalidad. Esto, también, es como la muerte. Pero sabes...

Le acarició esta vez la mejilla con los dedos.

—Tienes que ganártelo —continuó—: La evolución parece haber desarrollado la razón y la moral humanas con algún propósito. ¿Qué sentido tendrían la humanidad y el derecho si los humanos vivieran en el olvido? Haciendo el mal pensando que la medicina les ayudaría fácilmente a olvidar los crímenes que cometieron, a corregirlos. No quedaría nadie a quien castigar. —Levantó las cejas con elocuencia.

—Pero no tienes que comerme... Esto es enfermizo.

—Nos estamos quedando sin provisiones, la falta de sueño anabiótico, esa desagradable comida de la nave. Además, me encuentro en una colonia de herbívoros. Estoy más arriba que tú en la cadena alimenticia, así que todo suma.

—¡Estás loco! Además, ¡el canibalismo perjudica la salud humana! Priones patógenos, variante de la enfermedad de Creutzfeldt-Jakob. A menos que pertenezcas al grupo de los transhumanistas o modificadores.

—Siempre dicen lo mismo, siempre —suspiró Forkis con fingida melancolía, sacudiendo la cabeza—. Y tienes razón: la antropofagia perjudica la salud humana. —Sonriendo, le tocó la nariz con el dedo—. El problema es que no soy realmente humano.

Viendo que era poco probable que Valerie cooperara con él, la cogió en brazos y, resistiéndose con la fuerza de una mosca, la llevó al baño. Allí le desnudó y la lavó: le gustaba tener la comida limpia.

Cuando volvió a la habitación, colocó a la chica desnuda y mojada sobre la mesa del comedor con el vientre hacia abajo.

—¿Cómo vas a comerme? —Tartamudeó. Su curiosidad superó su miedo.

—Entera y viva. No te dolerá.

—¡Es imposible! Ni siquiera puedes tragarte una naranja entera.

—Milagros de la transmutación, cariño. Mandíbula extensible como la de una serpiente. —Hizo una mueca de disgusto cuando Forkis le presionó un dedo bajo la oreja, entre el cráneo y la mandíbula—. Solía ser un enorme onkalot. Un objeto, probablemente creado por una especie alienígena, muchas veces más poderosa y sabia que la raza humana, me convirtió en un humano. Sin embargo, he conservado lo mejor de mi encarnación anterior. Bueno, casi. El cambio de los fuertes jugos digestivos en mi nuevo cuerpo no fue buena idea, pero todo lo demás funciona bien. Yo mismo no entiendo cómo funciona en realidad. Como si tuviera un espacio adicional de comida a mi disposición que no puedo sentir. ¿O tal vez es exactamente así, una refracción del espacio?

—Así que, no eres humano... ¿Y lo admites ante mí tan abiertamente?

—En tales circunstancias, a veces tengo la necesidad de hacer confesiones similares. Porque, ya sabes, cuando las víctimas estén muertas, compartirán mi secreto con el universo.

Deshaciéndose de la parte superior de la armadura, el kiritiano agarró a Valerie por las piernas y tiró suavemente de ella hasta el borde de la mesa. Sintió que los músculos de la mujer se tensaban mientras introducía los pies en su boca.

Valerie luchó y chilló.

—¡Vete a la mierda, monstruo!

Forkis vació su boca y presionó a la chica contra la mesa con su antebrazo.

—Todos unos hipócritas —dijo con ironía—. No te agites así, porque solo me estás excitando —añadió bruscamente—. Te dolerá de verdad, si me obligas a usar la fuerza.

—Esta locura no tiene que ver con saciar el hambre, ni enfermedad, ni con llevar la justicia a la ciudad que no te importa… onkalot.

Acercó su cara a su hombro, apoyó la barbilla en él y susurró al oído de la chica:

—Bravo, señorita psicóloga. Conoce la historia de la colonización, ¿verdad? Llevo un gran contenedor vacío con la etiqueta «venganza». Se llenará con muchos sacrificios, como las barrigas de los siempre hambrientos dioses de Jun Kame que quieren corazones y sangre. Sin embargo, eso no significa que no sienta pena por Vanessa, y la comida es buena aquí.

El breve reflejo entró en su cabeza como con la transferencia del rayo azul. Por un momento se miró mentalmente a sí mismo, al ser en el que se había convertido. Ni siquiera sabía a qué especie pertenecía realmente. A lo largo de las décadas, el síndrome del ahorcado había empeorado en él, un círculo vicioso estaba activo. Por culpa del grupo de onkalots y de los humanos que le había hecho daño a él y a sus seres queridos, hilvanó toda la especie repartida por el cosmos, queriendo limpiarla del mal, del que Forkis tenía una peculiar definición. Hizo exactamente lo mismo que una vez le había asustado.

Sin embargo, Lolmet Kejnay tenía razón en un par de puntos: por ejemplo, le encantaba lo que iba a hacer con Valerie. Cuanto más asustada estaba la víctima y pedía clemencia, más le motivaba a actuar.

Tras despertarse de sus meditaciones que podrían haber estropeado el inminente placer, volvió a la actividad que había interrumpido. La chica trató de liberarse, pero Forkis la dominó eficazmente con su mano izquierda, ayudándose con la otra para comer.

Valerie nunca había sentido tanto pánico en su vida, pero a medida que sus piernas apretadas se hundían más en el tracto digestivo del exonkalot, se esforzaba menos. Finalmente, se rindió. Este acto monstruoso tenía algo de placentero, incluso erótico, ya que su cuerpo se veía envuelto gradualmente en una suavidad que se encogía, un calor relajante y una pegajosidad húmeda. La lengua de Forkis, que se movía lentamente, le hacía deliciosas cosquillas en las sucesivas secciones de su cuerpo. Sucumbió a ese extraño éxtasis que solo podía ofrecerle un hombre en el espacio, o mejor dicho, un no humano.

***

Forkis, con la mano en el estómago, se sentó en la mesa donde su víctima había estado tumbada menos de una hora antes. Sintió que su felino interior, que aún acechaba en algún lugar profundo de su mente, ronroneaba satisfecho, bien alimentado. Después de semejante cantidad de biomasa y sesenta mil calorías, el kiritiano ayunaría ahora durante unas dos semanas terrícolas y, como siempre en estos casos, evitaría las comidas con los achijes, para no levantar sospechas. Lo más conveniente para él era encerrarse en uno de sus apartamentos durante este tiempo y trabajar a distancia.

—Maldito seas, Kejnay —dijo entre dientes apretados. Al igual que sus víctimas, Forkis decía siempre ciertas cosas.

Se levantó, mucho más pesado y grueso, para ir a la habitación de arriba a dormir un largo sueño que le consumía la energía.

***

Se despertó antes del mediodía. Después de lavarse, bajó a contemplar en una habitación vacía, espaciosa y tranquila. Encendió un fuego con troncos arrojados al hogar. Después de decirle a Kiret que estaba bien, escuchó sus informes.

En un momento dado sintió que iba a retroceder, como él mismo llamaba a este reflejo fisiológico. A veces le ocurría después de una comida demasiado grande para un cuerpo humano.

— Oh no...

Cayó al suelo a cuatro patas, como había hecho una vez en Quehnay después de devorar a Jenny, e inclinó la cabeza con fuerza. Tras unos minutos de lucha con su propio cuerpo, entre jadeos y espasmos musculares, soltó un fragmento parcialmente digerido de lo que quedaba de Valerie. Siendo el hueso sólido, rodó hacia la chimenea. Forkis observó cómo el fuego se sumaba físicamente al proceso químico anterior, ennegreciendo el hueso fundido. Se levantó, se enjuagó la boca con un vaso de agua de bar, y lo recogió del suelo. Lo examinó por un momento, sosteniéndolo en su mano derecha.

—Tomarlo o no tomarlo: esa es la cuestión.

Al final, decidió dejar el hueso en un lugar visible. El personal del restaurante se ganó un susto por servir una comida tan mala.

***

Aunque todas las cámaras estaban desactivadas en la posada, la vigilancia estaba constantemente activa alrededor del edificio, cubriendo cada metro cúbico de la zona. El propietario pidió a los mercenarios que vigilaran la zona con drones. Cuando los achijes se marcharon, solo el dignatario y Valerie permanecieron allí. Media hora después, la chica empezó a gritar frenéticamente, a maldecir y a sollozar, aunque por poco tiempo.

En una cervecería cercana, Ramaphosa no quería ni imaginar lo que estaba ocurriendo en su propiedad ahora mismo. Matar a Valerie era una certeza. Y los kiritianos eran famosos por infligir los peores tipos de muerte de toda la humanidad. El mirphan se sentía impotente. Porque, ¿qué podía hacer? ¿Rogar a los comandantes mercenarios que reaccionaran? Ya temían por la presencia de los inmortales. ¿Pedir ayuda a la cuna, es decir, a la Tierra en la Zona Antigua, desde donde la humanidad se había dispersado por el espacio?

La ley terrestre no se aplicaba en otros planetas, lunas o estaciones: las colonias mantenían su autonomía. De todos modos, la tierra no habría ayudado ni militar ni políticamente, porque los kiritianos habían aplastado al gobierno mundial y a su ejército del Nuevo Orden antes de salir a sembrar el terror en el espacio exterior. ¿Conseguir que otros planetas cooperen? Nadie quería meterse con los inmortales, y el poder central en Atla aún no existía, probablemente habría resultado impotente.

Solo quedaban los rebeldes, como contrapeso estable y aún real a los usurpadores, pero cuando se desató una batalla entre ellos, las partes no dejaron dos cadáveres ajenos, sino dos mil. Así que lo mejor era callarse, agachar la cabeza y aplicar las mismas leyes que los kiritianos, entonces había una posibilidad de que dejaran en paz a un delincuente. Ramaphosa creía que algún día habría un enemigo más fuerte que aniquilaría a los inmortales. Porque ningún poder gobernaba para siempre.

Los gritos de Valerie solo se convirtieron en un recuerdo; al final del día no pasó nada. Nadie salía ni entraba en la posada; parecía vacía desde el exterior. Los ojos de todos los habitantes de Mirphak se concentraban en ella, como si en su interior se hubiera desarrollado un reality show con el señor de los usurpadores.

El segundo día fue igual.

Curiosamente, el tercero también.

Al cuarto, vestido con la armadura biometálica ligera, Forkis salió por fin al exterior para discutir con los achijes. Debían abandonar el planeta en una hora, tras reparar sus máquinas.

Cuando un kiritiano de bajo rango informó a Ramaphosa de que podía reanudar su trabajo, el hombre que vivía temporalmente con sus amigos, con el corazón palpitante, se puso en marcha hacia su propiedad. Había una densa multitud en torno al Géiser de Diamante, ávida de noticias y rumores.

—¿Y Valerie Bondar? —Preguntó ansiosamente el casero a Forkis, mientras ambos entraban y se sentaban a la derecha de la puerta, lejos de la barra oscurecida por las columnas.

—Por favor, no te preocupes. Está limpio por todas partes, apenas hay rastros. —Forkis le sonrió.

—¿Ella…?

—Sí, está hecho.

—¿Y qué pasó con… el cuerpo?

Forkis cogió el frasco blanco y vacío y lo agitó.

—Disuelve el tejido duro. El cuerpo se separó en átomos.

Por un momento Ramaphosa estuvo seguro de que perdería el equilibrio a pesar de estar sentado en la silla y se caería con ella. ¡El horripilante asesinato en su posada que implicaba un poco de ácido! Después de todo, ¡los clientes no querrían ir allí ahora! A pesar de haber encontrado a los verdaderos asesinos múltiples de varios ciudadanos de Mirphak, sintió pena por la mujer.

—Por cierto —Forkis le entregó el uniforme rojo de Valerie— sería bueno que diversifiques el menú, así los clientes no tendrían que traer su propia comida. —Sonrió como un lobo, tocando una esquina de sus labios con la lengua.

Cuando se marchó, el propietario dejó entrar al personal y les ordenó que inspeccionaran cuidadosamente el inmueble. Él mismo revisó durante mucho tiempo el baño del segundo piso, situado junto a la habitación ocupada por Forkis, en busca de cualquier rastro del cadáver disuelto bajo la bañera de la ducha. Ramaphosa, que se sentía mal mientras trataba de recrear mecánicamente en su mente las etapas de la extraña ejecución, estaba seguro de que el dignatario había matado allí a Valerie y había tratado el cuerpo con ácido. Esperaba que no lo hubiera hecho en el orden inverso.

Alarmado por el grito de Viria, corrió al primer piso, que empezó a revisar después de que se inspeccionaran los dos pisos.

Dos trabajadores atónitos estaban junto a la entrada encadenada de la cocina, mirando algo. Viria estaba sentada en la mesa más alejada, de espaldas a sus amigos, y con la mano en la boca, como si ahora hubiera sido ella la que estuviera a punto de vomitar. Los demás trabajadores estaban pálidos y asustados, y evitaban mirar a cierta zona del piso.

A Ramaphosa casi se le salen los ojos de las órbitas cuando vio el cráneo humano en el suelo, ligeramente derretido por el ácido y con la cuenca del ojo derecho ennegrecida por el fuego.

Se había equivocado al juzgar que su negocio se iba a arruinar.

Tras la marcha del kiritiano, el Geiser de Diamante empezó a acoger a multitudes y, en particular, la calavera de Valerie Bondar, que descansaba visiblemente sobre un tablón cuadrado pegado a la pared, gozaba de favores especiales. Los clientes borrachos colocaban allí dos velas, junto a las cuales se pintaban pentagramas. El propio propietario se sorprendió de haber aceptado esta estúpida idea de dejar la calavera en el edificio. Sin embargo, la supuesta boga se convirtió en una especie de reliquia local, y la propia Valerie fue considerada un híbrido extraño: por un lado, una criminal que aspiraba a las leyendas urbanas, y por otro, una mártir ejecutada por los inmortales.

Mirando a la clientela que se daba un festín libremente, el hombre se preguntó quién era el peor monstruo: los kiritianos inhumanos o los mirphaks que se divertían en la escena de la tragedia, donde sus restos los observaba a través de sus cuencas oculares vacías.

Crimen y Castigo

Año   *terrícola*   *2740*

Una batalla aérea en la atmósfera del planeta KOI-4878.01 terminó con la victoria de los kiritianos. Su tecnología de principios de siglo empezó a imponerse sobre la rebelde. La oposición obtuvo lo suyo a partir de robos, atracos y transacciones ilegales, y rara vez desarrollaba algo por sí misma. Los kiritianos, en cambio, contaban con el genio llamado Maximus Figam, así como con todo un excelente equipo de investigación, y un montón de logros que permitían financiar la investigación y fabricar equipos. Los rebeldes solo les atacaban por desesperación, rabia e impotencia, como un zorro herido perseguido por un cazador hasta una pared escarpada y rocosa. Sus pérdidas aumentaban, pero no se rendían, su agresividad era inversamente proporcional a la potencia de fuego. Forkis, como glorificador del valor, en cierto modo los respetaba por su intrepidez y bravura.

Estaba de pie en una colina cerca del océano, junto a su corbeta de bandera, y observaba las pérdidas visibles a simple vista a varios kilómetros de tierra. Había, en promedio, nueve máquinas rebeldes por una máquina kiritiana derribada. Toda la zona estaba marcada por las columnas de humo de los incendios que crecían hacia el cielo como poderosos colectores de una Morascrik urbanizada.

El planeta KOI-4878.01 que orbita en la galaxia Piscis no tuvo que ser terraformado en cuanto a la atmósfera. Situado a mil setenta años luz de la tierra, el globo tenía un factor de masa de 0,99 de su masa, aunque un radio ligeramente mayor: 1,04. El aire era apto para la respiración directa de los humanos, por lo que Forkis permitía a sus achijes caminar por la tierra sin aparatos de respiración. El planeta estaba ocupado principalmente por un océano lleno de microorganismos productores de oxígeno, también se descubrieron en él grandes yacimientos de elementos pesados y minerales y se consideraba metálico.

La joya de la corona resultó ser los depósitos de painita. Aunque en la Vía Láctea circulaban miles de millones de planetas rocosos, solo en una pequeña fracción de ellos se han encontrado materias primas valiosas en forma utilizable. La explotación se veía obstaculizada. Sobre todo, por las condiciones espaciales desfavorables, de las cuales era posible la domesticación. Pero, era muy lenta y costosa. Así que, era más rentable librar batallas por los metales y minerales en globos fácilmente explorables, que, como KOI-4878.01, podrían llamarse la segunda tierra.

—Otra fuente de painita destrozará aún más el mercado de nuestros enemigos —pensó Forkis mientras miraba a la enana amarilla que se veía pálida a través de la capa de nubes. Esperaba que pronto los kiritianos introdujeran su propia moneda en las colonias, y afirmar su imperio.

Mirando pensativo a sus achijes, analizó lo que había creado y lo lejos que había llegado. Ya no podía negar que, tras ciento setenta años de existencia, los kiritianos se habían convertido en una gran familia para él, los trataba como a la tribu en Chiq'aq. Creía que su acercamiento podía deberse a que había conseguido crear la nación militar basada en las costumbres de los onkalots. El apego también hizo su trabajo. Ahora no podía deshacerse de los achijes, como había pretendido cuando el Dr. Figam había creado los primeros inmortales en la tierra. Sin embargo, seguía sintiendo aversión por los olores.

Disfrutaba (como los jun kame en relación con otras tribus) intimidarlos, aunque sus motivos, a diferencia de los de los caníbales, estaban siempre justificados. Era esa otra mitad de su sangre, extraída de la ciudad de chiq'aq.

—Me pregunto, dónde está ese Yamaro. —Las palabras de un sargento cercano, que hablaba con sus compañeros, le despertaron de sus meditaciones—. Debería haber contactado con nosotros hace tiempo. Tengo un caso para él.

—¿Tal vez el tipo quiere descansar un poco y desconectarse? —El vecino que estaba comiendo una manzana respondió—. Después de todo, está de vacaciones.

—¿Crees que los rebeldes le hicieron algo? —Intervino el tercero—. Le dije que era una idea estúpida volar solo en la situación actual, ya que no somos bienvenidos en todas partes.

—En la galaxia Capricornio les agradamos —dijo el sargento.

—Prefiero hacer negocios entre nosotros —se rio el de la manzana. Tiró el corazón.

Forkis dejó de escuchar la conversación cuando le informaron por el comunicador de que se había preparado un informe de batalla completo. Siguió el muelle hasta la esclusa abierta y se dirigió por el pasillo al puente de la corbeta. Durante los siguientes minutos escuchó a sus oficiales. En un momento dado le pidieron al teniente Milles[13] que se acercara a la consola de instrumentos .

—Discúlpeme un momento, señor —se dirigió a Forkis—. Conexión con Calcaris. Específicamente, de mi esposa. —Sonrió.

Mientras escuchaba el resto del informe, Forkis miró a Milles para centrar inmediatamente toda su atención en él. Las palabras de los oficiales dejaron de llegarle. De todos modos, fueron terminando lentamente. El dignatario se instaló en el asiento del comandante y el teniente. Se sentó frente al puesto de comunicaciones, como si estuviera petrificado. Los humanos de la cabina estaban ocupados trabajando o hablando entre sí. Y, aparte de Forkis, a nadie le interesó que Milles se levantara rígidamente de su asiento, se girara mecánicamente y caminara hacia el mamparo.

Fue como si le hubieran dado un balazo en el esternón y estuviera a punto de caerse de bruces. Logró una especie de vacío mental y el dignatario no pudo ver sus pensamientos, pero no fue necesario usar la telepatía para entender que algo muy malo había sucedido.

Siguió al oficial al interior de la corbeta. Milles se encerró en su camarote insonorizado, pero Forkis tenía acceso a todas las salas

---

[13] Como los kiritianos son inmortales, los rangos militares suelen ser fijos. Los ascensos son poco frecuentes.

en cualquier momento del día de la junta, solo tenía que poner la mano en el escáner.

La visión le sorprendió enormemente. Nunca había visto a Milles en semejante estado: El teniente estaba sentado acurrucado en un rincón, con los puños pegados a las cejas, sollozando como un niño pequeño. Los espasmos sacudían su cuerpo.

—¿Qué pasa, teniente? —Forkis se sentó en su cama.

Milles respondió solo después de un minuto:

—Lilly… Está muerta. Estaba embarazada…

—¿Estás seguro? ¿No es un error?

Sacudió la cabeza.

—Lo siento —dijo Forkis.

Fue en ese momento que pudo recibir las imágenes que se formaron en la mente de Milles con total claridad. Eran escenas de su vida que había disfrutado con su novia. Entonces la imaginó colgada en la casa de Calcaris que había comprado para ella apenas un mes antes. Lilly era un oders. Forkis decretó que los inmortales debían permanecer estériles, por lo que había un sentido biológico en ello, pero a veces daba permiso a la pareja para engendrar una descendencia de la forma tradicional. El kiritiano recibía entonces una inyección que le devolvía su capacidad reproductiva temporal durante el tiempo que duraba una relación sexual exitosa. Milles era una de esas personas.

—Discúlpeme. Tengo que volar allí. —Se levantó y se tambaleó. Forkis le obligó a sentarse en una silla de la mesa.

—¿Solo? ¿Estás loco, Milles? ¿En tu estado, y apenas después de haber desterrado a los rebeldes al espacio? Volaré allí contigo.

El teniente giró su rostro atónito y lloroso hacia él.

—¡Pero señor! ¿Quién soy yo para que quiera manejar mi caso personalmente?

Cuántas veces Forkis había escuchado esto de los oders y de los propios kiritianos.

—Mi achij, Milles. —Empezó a pasearse por la pequeña habitación—. Todos ustedes son muy importantes para mí.

El teniente, tímido y taciturno por naturaleza, sintió una pizca de calidez en su corazón en medio de la gélida desesperación. Así era su dignatario: le gustaba involucrarse incluso en asuntos mundanos y no tenía miedo ni vergüenza de nada. Y cuando hacía algo, resultaba ser mortalmente eficaz, en el sentido literal. Milles nunca había tenido la oportunidad de descubrirlo por sí mismo.

—Gracias… aunque esta situación es terriblemente embarazosa para mí.

Forkis no quería pararse ante él y mirarlo con desprecio. Ahora no se trataba de un subordinado y un comandante, sino de una persona nerviosa que se rompía y otra que proporcionaba ayuda. Así que tomó la otra silla frente a él, apoyando los brazos en los muslos y enlazando los dedos.

—¿Quieres usar ayuda psicológica? ¿Algún calmante? Los médicos pueden incluso borrar selectivamente tu memoria.

—Gracias, señor, pero no. Quiero saberlo y recordarlo todo —dijo Milles, mirando fijamente el punto en el suelo de acero Dhurn.

—Muy bien. La situación en KOI es estable, y el recientemente nombrado Mayor Velkee Vandringen se encargará de los depósitos de painita. Tomaré un escuadrón entero, incluso algunos batallones, y volaré a Calcaris. Que se caguen de miedo allí.

Aunque no sabía nada de las circunstancias, algo para Forkis no cuadraba en este suicidio. Las relaciones duraderas de los kiritianos con los oders no eran muy comunes, y él acompañaba a Lilly bastante bien. La mujer siempre había sido alegre, amaba la vida, nunca se preocupaba por nada. Había querido tener un hijo con Milles y, de repente, ¿se había suicidado al enterarse del deseado embarazo?

Se tardó más de dos semanas terrícolas en viajar al planeta a saltos hiperespaciales.

Calcaris era uno de los catorce globos del sistema de la triple enana amarilla y estaba totalmente terraformado. Estaba habitado por más de doscientos millones de personas, ubicadas en diversas y distantes aglomeraciones, desde grandes ciudades hasta pueblos. Fue en una de ellas, pintoresca, pequeña y tranquila, donde Lilly quiso vivir después de alejarse de su familia. Milles debía visitarla entre misión y misión. Cuando la chica se instaló allí, todo le pareció perfecto, desde la hermosa naturaleza montañosa hasta el clima suave y los habitantes agradables y trabajadores.

—Estamos más allá de la frontera de Roche, por lo que también el alcance de los escáneres de Calcaris, encender el modo sigilo —dijo Forkis, sentado en su sillón de comandante. Ordenó llevar a la expedición la escuadra de cazas, un crucero, dos acorazados, dos transportes y su corbeta.

—¿Nos vamos a esconder, señor? —Uno de los oficiales se volvió hacia él, sorprendido.

—No quiero que los nativos de la cuarta parte del globo se interpongan en nuestro camino. Por ahora, aterrizaremos cerca de la aldea del Paso de Dharsa, sin ser detectados.

—Los aldeanos enviarán un mensaje desde su torre para la defensa del territorio.

—Entonces, bloquea sus señales. Hay que cortarlas por completo. Una cosa más. En la troposfera, lancen un orbe y apunten a la secuencia de proteínas de Lilly Tedlock con el nucloindector. Ella está legalmente registrada en la base de datos central.

—Sí, señor.

El escuadrón ya no era visible ni por escaneo ni visualmente.

Kiret dirigió una mirada elocuente a Forkis, pero por el momento no tuvieron oportunidad de hablar en privado, clavados en los sillones y en la sala donde había varias personas juntas.

Atravesaron todas las capas de la atmósfera sin problemas. A pocos kilómetros de la superficie, el escuadrón perdió su velocidad. El orbe liberado y en modo sigilo se dirigió al pueblo del Paso de Dharsa y comenzó a escudriñar, localizando rápidamente el cuerpo de la chica ahorcada. Al contrario de lo que Milles imaginaba tras recibir información del alcalde Dönges, Lilly no se suicidó en su casa, sino en un árbol alejado del Paso de Dharsa. Forkis no quiso informar ahora al teniente que volaba en el acorazado sobre ello, para que no tuviera otra crisis nerviosa.

Cazas y naves de guerra salieron de su camuflaje justo antes de aterrizar en la llanura cercana al pueblo, asombrando a todos los aterrorizados habitantes. Los kiritianos tuvieron la suerte de encontrar mucha superficie llana, ya que el Paso de Dharsa estaba situado en un valle de varios kilómetros entre dos montañas. La vista era realmente fabulosa: el color rosa del cielo por el sol naciente, una masa de verdor y flores, campos de cultivo sobre un suelo traído por los transportistas, montañas azules, una cinta de un ancho arroyo que desaparecía solo más allá del horizonte. Era difícil creer que una tragedia así pudiera haber ocurrido allí.

Una vez que los inmortales abandonaron las máquinas, Forkis indicó a Kiret con una mirada que se hiciera a un lado.

—¿Vinimos a asustar a los aldeanos con juguetes como un león con garras a un ratón o a explicar el asunto del suicidio? — Preguntó Necron de forma ofensiva cuando ambos estaban bajo la proa de la corbeta, fuera del alcance de los oders—. ¿Por qué el camuflaje?

Forkis le miró con severidad.

—Sé lo que estoy haciendo.

—El ejército de Calcaris llegará aquí de todos modos, tarde o temprano.

El dignatario sonrió con desagrado.

—Bueno, ¿qué nos van a hacer? Aunque solo uno de nuestros cazas hubiera volado sobre Calcaris, tendrían miedo de tocarlo. Como mucho, enviarían amenazas de procedimiento.

Kiret entrecerró los ojos.

—Sospechas algo, ¿no?

—Vamos, investiguemos el lugar del supuesto suicidio. — Forkis se dirigió hacia las rocas tras las cuales, en un enclave de tierra fértil, crecía un desafortunado y poderoso roble. Los aldeanos observaban de cerca a los recién llegados desde lejos, temerosos de acercarse a ellos.

Los kiritianos se encontraron con un espectáculo deprimente. El cuerpo que colgaba de una gruesa rama, expuesto a las condiciones del verano y a la congestión del paso, estaba en un estado de descomposición muy avanzado. Lilly llevaba una bata de celadón hasta las rodillas, todavía en muy buen estado. Un taburete volcado estaba apoyado en el tronco del árbol. Como para intensificar la traumática atmósfera, en el cielo empezaban a acumularse nubes tan grises como el entorno rocoso; un trueno retumbó, haciendo eco en las montañas.

El sofoco previo al aguacero que se avecinaba estaba haciendo mella, por lo que la armadura kiritiana cambiaba automáticamente las condiciones endógenas a tan convenientes para los portadores.

—Ni siquiera se molestaron en quitarla y enterrarla —comentó incrédulo uno de los achijes.

—Es como si supieran que íbamos a querer ver a Lilly —añadió el otro, escaneando el cadáver y los alrededores con su equipo. Al cabo de un rato, tenía los datos completos. Se volvió hacia Forkis—: Todo apunta a un suicidio, señor. No hay signos de lucha en el cuerpo, ni sustancias peligrosas en él. Aparte de la persona que vino a ver al fallecido, solo había rastros biológicos humanos recientes en un radio de varios metros. Probablemente los lugareños habían venido a ver, pero alguien les había prohibido acercarse.

Con expresión seria, Forkis escuchó el informe, también el monótono crujido de las ramas, mirando el cadáver que se balanceaba con el ligero viento.

—Encontré esto en el bolsillo de su vestido—. El achij le entregó una carta de papel sintético.

—Querido Robert —comenzó a leer el dignatario en angloamericano, paseándose lentamente de un lado a otro—. Ya no puedo hacerlo. No sabía cómo decirte que ya no quería estar contigo, sobre todo después de que me compraras una casa tan bonita. Mi sentimiento por ti fue un afecto momentáneo y se desvaneció hace tiempo, solo queda el apego. En los últimos encuentros, solo simulé que me alegraba de verte. Tenía miedo. He pensado en todo: no quiero estar contigo como kiritiano. Son unos monstruos, me fascinó temporalmente su poder y el de su nación militar.

Forkis continuó:

—Sé que no me perdonarás porque nunca lo haces. Yo tampoco quiero este bebé. Solo hay una manera de que me desprenda de la rabia que seguro desatarás en mí. Lo siento. Buena suerte en tu camino por la vida inmortal. Siento haberte hecho daño. Lilly.

Forkis oyó pasos detrás de él, era Milles. El teniente se quedó sin palabras, conmocionado, pálido y tenso, mirando el cadáver que colgaba de la rama como una broma de pesadilla. Su mandíbula comenzó a crisparse, giró la cabeza hacia un lado, cerró los ojos y comenzó a sollozar en silencio, estremeciéndose en un paroxismo de dolor.

—¿No te dije, Milles, que esperaras en el acorazado? —Le amonestó Forkis, pero con suavidad. Se dirigió a los dos achijes—: Encárgate del teniente, súbelo a bordo. Capitán Biffter, tome una docena de hombres y venga conmigo a la aldea.

—Por supuesto, señor —confirmó Kiret.

—Y ustedes tres bajen a la pobre mujer.

La marcha libre de los achijes, armados con las armas más modernas, vistiendo una armadura biometálica de color negro de clase media con elementos añiles, despertó una preocupación generalizada. Probablemente ya nadie trabajaba en el campo, los lugareños se sentaban en los bancos junto a sus casas, se paraban como monumentos junto a las calles o miraban por las ventanas. Solo algunos niños saltaban o jugueteaban a cierta distancia del equipo, siguiéndolo. Los recién llegados tampoco causaban temor en los perros que movían vigorosamente la cola y ladraban, pero ninguno se acercaba más de tres pasos.

Forkis sabía, por la red central de inteligencia, que en el Paso de Dharsa había más de ciento cincuenta campesinos, incluidos los niños. Esto se debía a que alrededor de la plaza principal y de unas pocas calles había varias docenas de casas caóticamente dispuestas y un par de edificios públicos, incluida la oficina del jefe del pueblo, llamado Dönges. Era un pueblo tradicionalista con una apariencia clásica inalterada durante siglos, solo una moderna torre de comunicaciones en un lateral, maquinaria agrícola y vehículos chocaban visualmente con el resto de los edificios.

A Forkis no le sorprendió que el jefe Dönges no se dignara a reunirse con él, sino que se refugiara en su despacho como una rata en un pajar. Incluso es posible que se haya escabullido del Paso de Dharsa.

Se acercó a una de las casas, donde un hombre estaba sentado en una silla del porche y un niño jugaba en el jardín.

—Buenos días —comenzó Forkis, deteniéndose ante la valla. Notó que el lugareño tensaba probablemente todos sus músculos. Se levantó y, con la dificultad derivada del miedo, se acercó a la valla—. Estamos aquí por Lilly Tedlock. Hemos visto que se ha suicidado. ¿Cómo se produjo? ¿Por qué no se ocuparon del cuerpo?

Forkis leyó en sus pensamientos que el sorprendido hombre había esperado una visita del propio Milles, y no del equipo armado de inmortales, además de las máquinas de guerra asentadas cerca del pueblo. Movió la boca como un tonto por un momento antes de hablar incluso teatralmente:

—¡Oh, señores kiritianos, una terrible desgracia! ¡Era una chica tan buena! Hermosa, tranquila, trabajadora. Los trabajadores la encontraron cuando iban a romper piedras para reparar una carretera. Dejó una carta de despedida.

—Sí—. Forkis lo miró fijamente con una mirada fría y penetrante, bajo la cual el hombre se encogió como un lobo omega frente a un alfa. El chico dejó de hacer cabriolas, se detuvo a unos metros junto a la valla y comenzó a mirar a los recién llegados con vergonzosa curiosidad—. Había una carta, pero en el bolsillo de su vestido. ¿Cómo lo sabes?

El aldeano dudó brevemente, sus ojos vagaban en diferentes direcciones en ese momento, antes de enfocarlos finalmente en el kiritiano.

—Una de las personas buscó en los bolsillos, porque en situaciones similares a veces se dejan mensajes allí. Y efectivamente, había una carta. Después de leerla, la volvieron a poner en su sitio.

—Ajá —Forkis asintió—. ¿Y el cuerpo? ¿Por qué lo dejaron en la rama?

—Era seguro que vendría alguien de los kiritianos, me refiero a usted. Aunque todo el mundo se opuso, en el sentido de dejar el cadáver sin enterrar, no de su visita, el señor Dönges me dijo que no tocara nada para que usted pudiera inspeccionarlo. Para que no pareciera que ocultamos algo.

—Ya veo. —Forkis miró con indiferencia al niño, con la curiosidad de saber si aprendería algo de su mente clara, pero aparte de admirar el esplendor y la armadura alienígena, el pequeño no pensó en nada más.

También había utilizado su habilidad psiónica antes en el local al que había interrogado, así que ya lo sabía todo. La telepatía era una herramienta realmente poderosa que permitía alcanzar el poder absoluto: ningún oders sin disfunción cerebral tenía secretos para Forkis. Cualquier investigación podía durar un minuto en lugar de semanas o meses, sobre todo porque casi nadie se defendía de su habilidad, habiendo clasificado ese hecho como rumores o teorías conspirativas.

Los que pensaban que algo pasaba, intentaban no mencionarlo delante de Forkis, pero el tiempo siempre estaba en su contra, cuando el dignatario disponía de una cantidad infinita de él. El campesino presentaba la clásica disonancia propia de un mentiroso: imaginaba una cosa y decía la otra. Estaba tan estresado por la presencia del propio dignatario kiritiano en el minúsculo y olvidado Paso de Dharsa, que confundió la versión «oficial» del suceso que el alcalde de Dönges había dicho a los vecinos.

Con eso, Forkis podía dar por terminado el caso de Lilly Tedlock. En una investigación llevada a cabo mediante telepatía, un testigo era suficiente para establecer el curso correcto del suceso, pero el dignatario sentía curiosidad por la versión del resto de los residentes.

Cuando llegó con los kiritianos a la plaza con un pozo, rodeada de casitas, le llamó la atención el llamado pilar de Jacob. Era una práctica común entre los campesinos de las colonias espaciales que se colocara un pilar en el centro de un pueblo, y sobre él, se colocaba un objeto relacionado con la región o las emociones de los habitantes. El término proviene del nombre de uno de los colonos que, en un asentamiento recién establecido, colgaba en un pilar un fragmento de la armadura de una nave colonial, dañada durante el aterrizaje.

Al parecer, la vida en este pueblo transcurría de forma ejemplar. La idea gustó, y en otros planetas los humanos comenzaron a practicar algo similar, algunos creían que el tótem traía buena suerte, otros lo trataban solo como una curiosidad y variedad en la vida cotidiana. Se colgaban varias cosas, desde el cráneo de un animal peligroso matado solo con un cuchillo, pasando por un meteorito que atravesó el techo de alguien, pero no dañó a los inquilinos, hasta un rubí valioso o un caldero encontrado en la zona, que contenía semillas sin usar de la primera siembra.

Ninguno quedaba vacío, porque se suponía que traía mala suerte, pero el que se alzaba frente a Forkis estaba vacío. El hombre observó unas profundas huellas en la arena, la distancia entre ellas era cada vez mayor: alguien había saltado y luego había echado a correr. Abordó a una anciana sentada junto al pozo, que miraba a los inmortales con su mirada oblicua y repugnante. Dijo más o menos lo mismo que el hombre que estaba frente a la casa, pero a Forkis le divertían los insultos mentales dirigidos a los recién llegados.

—Bonito pilar —dijo al final, con los brazos en alto y mirando hacia arriba—. Pero no hay tótem.

—No hay, se lo llevaron.

Forkis se sorprendió de lo que vio en su mente cuando hizo referencia al pilar de Jacob. Necesitó un par respiraciones profundas para evitar que la ira floreciera prematuramente en su rostro.

Al salir de la plaza, los guardias de seguridad achij le siguieron. Caminando por el pueblo, y buscando a su próxima «víctima», mantenía una sonrisa amarga en su rostro, recibiendo de todas partes mensajes mentales de personas inconscientes de que cada palabra solo empeoraba su situación:

—Ellos saben...

—¡Escoria kiritiana!

—Oh, mierda, ¡estamos jodidos!

—Espero que no se les ocurra buscar en los campos...

—¡Estamos muertos!

—Les dije que dejaran a la chica en paz.

—¿Tenían que venir aquí?

—La torre no funciona, probablemente la hayan saboteado.

—¡Malditos bastardos!

—¡Entra en la tierra!

—¿Y qué estás mirando, hombre de hojalata?

La tercera conversación, esta vez con un campesino que partía piedras con una trituradora, no aportó nada nuevo. También dijo con entusiasmo una cosa y pensó la otra, apoyado mentalmente por sus compañeros que asentían, escuchando su relato. Forkis obtuvo al menos una muestra psicológica completa de los habitantes del Paso de Dharsa. Había tratado muchas veces con comunidades conservadoras similares, por eso elaboró formas de manejarlas.

Le llamó la atención una niña de cabello dorado que colgaba un palo en un charco junto a un camino de arcilla que llevaba a los campos. Cuando se detuvo junto a ella, indicando a los achijes que esperaran a lo lejos, ella le dirigió una mirada fugaz y desapasionada y reanudó su juego.

Forkis se agachó y juntó las manos entre las rodillas. Sonrió mientras la niña pensaba: «¡Que se vaya ese gran señor!»

—Hola —dijo suavemente—. Hace mucho calor aquí. ¿Me traes algo de beber?

Sin mirarle, la chica se levantó, corrió a su casa a sus espaldas y un minuto después volvió con un vaso de agua.

—Gracias. —Forkis agarró el vaso y tomó un sorbo, sabiendo por su cabeza que no había escupido en la bebida ni la había tomado del inodoro. Esta vez la chica lo miró valientemente a los ojos, aunque su rostro no expresaba nada—. Lo más importante en la vida es que tengas a alguien que te traiga un vaso de agua. —Esbozando otra sonrisa amistosa, le quitó las últimas gotas y le devolvió el objeto—. ¿Cómo te llamas?

—Reya. —Se agachó y empezó a jugar de nuevo en el charco, esta vez colocando un vaso al lado y cargando el barro dentro con el palo.

—Veo que estás sola aquí. ¿Están tus padres en el trabajo?

—No tengo padres. Estoy con mi tía.

—¿Dónde está? —Reya giró, levantó el brazo y señaló con un dedo el edificio del jefe de la aldea, oculto por las casas.

—¿Trabaja allí? —Preguntó Forkis.

Ella asintió varias veces. Se enteró por sus visiones que, Reya y su cuidadora, al igual que Lilly, no eran locales. Su tía vivía en el otro hemisferio de Calcaris, en una ciudad más grande, y por algún desfalco financiero fue enviada al Paso de Dharsa para pagar allí la pena. Naturalmente, la chica no presentó los hechos de forma madura y clara, el propio Forkis llegó a esas conclusiones.

—Buena chica. Sabes qué, tal vez puedas ayudarme. ¿Has oído hablar de Lilly?

La pequeña asintió, ya había cargado un tercio del vaso con barro. Ahora no pensaba en nada, respondía mecánicamente a las preguntas. El hombre pensó que, si mantenía estas cualidades durante mucho tiempo, sería una gran achij en el futuro. Le asombraba el hecho de que, a diferencia de los adultos, las mentes de los niños fueran tranquilas, vacías y silenciosas, sin pensamientos caóticos que revolotearan por ellas como fragmentos de un asteroide roto por el espacio.

—Reya, por favor, mírame. —Ella lo miró desde el charco. Forkis se deshizo de su cálida sonrisa y preguntó con seriedad: —¿Sabes lo que ha pasado aquí?

Ella asintió.

—¿Te gustaría hablar de ello? —Ella negó con la cabeza.

—Me da miedo la gente del campo —negó.

Como no quería contarle lo que había captado telepáticamente y asustar a la niña con sus conocimientos, optó por los clásicos pasos posteriores.

—Conmigo, no tienes que tener miedo de absolutamente nada —dijo de forma tentadora y convincente—. No hay hombre en el universo que pueda vencerme, y aquellos con los que me relaciono están a salvo. Vamos, muéstrame lo que temes contarme.

Su postura, su armamento y su autoridad, además de la garantía de seguridad, hicieron que Reya se encariñara rápidamente con él, además de confiar en él. Cuando se levantó, le dio la mano y comenzó a arrastrar a Forkis hacia un campo de pimientos, donde los residentes volvían a intentar hacer sus tareas rutinarias.

Las personas que trabajaban en las plantas con equipos o físicamente se enderezaron como antílopes pastando en la sabana que se percataron de la presencia de un león. Algunos de ellos, como animales ansiosos, comenzaron a escabullirse, el resto se quedó mirando con preocupación al kiritiano que caminaba entre los arbustos de pimiento amarillo. Se miraron significativamente. Forkis no dio la orden a sus achijes, así que esperaron en una larga fila junto al campo e intrigados, observaron a su dignatario.

Reya se detuvo e indicó con el dedo un punto en una elevación sobre la que, en el claro de las espesas nubes, dos de las cinco lunas diminutas del planeta parpadeaban en rosa y rojo. Forkis caminó enérgicamente en esa dirección, y en el camino encontró entre los arbustos un casco de una armadura de Yamar, un trabajador civil kiritiano que había desaparecido recientemente, al volver del descanso. A diferencia de las armaduras de combate de los achij, en las que era necesario ponerse o quitarse rápidamente el casco estroboscópico, los civiles solían llevar cascos tradicionales.

El kiritiano lo recogió y lo limpió de tierra con su guante. Ya no necesitaba la compañía de Reya para saber con detalle lo que había sucedido en el Paso de Dharsa: los humanos asustados en los alrededores añadían inconscientemente elementos complementarios al rompecabezas de Forkis.

En la colina, encontró un fragmento de suelo recientemente removido. Con el nucloindector, que formaba parte del escáner del brazalete multifuncional, examinó decenas de metros cúbicos bajo el suelo, y descubrió el macabro contenido. Resultó que no era la única sorpresa de este tipo en la zona.

Cuando se volvió hacia la aldea, no quedaba nadie en el campo, excepto Reya, que le miraba fijamente, de pie donde la había dejado. El cielo se puso azul, y un trueno sonó casi a continuación sobre los campos. Forkis no prestó atención al hecho de que en un momento dado cogió un pimiento de un arbusto, y se lo comió casi entero. Su sabor picante le hizo sentir sed de nuevo.

—Kiret. —Cuando terminó de comer, no se molestó en hablar formalmente a través del comunicador. Volvió a dar un paso de barrido—. Estamos pacificando este agujero. Lleva a todos los niños al transportador, por la fuerza si es necesario. Reúne a los adultos bajo las armas en la plaza. Dejen solo el edificio del jefe del pueblo y la casa de la niña con la que estaba hablando.

Biffter respondió con tristeza solo después de un rato:

—Sí, señor. —No hizo preguntas, sabiendo que Forkis había encontrado una razón suficiente para dar una orden tan monstruosa.

—Vete a casa —le gruñó a Reya al pasar. No necesitó repetirlo. Agitando la falda, alcanzó a Forkis y se apresuró a llegar a la cabaña de su tía, donde cerró la puerta de golpe.

Kiret pidió más ayuda al lugar de desembarco, el teniente Milles también aceptó participar en la pacificación.

En el momento en que Forkis abrió la puerta del cuartel general de tres pisos de Dönges, pudo oír gritos, súplicas, llantos, sonidos de refriega, incluso disparos. También se desató un incendio —probablemente algún achij se sirvió irreflexivamente de un lanzallamas, lo que, sin embargo, no importaba de todos modos—

del que llegaron a tomar fuego las casas situadas cerca unas de otras. «Al menos el fuego no entrará aquí», pensó mientras miraba las paredes de piedra del edificio.

En el vestíbulo, vio a una mujer con el aspecto estereotipado de una oficinista: obesa, de mediana edad, con el cabello corto y rizado, y con unas gafas que normalmente llevan los pobres, que tienen pocas posibilidades de reparar su vista o sustituir sus globos oculares.

—Quiero ver al bastardo jefe de la aldea —saludó Forkis, de pie junto a su escritorio.

La mujer lo miró sin miedo, como lo había hecho antes su sobrina. Y al igual que la de la niña, su mente tampoco estaba manchada por pensamientos sobre las tragedias secretas del Paso de Dharsa. Forkis ya sabía que ambas no tenían nada que ver con estos sucesos, la tía que no había sabido qué hacer con Reya había sido enviada aquí a la fuerza y atrapada en el culo del planeta.

—¿Tienes la cita? —Si se suponía que era una broma de la exempleada de la ciudad, le quedó perfecta. Un atisbo de sonrisa apareció en los labios del kiritiano. Entendió inmediatamente el gesto cuando la mano de Forkis tocó el compartimiento en su muslo donde se escondía una pistola X17A4 con munición ligera autorregenerativa. Asintió gravemente con la cabeza hacia la puerta de dos vías situada a su derecha.

El hombre se inclinó sobre la parte superior.

—Por favor, abandona la aldea lo antes posible y llévate a Reya. Las cosas se pondrán «feas» aquí.

Encerrada entre las paredes del despacho, la mujer no sabía exactamente lo que ocurría fuera, leyó todo en los amenazadores ojos entrecerrados de Forkis y se asustó mucho. Conocía perfectamente los métodos kiritianos para tratar a los colonos que molestaban. Forkis era famoso por asesinar y sembrar el pánico en el espacio, la mujer sabía que, por alguna razón que desconocía, se le había concedido el enorme honor de recibir el aviso. No quiso cuestionar su decisión.

—No tenemos ningún vehículo para volar o conducir desde aquí. Nos trajeron en un transportador, y en él debía regresar después de dos años, cuando pasara mi pena de libertad restringida.

—Fuiste acusada injustamente. —Levantó sus incrédulos y profundos ojos azules para mirar a Forkis. Su demostrativa y practicada calma de oficinista se derrumbó—. A pesar de ello, aceptaste tu castigo con humildad, incluso llegaste a la conclusión de que quedarte en esta remota provincia, en el pequeño pueblo, te ayudaría a ti y a tu sobrina a descansar del ajetreo de la ciudad.

—¿Cómo lo sabes?

—Tengo mis métodos. —Forkis conectó con su subordinado—. Capitán Biffter, lleve al transportador a Reya y ...

—Charlotte Kris —le ayudó la secretaria.

—Charlotte Kris, su tía. Ambas tienen mi inmunidad. La mujer dejará la oficina de inmediato.

La puerta de madera y ornamentada del despacho del alcalde estaba abierta; al empujarla con la mano, se abrió ligeramente, chirriando. Detrás del escritorio estaba sentado un hombre delgado, de mediana edad, que no mostraba señales de haber hecho trabajo manual, aunque formalmente pertenecía a esa comunidad. En su lugar, prefería dedicarse a la agitación y el adoctrinamiento, en lo que era bastante eficaz, ya que era capaz de persuadir a la mayoría de los pueblos para que cometieran actos concretos y luego mentir. Se puso pálido y se puso de mal humor al ver al poderoso inmortal, reconociéndolo como el líder de la chusma kiritiana. Sin embargo, lo que más le aterró fue la visión del casco que el recién llegado sostenía con su mano izquierda.

Forkis se acercó a su escritorio y colocó el casco de Yamar encima provocando un chasquido. Las palabras resultaron redundantes, las formalidades de saludo sobraban.

El dignatario miró a su alrededor la sala, de estilo ligeramente cinegético. Que, para el inmortal que se ocupaba del plástico, el metal y la piedra magistralmente trabajada (muchos edificios kiritianos estaban modelados a partir de las milenarias pirámides de los antiguos onkalots) parecía antigua. Cuatro apliques cromados brillaban débilmente en las paredes, manteniendo la habitación revestida de sándalo en la penumbra. La decoración era bastante específica, ya que las paredes estaban decoradas con esposas colgantes junto a cabezas y cráneos de animales salvajes.

Forkis siseó en voz baja y casi inclinó la cabeza hacia un lado cuando vio la cabeza de un onkalot entre los trofeos. El pobre diablo tenía los ojos postizos, pero la expresión de su hocico, así como sus músculos agarrotados durante mucho tiempo, demostraban que había estado haciendo gestos de dolor y miedo a ser asesinado. Se había conservado en ese estado. En cuanto a los objetos insólitos, el dignatario se fijó en las minicuchillas clavadas en las paredes, que Dönges lanzó por diversión a los cráneos de animales profundamente tallados, así como a la frente de un ejemplar de jaguar humanoide.

Apretando el tablero del escritorio con los dedos, Dönges se levantó lentamente, con el miedo en el rostro, como si en el despacho hubiera entrado uno de los grandes animales cuyos parientes muertos adornaban las paredes. Forkis lo miró a los ojos con ojos no menos salvajes, anunciando la desgracia. Al alcalde se le pasó por la cabeza si debería haber buscado un arma en un cajón del escritorio.

Ya había empezado a mover la mano cuando uno de los aldeanos asustados, sudorosos y sin aliento irrumpió en el despacho.

—En la calle los asesinan… —eso fue lo que alcanzó a gritar el aldeano cuando Forkis sacó su pistola del compartimiento, extendió el brazo y eliminó a su objetivo con disparos a la cabeza y al torso. Dönges quedó en shock mientras el cuerpo del lugareño, con el rostro congelado en un grito silencioso, cayó al suelo con un golpe seco.

El asesinato privó por completo al alcalde de su consciencia; el pensamiento lógico fue suprimido por el pánico. A pesar de la horripilante muestra de las habilidades del kiritiano, se lanzó hacia la puerta lateral.

Forkis corrió y agarró al hombre antes de que pudiera llegar a la salida. Lo arrastró hasta el lugar anterior y lo apretó contra la pared. Miró hacia la ventana, entre el humo y el fuego se veían escenas como de guerra: levantamiento de niños llorando que se alejaban, madres rechazadas en una acera, hombres aturdidos por los golpes de culata y puño, gente brutalmente obligada a marchar.

La mirada del kiritiano se posó en las esposas de acero que colgaban de los ganchos. Debían de ser utilizadas en términos reales para meter a un humano en ellas, tal vez juegos eróticos, porque su separación se adaptaba perfectamente a la incómoda esclavitud. Forkis esposó a Dönges.

El alcalde estuvo a punto de desmayarse de miedo cuando el torturador echó mano de la cuchilla, arrancándola del cráneo de una criatura con cuernos. Forkis se inclinó y acercó su rostro al del hombre retenido, que seguramente se habría confundido con la pared.

—Ten paciencia, Dönges, esto terminará pronto. Creo que sabes por qué estoy aquí. ¿Tienes algo que decirme?

—Niños... —tosió el alcalde—. ¡¿Qué demonios estáis haciendo?! ¡Déjalos en paz! Sal de nuestra casa.

—Los llevaremos con nosotros y los incorporaremos a la nación—. Forkis arrojó una cuchilla, haciéndola girar y agarrando el mango—. Los que no sean aptos irán al orfanato o a familiares lejanos o tutores.

—No tienes derecho, usurpador, a hacer lo que quieras en Calcaris. Este no es tu mundo—. El jefe de la aldea no podía apartar los ojos de la hoja que proyectaba pálidos reflejos en el tenue resplandor de las lámparas de pared.

—Pero lo será. Pronto la mayoría de los mundos colonizados estarán bajo nuestros auspicios. Solo quedan poco rebeldes. De todos modos, ya tenemos una ventaja tecnológica sobre ellos. —Apretó los dedos a los lados de la mandíbula inferior y levantó la cabeza—. Entonces, Dönges, ¿vas a contar con honor lo que ha pasado aquí?

Cuando retiró la mano, el alcalde bajó la cabeza; Dönges, jadeante, miraba al suelo. El dignatario se agachó.

—Lástima, así que lo contaré yo:

«Nuestro hombre, Yamaro, volaba cerca del planeta cuando dos escuadrones rebeldes lo derribaron. No se molestaron en comprobar si sobrevivió, probablemente pensaron que el transportador dañado ardería en la atmósfera. Sin embargo, Yamaro consiguió aterrizar con mucha fuerza, estaba malherido. Lo encontraron y lo mataron solo porque era un kiritiano, enterraron los restos del transportador en el campo, el cuerpo también. Colocaron el casco en el pilar como un trofeo que no les correspondía», dijo Forkis cada vez con más agresividad.

«Cuando este tipo te dijo que estábamos aterrizando» dijo Forkis señalando el cadáver, «le ordenaste que ocultara el casco. Entonces, el campesino lo arrojó a lo profundo del campo, seguro de que no íbamos a caminar entre los arbustos. Lilly Tedlock también fue víctima de la xenofobia. Cuando se supo que era pareja de un kiritiano, la acosaron y se burlaron de ella, pensando que terminaría esta relación binacional o se iría del pueblo. La chica aguantó valientemente los insultos, creyendo ingenuamente que lo asimilarían, que solo necesitaban tiempo para aceptar su elección.

Pero no fue así. Le pagaron con odio su amor y tolerancia. Finalmente, la arrastraron fuera de la casa, le escupieron, la azotaron palos, le arrojaron basura como a una supuesta bruja medieval. Después del vía crucis, la colgaron en el árbol, sin tener en cuenta que estaba embarazada.

Se les ocurrió la historia de la ruptura con Milles, escribieron la patética nota, limpiaron a fondo la escena del crimen, dejando solo rastros de la persona que supuestamente encontró la correspondencia en su bolsillo. Aquí tengo que felicitarlos, bastante ingenioso para un montón de campesinos. Todo esto, para que pareciera una crisis nerviosa que llevó al suicidio. Sabían que tardaríamos en llegar con la propulsión de Alcubierre tras conocer la muerte de Lilly.

Por eso dejaron el cuerpo en el árbol, bajo el calor y la humedad, para que empezara a descomponerse más rápido, lo que habría enmascarado las huellas de la tortura. Sin embargo, los oscuros secretos del Paso de Dharsa no terminan aquí. Muchos de los cuerpos de personas que tuvieron historias tan tristes como la de Lilly y Yamaro, descansan bajo las raíces de sus plantas. Esto es un maldito criadero de criminales».

Forkis agarró a Dönges por el pelo y le levantó el brazo para que el alcalde le mirara la cara congelada en una máscara de ira.

—¿Se me olvidó algún detalle?

—¿Cómo sabes todo esto? —Graznó—. Nuestro plan era perfecto. Ciertamente, nadie se delató…

—No has tenido en cuenta un pequeño detalle, gracias eso, lo sé todo. —El dignatario agitó la mano con la cuchilla hacia la ventana—. Soy telépata. Los aldeanos me confesaron en silencio, uno tras otro, aunque no lo sabían.

—El presidente Calcaris nos protege. Enviará un ejército entero aquí tan pronto como se entere.

Dönges se estremeció, su pulso se aceleró cuando Forkis levantó la hoja y realizó un corte a lo largo de la mejilla derecha del alcalde. De la herida brotaron gotas de sangre.

—Ni siquiera en este momento te arrepientes de los crímenes cometidos, no te arrepientes en absoluto. —El dignatario negó con la cabeza, sonriendo con tristeza. Se quitó la sangre de la cara con un dedo, separó la boca y se la untó en la lengua, saboreando el miedo que se estaba acumulando en el hombre—. Estás pensando en cómo salir de esta mierda. ¿Eres ARh+? Este grupo es el que más me gusta. A mí y a los mosquitos también.

Se levantó y empezó a recorrer la habitación lentamente, examinando los distintos objetos. Sin saber cuál sería su próximo movimiento, la víctima estaba perdiendo la cabeza.

—Aquí hace un calor terrible, las montañas te protegen del viento —dijo Forkis— por no hablar de los pimientos picantes. No veo nada para beber en la oficina, ni siquiera un gabinete de alcohol. Algo inaudito para un líder de aldea.

Volviendo, se agachó y pasó lentamente la hoja de la cuchilla sobre la garganta de la aterrorizada víctima. Del cuello cortado casi por la mitad, brotó sangre a gran presión.

Tras arrojar el hacha con estrépito, Forkis sujetó el cuerpo tembloroso por los hombros y lamió el líquido caliente como miel brotando de un panal.

Después de beber unos cuantos litros, se aferró al cuello del difunto Dönges para chupar los restos de la dulce sangre. Su calidad era mucho peor que la de la sangre que obtenía a menudo de las mujeres, pero al menos satisfacía su sed, y además le calmaba el hambre con su densidad y riqueza en nutrientes.

Forkis se acercó al escritorio. Limpiándose la cara con unos documentos de fibra sintética que había recogido de allí, miró con indiferencia el pálido cadáver que colgaba esposado.

Al salir del edificio, el humo de los incendios que se extendían rápidamente acababa de invadir el vestíbulo.

En el exterior, fue encontrado rápidamente por Kiret, que miró con ansiedad la parte delantera ensangrentada de su armadura.

—No es mía —dijo el dignatario. Broody, Necron no tuvo que preguntar por el resto, había tratado con Forkis durante más de doscientos años y conocía bien sus hábitos, o eso creía. Además, esta vez el dignatario primero se encerró con la víctima y luego descargó su insaciable frustración sobre él, matando al líder de la comunidad que se había metido en su lista negra. Kiret estaba seguro de que había matado a tiros al desafortunado o lo había matado de alguna otra forma clásica.

—¿Hiciste todo lo que te ordené? —Preguntó Forkis.

—Sí, señor. Los niños están en los transportes, incluyendo a Charlotte Kris con Reya. El resto, nos reunimos en la plaza.

Mientras caminaban alrededor de varias casas en llamas, Forkis se asombró de cómo, en el siglo XXVIII, podían utilizar materiales inflamables en la construcción, y no tener drones antiincendios u otras máquinas a mano para extinguir un incendio inmediatamente después de detectarlo. Por otro lado, sentía respeto por el mantenimiento de la tradición y la capacidad de afrontar la vida a un nivel tan bajo, siempre que no fuera de la mano de la estupidez resultante del miedo al cambio.

Se detuvieron junto al pozo y el pilar de Jacob. Una docena de kiritianos estaban allí con las armas en la mano, vigilando al compacto grupo de campesinos adultos, maldiciendo, en silencio, llorando.

—Alinéenlos —ordenó Forkis despreocupadamente, agitando la mano. Tronaba cada vez más en lo alto, el aire ya no era tan espeso y húmedo, pero aún no llovía. Los inmortales, no sin una brutal interferencia con los reacios, formaron rápidamente entre los lugareños una fila. Forkis se situó varios pasos por delante, juntando las manos a la espalda.

—Ahora —comenzó a hablar en voz alta, en un tono formal— cada uno de ustedes debe pensar intensamente en los eventos de Yamaro y Lilly Tedlock. Quiero ver su papel en ellos. Cualquiera que intente suprimir los recuerdos o pensar intensamente en otra cosa, morirá inmediatamente.

Con un movimiento de la mano, indicó a sus achijes que se separaran en una línea extendida ante los lugareños, él mismo se acercó al ala derecha de la fila y comenzó a caminar lentamente por ella.

—Ustedes, dos pasos adelante —mirando a las siguientes caras asustadas, ordenó que alguien se adelantara de vez en cuando.

Después de recorrer la fila de aldeanos, diecisiete personas se pusieron al frente, preguntándose si su destino estaba a su favor o al revés: debían empezar a rezar a los dioses para pedir perdón. Forkis miró el casco de Yamaro, que había cogido del despacho de Dönges.

—Maten al resto —dijo al oído de Kiret, tras acercarse a él. El dignatario adjunto no ocultó su angustia. Hizo una señal al teniente Milles, y este, a su vez, al pelotón de fusilamiento.

Hubo una enérgica descarga.

Al cabo de unos segundos, solo quedaban vivas diecisiete personas seleccionadas, que por razones morales no se llevaban bien con Dönges, lo que les causaba muchos disgustos.

—¡Váyanse! —Les gritó Forkis.

—Señor, ¿qué vamos a hacer ahora? ¿Adónde debemos ir? —Empezó a preguntar con lágrimas en los ojos uno de los valientes, temblando como si el Paso de Dharsa hubiera sido atacado por una ventisca.

Una cortina de aguacero cayó desde unas espesas nubes, como si la lluvia también hubiera recibido una señal de los cielos para atacar. La sangre cuajada en la armadura de Forkis, empapada de agua de nuevo, comenzó a correr por el biometal, marcándolo con caminos de color rojo.

—No me importa. ¿No tienen su propio cerebro o qué? ¿Dönges los ha estropeado a tal punto? Hemos hecho nuestro trabajo aquí, encenderemos la torre pronto, pueden ir a quejarse. Los campos están intactos.

—¿Y los niños?

—Vivirán, pero no aquí. ¡Vete!

El aguacero, potente como en los trópicos de Chulimal, acabó rápidamente con los incendios. Los charcos comenzaron a formarse en la plaza, así como en todas las calles.

Forkis dijo a los suyos que volvieran a las máquinas. Él mismo, bañado por los chorros de agua, se situó frente al pilar y lo contempló durante mucho tiempo con su mirada pensativa. Como el pilar tenía cavidades para trepar, el dignatario, a pesar de sus cien y varias decenas de kilos de armadura, logró llegar a la cima y colocar allí el casco de Yamaro.

Salpicando el agua de los charcos, Kiret se acercó a su comandante, que ya estaba en el suelo. Durante un momento, miraron la parte superior del pilar en silencio.

—No sé —empezó a decir Necrón, lo que llevaba mucho tiempo en su corazón— lo que te ocurrió en un pasado que ningún kiritiano querría detallar, respetando la intimidad de su señor, pero sin duda fue algo monstruoso. Sea lo que sea, no puedes continuar tu cruzada así y vengarte de toda la humanidad.

—He salvado a una docena de personas y niños, esta vez no han muerto todos.

—Bueno, enhorabuena, hay algunos progresos —dijo Kiret con ironía—. Hasta ahora solo hemos conseguido éxitos. Reconozco que me resulta incomprensible por qué está ocurriendo esto. Cinco millones de personas en la nación...

—Y la mejor tecnología —añadió Forkis— desarrollada constantemente por el equipo del Dr. Figam, además de mi telepatía y la masa de tonterías que hay sobre mí, siembran el miedo en la gente. El tamaño de una nación no es clave, la calidad es lo que importa. Hernando Cortés derrotó a los aztecas, fundó un imperio del Pacífico al Golfo de México, con diez cañones.

—Y un montón de aliados indios.

—Los onkalots, a su vez, fueron derrotados por algunos zánganos y una nave. —Kiret solo entendió la comparación de los onkalots con los indios. Al igual que los demás kiritianos, no podía saber que detrás de esto había algo mucho más serio que el amor de Forkis por los jaguares humanoides. Gracias a ello llamó achijes a los soldados inmortales, y en el planeta Morascrik construyó las pirámides indestructibles.

—Sin embargo, nuestros éxitos no durarán para siempre si no cambiamos algo —dijo—. Al final perderemos, y los que nos derroten, seguramente no tendrán piedad. Tenemos que suavizar de una vez nuestra política, estabilizarnos. Ya está bien de conquistas, tenemos muchas, Forkis. Lo único que queda es domar a los rebeldes. Piénsalo bien.

Forkis se quedó un rato mirando el casco en lo alto del pilar, en la silenciosa compañía de su amigo, pero ruidosa del incesante aguacero.

***

Tras desbloquear las comunicaciones, los aldeanos supervivientes informaron a las autoridades, en la que se encontraba el presidente con el comandante en jefe del ejército de Calcaris, sobre los acontecimientos en el Paso de Dharsa.

En contra de lo que Forkis pensaba, que los kiritianos se saldrían con la suya en la masacre como siempre, fueron atacados desde el aire por la fuerza aérea del planeta. Sin embargo, se hizo en un acto de desesperación para evitar que la confianza de los humanos en el gobierno se hundiera. Aun así, el propio crucero y los dos acorazados de los inmortales tenían casi la misma potencia de fuego que el enemigo. Además, el dignatario acercó parte de su flota al espacio, y en dos días locales tuvo lugar una batalla en el planeta.

Las pérdidas ascendieron a más de mil máquinas por diecisiete a favor de los kiritianos.

Forkis estaba abierto a las peticiones y sugerencias de sus achijes, era capaz de escuchar y considerar otros puntos de vista. Creía que Kiret tenía razón: fuera lo que fuera lo que le había sucedido en el pasado, no podía vivir eternamente guiado por una venganza infantil que, de todos modos, no podía satisfacerle. Al igual que, devorar mujeres como un síntoma material más de una venganza que se prolongaba desde hacía doscientos veintinueve años. También estaba saturado de toda la sangre de Dönges. La paz aparecía en el momento de la digestión y en el período posterior de reticencia de su cuerpo a los tejidos humanos. Pero el hambre finalmente volvió.

Décadas más tarde, su nuevo hogar, el planeta Morascrik, el mismo del que Kiret le había hablado una vez en el Geiser de

Diamante, ya estaba terraformado y totalmente listo para su asentamiento. Tras trasladar el núcleo de la nación a la capital, K'otz'ib'aja, Forkis accedió a la petición de Necron y cambió su política espacial de agresiva a más pasiva. Los kiritianos introdujeron una moneda conocida como uinal, y también el idioma oficial kiritiano para todas las colonias conquistadas.

Forkis se autoproclamó primer dignatario galáctico y su nación se convirtió en un imperio.

Aytar

El año terrícola 2848

El miembro del gremio tiene el deber de obedecer todas las leyes del credo. También se aplican tras el abandono voluntario del gremio o el exilio. La exención de su sentencia solo se produce tras la muerte.

Está prohibido tomar cualquier estimulante o sustancia que modifique las actividades del organismo, especialmente las que afectan a la cordura y a la aptitud física. La excepción es la administración de un fármaco en caso de amenaza para la vida o la recuperación de la salud.

La pena por el asesinato de otro miembro del gremio, de cualquier rango, es la muerte.

El culpable tiene derecho a honrar el suicidio en las dos semanas siguientes a la comisión del acto prohibido. Transcurrido este tiempo, tiene lugar la ejecución.

No tiene sentido huir o esconderse, ni siquiera en otro mundo.

— Leyes seleccionadas del credo del gremio Adil Ibn Yusuf al-Aswani, mentor de la ciudad de Sibuna del planeta Calvary

La transacción en el planeta Calvary entre los gánsteres y los kiritanos se desarrolló en un ambiente agradable. Forkis compró armas y adquirió el proyecto exclusivamente para su nación. La munición de esta arma de mano tenía nanoprocesadores sensibles que explotaban eficazmente cuando se encontraban dentro de un cuerpo o máquina enemiga. Una hegemonía como la de los kiritianos no necesitaba nuevas armas, ya que ahora nadie les amenazaba. Aunque, a veces, los rebeldes intentaran agitar las aguas.

Pero, cada vez más, les suponía grandes pérdidas. Sin embargo, el primer dignatario galáctico sabía que, según las reglas de la coevolución, nada estaba inmóvil en el espacio. Si se dormían en los laureles, la oposición acabaría dándoles una sorpresa explosiva. El arma innovadora, creada en los laboratorios de gánsteres adinerados, tenía la intención de pasársela al Dr. Maximus Figam. Él la mejoraría para que sus ejércitos, con su ventaja tecnológica, tuvieran paz durante muchos años.

El planeta Calvary, ya terraformado, estaba prácticamente habitado por todas las clases bajas, desde ágiles rateros que querían robar baratijas a los transeúntes, hasta pandilleros y proxenetas, que tenían influencia en varios mundos. El planeta rondaba cerca de la frontera cósmica kiritiana, pero ellos no les importaba que la base de los delincuentes estuviera cerca. Podrían eliminarlos a todos en unos días terrícolas. Pero, preferían hacer pequeños tratos y transacciones.

La vida era agradable para los habitantes del Calvary, así que no atacaban a los inmortales, aunque muchos no los toleraban. Se guardaban sus «opiniones» para ellos mismos. Por lo tanto, Forkis era libre de vagar por las calles del planeta, con solo su armadura ligera y su equipo de achijs como protección.

No tenía nada importante que hacer (inmediatamente), así que decidió pasear por el distrito más rico del planeta, donde tenían sus residencias los gánsteres más eminentes. Detrás del equipo, una fila de niños encantados creció rápidamente. Kiret, a pesar de que ahora era el segundo dignatario galáctico, entabló conversación con ellos.

La nave de los inmortales estaba estacionada en un puerto espacial detrás de un pequeño santuario de plantas tropicales; después de salir de la ciudad, tenían que recorrer unos cuantos kilómetros más. El cielo del atardecer se tiñó de tonos rosa intenso, naranja y añil. El aire estaba más cargado de oxígeno que en Morascrik, la gravedad era ligeramente diferente a la de su planeta principal, y la enana amarilla local seguía ardiendo con bastante fuerza. Sin embargo, la armadura achij proporcionaba a sus organismos unas condiciones óptimas.

Caminaban por un camino junto a un río racheado que se precipitaba hacia una cascada. Kiret hablaba con Forkis, lanzando su cuchillo acero dhurn con un mango que tenía la cabeza de un demonio.

El emperador se fijó en un detalle diferente de los alrededores y observó a una chica sobre un alto puente de piedra. La visión del cuerpo en equilibrio sobre el borde del abismo no dejaba lugar a dudas sobre su intención, sobre todo cuando el agua espumosa, decenas de metros más abajo, chocaba contra los monolitos que sobresalían.

Forkis a través de los siglos de reinado como el Inmortal llevó al exterminio de tres mil millones de oderses. Probablemente ya había visto todo tipo de muertes, y ninguna le impresionaba. Los suicidios se producían incluso entre los achijes que habían sido sometidos a una meticulosa selección. Muchos no resistieron la prueba del tiempo y atentaron contra su propia vida, incapaces de soportar, por ejemplo, la idea de que sus seres queridos se hubieran ido hace tiempo.

Sin embargo, ahora, al ver a la chica anónima, queriendo quitarse la vida, sintió como si hubiera sido atravesado por un rayo.

Había experimentado algo similar con Pek y algunos otros jaguares humanoides en su vida anterior, pero no había esperado que le sucediera con la mujer humana cuyos detalles faciales podía ver perfectamente gracias a su vista onkalotiana. Tuvo que admitir que solo había una cosa en el esplendor del poder que le faltaba: una relación sólida. Intentó entablarlas con algunas chicas kiritianas, pero nunca funcionó. Con envidia disimulada, miraba a sus achijes, incluso a los de bajo rango, que tenían esposas y novias.

En cuanto a los oderses, solo se acercaba a las mujeres por venganza o diversión, y muchas no vivían mucho después de ese encuentro. Hacía una radiografía de cada una de ellas telepáticamente y cuando resultaba que eran mujeres que deseaban su muerte o querían perjudicar a la nación de cualquier otra manera, las mataba o las entregaba a los achijes para que las ejecutaran. A veces se encerraba en su apartamento con algunas y anunciaba que no estaría disponible durante varios días.

En ese momento, Kiret se hacía cargo de sus funciones. Después, Forkis salía solo. Nadie lograba establecer qué pasaba con las cortesanas. La versión aceptada era que las cansaba sexualmente hasta la muerte y luego disolvía los cuerpos en el baño. Una vez sucedió que Biffter perturbó el tercer día de su aislamiento con un asunto urgente y salió de ese encuentro con la cara aún más pálida, pues ya había adquirido palidez como resultado de la kiritianización. Como ya había hecho antes, Forkis ordenó a los médicos que le borraran los recuerdos traumáticos.

Ahora sentía un impulso incomprensible e irresistible de ayudar a esta chica.

Rozó suavemente su mente telepáticamente, y se sorprendió al encontrar una barrera. Solo Kiret podía cerrarse a su telepatía, pero probablemente porque trabajaron mucho tiempo juntos y practicaron en privado el bloqueo de las habilidades de Forkis, aunque el Dr. Figam teorizó que la causa podría haber sido la muerte de Biffter antes de la kiritianización y los cambios cerebrales antes de ser revivido por el supervirus.

—¿Señor?

No reaccionó a la pregunta de Kiret. Caminó apresuradamente hacia el puente. El ayudante le siguió.

—¡No lo hagas, chica! Detente. —Forkis, a pesar del peso de la armadura, trepó ágilmente por las rocas para llegar al puente, tomando un atajo. Los modales imperiales no eran el fuerte de Forkis, que tenía inclinación por lo salvaje y las soluciones más sencillas. Sobre todo, porque tenía miedo de no lograrlo por quedarse mirando como un idiota encantado por la apariencia de la dama de blanco.

Cuando llegó allí, la chica no le prestó ninguna atención. Se quedó quieta por encima del precipicio como una estaua, mirando el agua que ondulaba con furia.

Por fin se dignó a girar la cabeza hacia él.

Se miraron durante un momento como en un concurso de miradas, hasta que Forkis dejó escapar un suspiro de placer. Hacía tiempo que no veía tanta belleza. Fría, distante, más allá del examen con telepatía. En lugar de ver la esperada tristeza en su rostro, el rencor contra todo el cosmos y la resignación que la empujaba al acto final, vio una máscara desapasionada como la de un androide de la vieja generación.

La belleza marmórea de la muchacha se veía acentuada por unos ojos azules y gélidos, que pertenecían más a una persona confiada en su lucidez que a una nerviosa. El vacío visible en ellos se asociaba con el espacio exterior. Su cabello, que le llegaba hasta sus hombros, estaba teñido del color de los iris. Podía presumir de una tez pálida como la de Forkis. Su edad era difícil de determinar debido a su constitución femenina y a su baja estatura.

A primera vista, podría medir un metro y sesenta centímetros y bien podría tener quince o treinta y tantos años. Más aún si estaba alterada genéticamente, pero un uniforme pobre y desgastado no indicaba la riqueza de su dueño.

Forkis la sacó fácilmente de la barandilla y le puso una arcilla expandida, para lo cual ella dio permiso pasivo. Volvió a intentar penetrar en su mente, sin éxito. La chica no pensaba en nada, una habilidad increíble para un humano, sobre todo cuando (minutos antes) el primer dignatario galáctico interrumpió su intento de suicidio. Forkis consideró que podría tener algún tipo de enfermedad mental.

—Interesante… ¿Cómo te llamas? —Preguntó, sujetando sus antebrazos. Ignoró las miradas perplejas de sus hombres que acababan de llegar al puente y se preguntaban por qué el emperador se habría preocupado por la chica. Era muy bonita tuvieron que admitir.

—Zira —respondió. Su voz era igual de melódica y hermosa—. Zira Aytar.

—¿Eres una niña aún? —Debía saberlo inmediatamente.

—No, un adulto desde hace mucho tiempo.

—Bien —respondió Forkis con imperceptible alivio—. ¿Sabes quién soy?

—Forkis, el emperador del Universo del Zodiaco, primer dignatario galáctico —respondió con calma.

—¿Y no te causa la más mínima impresión? ¿No tienes miedo?

—Créeme, me encantaría sentir miedo —respondió enigmáticamente, mirando de nuevo al río.

***

Forkis llevó a Aytar a K'otz'ibaja, a lo que ella accedió. Tras la investigación, resultó que no era un androide ni estaba bajo la influencia de las drogas, sino que estaba completamente cuerda y sana, a menos que se considerara que la enfermedad era su extraña anhedonia con una causa no depresiva. Incluso con el equipo de la enfermería, era imposible leer nada de su mente, porque seguía sin pensar en nada y no quería hablar de sí misma. Sin embargo, Forkis la escaneó con los métodos tradicionales de una inteligencia enviada al Calvary.

Resultó que no era una persona cualquiera. Pertenecía al mejor, y a la vez más radical, gremio de ladrones y asesinos del planeta. Desarrolló la perfección en ambas profesiones. Rápida, ágil y mortalmente introvertida: así la describían. Era huérfana. Había crecido en las calles de los barrios bajos, donde había tenido que luchar por la supervivencia. Esto podría explicar en parte su autoaislamiento.

Forkis se habría planteado varias veces si quería traer a alguien así a la capital, si no fuera porque Zira tenía todas las características físicas (quizá excepto la baja estatura) y psicológicas de un buen kiritiano. Además, el cuerpo tenía una edad adecuada para la kiritianización, por lo que no la mataría una tormenta de citoquinas causada por una infección sistémica de un supervirus que reprogramaba todas las cámaras del cuerpo.

Si hubieran podido convencerla de que se infectara y corrigiera el encefalograma, habría sido una gran achij. No se pudo establecer por qué el mentor Adil había echado del gremio a un miembro tan valioso. Era un asunto del gremio y sus secretos no salían a la luz.

Aunque la medicina kiritiana podía estabilizar fácilmente a Zira, ella no aceptó la intervención neurológica. Se adhería fanáticamente al credo del antiguo gremio y seguía desvinculándose de todas las sustancias médicas. Por un lado, los achijes admiraban su fidelidad a sus principios, por otro, no entendían sus normas de conducta. Pero al menos Zira trabajaba para recuperar sus emociones. Forkis, que la apreciaba cada vez más a medida que pasaban las semanas, estaba ansioso por ayudarla.

Sin embargo, apareció otro obstáculo: resultó que Aytar era una virgen asexuada (cómo podía ser célibe entre criminales, no tenía ni idea) y anunció que quería mantener su condición. El emperador lo respetaba, aunque le preocupaba que ella no tuviera intención de dedicarse plenamente a él. Esperaba que su forma de pensar cambiara con el tiempo. Sin embargo, ella satisfacía todas sus necesidades y fantasías que no requerían una relación sexual clásica.

Él también daba mucho a cambio, aunque podía ver, sin telepatía, que ella simulaba el placer para no desacreditar su ego, o simplemente no quería molestarlo. Aunque eso no era del todo cierto.

Zira sintió algo por primera vez en mucho tiempo. Pero solo cuando Forkis le lamía el cuerpo (podía hacer cosas asombrosas con la lengua), y sobre todo cuando le cogía las manos y los pies en la boca y podía chupar durante largos minutos. La asombrosa forma en que podía separar sus mandíbulas nunca le llamó la atención. En la vida cotidiana parecía ordinario, como cualquier ser humano, su cualidad inhumana solo se notaba cuando se llevaba algo grande a la boca.

Ella suspiraba y gemía cuando él jugaba así con ella, a veces infligiendo dolor con sus dientes. Los clásicos y manidos trucos de alcoba no despertaban ninguna emoción en ella. Intuyó que no era normal cuando la presión en el bajo vientre y el dichoso miedo le hicieron imaginar que estaba a punto de ser devorada. No se lo dijo a Forkis por vergüenza, aunque podría haber sido la solución a su problema de bloqueo emocional.

Así que tuvo que intentar algo diferente, ya que los intentos de suicidio en secreto y acostarse con el propio primer dignatario no sirvieron de nada.

***

El edificio imperial en el que Forkis tenía su residencia estaba habitado por un total de unos cien achijes, desde miembros del consejo hasta oficiales. También había centinelas del batab[14] Rudiard Gareth. Servían más oficialmente que para proteger a las autoridades. Entre los kiritianos, todo el mundo tenía todas sus necesidades cubiertas, nadie era enemigo de nadie, por lo que la nación militar funcionaba sin una rigurosa supervisión o vigilancia.

Aytar tenía un apartamento cerca de la mansión Forkis. Podía moverse por la mayor parte del edificio, pero estaba constantemente supervisada por alguien. Con el tiempo, resultó que no suponía una amenaza para nadie, de todos modos, como todo oders, no tenía derecho a llevar un arma. El emperador incluso le dio acceso dermatoglífico a su dormitorio para que pudiera visitarlo libremente.

Forkis se acostó temprano esa noche. Estaba cansado después de haber pasado el día infiltrando telepáticamente a varios cientos de reclutas. Sin embargo, no despidió a Aytar cuando ésta fue a visitarle a su dormitorio, vestida con un slip azul. Estaba tumbado en la cama en calzoncillos, con la cabeza apoyada en los brazos entrelazados. El sangriento resplandor del gigante Betelgeuse, que

---

[14] Término maya para referirse a un guardián del pueblo. Aquí se refiere al comandante de la guardia de la ciudad.

desaparecía tras los conos de los volcanes inactivos, seguía penetrando por los oscuros ojos de buey del techo.

La muchacha sonriente en su resplandor parecía una diosa dualista del agua y el fuego, lo que a Forkis le gustó mucho. Extendió el brazo y le hizo un gesto de invitación con los dedos. Ella se sentó a horcajadas sobre su vientre.

Forkis colocó sus manos en los omóplatos de ella y estaba a punto de acercarla a sí mismo cuando vio un cuchillo militar en su mano derecha.

Lo reconoció. Era el cuchillo de Kiret, el de la cabeza del demonio.

Maldijo la barrera mental de Zira, pero más su estupidez. La sonrisa de la chica se convirtió en una mueca de odio. Incluso en un momento tan crítico, el hombre reconoció que no era natural.

Aytar gritó y lo apuñaló.

Forkis le apretó la muñeca derecha con la agilidad de una cobra, y con tanta fuerza, que dejó caer el arma sobre la cama. Se retorció, atrapándola bajo su propio peso. No se asombró ni se sorprendió, ya que, como de costumbre, parecía tan fría como las neveras de los centros médicos. Solo se reconocía en su rostro una leve expresión de decepción.

—Mierda, ¿en serio?

Había habido muchos ataques infructuosos contra Forkis, para él era más irritante que aterrador. No temía por su vida, aunque la inmortalidad kiritiana solo significara liberarse de la enfermedad y el envejecimiento. Esta vez, sin embargo, la muerte estuvo muy cerca. Una rápida puñalada en el lugar correcto… y eso es todo.

Pero la culpa fue suya por haber sucumbido a las apariencias del cuerpo menudo y a las semanas de dulzura de Aytar.

Pero, ¿estaba en peligro de muerte realmente?

Cogió el cuchillo, se giró y lo lanzó unos metros contra la escultura de madera de un cráneo humano. La hoja mordió el centro del hueso frontal.

En la sala, irrumpió Kiret con armadura y con la pistola X17A4, casi chocando con la puerta automática.

—¡Señor! ¡¿Está bien?!

El emperador se sentó en el borde de la cama, obligando también a Aytar a hacerlo, tirando de su brazo.

—Como puedes ver, sí. ¿Puedes explicarme qué haces aquí? —Biffter se pasó un guante por la cabeza calva.

—Déjame adivinar, monitores —respondió Forkis por él, mirándolo con recelo—. Nos estabas espiando, pervertido.

—No es así, lo juro. Confía en sus achijes, yo también, pero no en esta víbora oders. —Necron apuntó su cañón y su barbilla hacia Aytar—. Había algo que no me gustaba de ella desde el principio. Y tenía razón.

—Sobreviví sin tu ayuda. —Forkis no quiso insistir en el tema, porque se habría hundido. Justo en la habitación estaban todos los habitantes de la capital resistentes a su telepatía. Kiret nunca le habría hecho daño, pero Aytar confiaba ingenuamente en él. Los pensamientos de cualquier otro, Forkis los habría captado en la puerta principal de la mansión, su mente estaba despierta en este asunto incluso durante el sueño—. Quítate el monitor, Necron, y no más bromas de este tipo. —Se levantó con la chica que no se resistió—. ¿Quién está de guardia hoy en el ala oeste?

—El cabo Victor Shane.

—¿Cuántas personas?

—Creo que cuatro.

—Entonces dile al batab Gareth que envíe a Víctor y a todo su equipo al planeta Aj. Al hemisferio donde hay invierno. Y que piensen en algunas tareas para ellos, solo por un mes.

—Por supuesto.

—¿Y cómo explicas eso? —Forkis señaló el cuchillo incrustado en el cráneo.

Necron, retiró el cuchillo de acero dhurn, y empezó a palparse la cintura con asombro. Cuando había visto antes en su PDA (Personal Digital Assistant, Asistente Digital Personal) que el emperador había estado en peligro, no había tenido tiempo de mirar de cerca el arma homicida del asesino.

—¡Mi cuchillo! Lo llevaba siempre encima, a veces lo dejaba en mi apartamento. ¡Pero nadie tenía acceso a él!

Forkis miró a Aytar con ostentoso desprecio.

—¿Puedes explicar por qué lo hiciste? ¿Cómo conseguiste el cuchillo de Necron?

La chica le miró a los ojos y guardó silencio, mostrando su habitual máscara de indiferencia.

—¿Te das cuenta de que con este acto has firmado tu propia sentencia de muerte?

—Esperaba que esta vez funcionara —susurró ella, mirando a un lado. Los hombres esperaron en silencio un momento, pero ella no dijo nada más.

—Llévatela —Forkis acercó su mano a Kiret—. Ya sabes qué hacer.

Necron miró su arma.

—¿Debo ejecutarla ahora mismo?

—Que los achijes la metan en la cárcel bajo el edificio. —El emperador se dirigió a Zira sin alegría—: Enhorabuena, serás la primera reclusa en diez años. Nos estropeas las estadísticas. Te daré toda la noche y todo el día para reflexionar. Quizá la muerte que llegará mañana al anochecer te haga hablar por fin.

Zira no dijo nada, solo sonrió misteriosamente, asombrando a Forkis. Manteniéndola bajo los brazos, Kiret salió del dormitorio. Se olvidó por completo de su cuchillo.

Forkis se deshizo ahora de sus apariencias de indiferencia. Se acercó a la cama y se dejó caer pesadamente sobre ella con la espalda. Se cubrió la cara con las manos y, suspirando fuertemente, se las pasó por el grueso cabello.

Lo que acababa de ocurrir no tenía sentido. El acto de Aytar era una combinación de perfeccionismo con la peor afición, y solo la primera opción le convenía a esta chica. Forkis conocía a Víctor y sabía que, tanto él como su gente, eran ejemplares en sus tareas. Así que, si no vieron a la intrusa en casa de Kiret o en la residencia del emperador, debía ser mejor que ellos. Sin embargo, decidió castigar a todo el equipo por principio. Aytar superó a tantos achijes en el edificio y, sin que nadie se diera cuenta, cogió el cuchillo con el que llegó al primer dignatario galáctico.

Por otro lado, gritó y mostró el arma homicida antes de golpear. Además, apuntó al hombro, no al corazón ni a la garganta, algo de lo que Forkis solo se dio cuenta ahora cuando, tras enfriarse un poco, recreó toda la escena en su mente. ¿Falló a propósito? ¿Quería que la atraparan y la castigaran? Había vivido en K'otz'ib'aja el tiempo suficiente como para saber que un atentado contra la vida de cualquier achij, desde el soldado raso hasta el emperador, acababa en ejecución. Entonces, ¿qué la impulsó a tal acto, si no el deseo de morir, como entonces en el puente?

Se quedó tumbado durante mucho tiempo, sin poder dormir. Miraba fijamente el acuario iluminado con medusas turritopsis nutricula, cuyas propiedades fisonómicas fueron la base para la creación del supervirus por parte del Dr. Figam.

***

Por la mañana le informaron de que Aytar no había dicho ni una palabra en toda la noche. Durante el día, también estuvo en silencio, no tomó ninguna comida. Escondiendo la tristeza, Forkis también pasó hambre todo el día, lo que le hizo gruñir a cualquiera que tuviera algún asunto para él.

Al principio, quiso que los achijes acabaran rápidamente con la interrogación de Aytar, pero la desesperación y el deseo de saber la verdad le llevaron a las escaleras subterráneas un cuarto de hora antes de la hora señalada para la ejecución. Cuatro guardias acababan de conducir a la muchacha al exterior, con las manos encadenadas a la espalda, bajo los sangrientos rayos de la puesta de Betelgeuse, que pendían sobre Morascrik como un anuncio del apocalipsis.

—Yo me encargo de ella, quítenle las esposas —dijo a los guardias, sorprendidos de que el propio emperador se ocupara de una prisionera cualquiera. Después de todo, como autócrata, podía hacer lo que quisiera, así que le devolvieron a Aytar sin preguntar—. Vuelvan a sus deberes.

—Sí, señor. —El sargento mayor saludó. Tenía suficiente instinto de conservación como para no informar al emperador de que pasear a solas con la mejor asesina de Calvary no era una buena idea, sobre todo después del incidente de ayer. Sin embargo, no se preocupó por Forkis, sabiendo que esta vez, totalmente alerta, tomaría el control de la situación.

Sujetando a Zira por el antebrazo, Forkis recorrió una parte de la planta, tomó el ascensor hasta la superior y luego recorrió los pasillos hasta su residencia. Con una indiferencia inquebrantable, ignoró las miradas curiosas de los achijes y dignatarios que pasaban por allí. Solo intercambió miradas serias y significativas con Kiret mientras este iba a realizar sus tareas. Necron le puso simpáticamente una mano en el hombro, y luego avanzó con expresión severa.

La puerta de la mansión se cerró tras ellos. Forkis se alejó de Aytar por el vestíbulo, el despacho, el atrio y la dirigió al dormitorio.

—Ve a lavarte y a cambiarte de ropa, hueles a sótano —ordenó. Le tiró a la chica la ropa limpia, que aún no había sacado de la habitación.

Cuando volvió un cuarto de hora después, encontró a Forkis sentado a la mesa. Había dos vasos, una jarra de agua y varios tipos de alcohol encima. La penumbra en la composición con las tenues lámparas azules que dirigían la luz hacia arriba creaba una atmósfera somnolienta y relajante. En otras circunstancias, podría calificarse ciertamente de romántico.

—Siéntate, Aytar. —Forkis indicó la silla de enfrente. Se sirvió un vaso lleno de vodka y se lo tragó de un sorbo sin hacer muecas—. A ti también te será útil.

Sonrió a medias cuando la chica cayó sobre la silla y ni siquiera se inmutó. Sucedió que nunca habían bebido alcohol.

—Pensé que estabas acostumbrada a esas cosas en Calvary.

—El credo de gremio prohíbe el consumo de drogas.

—¿Tiene algo que ver con el hecho de que no querías atención médica?

No contestó. Decidió tomar unos sorbos de agua.

—Aytar... Vamos a poner todas las cartas sobre la mesa ahora. Desafortunadamente, no saldrás viva de mi residencia. Tendré que ejecutarte. Lo siento.

Deslizó el X17A4 fuera de su estuche y lo colocó suavemente junto a los licores. Suspiró, extendió los brazos y cubrió con los suyos las manos de Zira sobre la mesa.

—Si Kiret no hubiera irrumpido aquí como un rayo, y después de unos minutos todo el edificio no se hubiera enterado, aún podría salvarte. Pasar en silencio todo lo que ha ocurrido aquí. Es una decisión terriblemente difícil para mí —dijo con pesar—, pero perdería mi autoridad ante la nación si te perdonara el atentado contra mi vida, aunque yo mismo sea la ley. Dejar pasar esto no tendría sentido, ya que he ejecutado infractores por menores faltas, independientemente de su estatus y circunstancias.

—Ya veo. Estoy de acuerdo en todo. —Se quedó mirando el acuario.

—¿Podemos permitirnos un poco de honestidad en tus últimas horas? Por favor... Todavía te quiero, Aytar. No entiendo tu comportamiento y lo que te llevó a perder las emociones. No querías matarme, ¿verdad?

—No —admitió.

—Entonces, ¿de qué se trata? Dígame por fin. —Después de un momento, en el que no surtió efecto, añadió—: Podría haber capturado y sondeado telepática o médicamente hace tiempo a cualquiera del gremio de Adil, incluso a él mismo, y lo habría contado todo sobre ti. Pero no lo hice. El amor no consiste en sacar secretos del pasado de tu pareja a la fuerza. Me gustaría que me contaras todo voluntariamente. Solo quiero saber de ti, el gremio no me interesa, a menos que el obstáculo sea el credo que aún te ata.

Se miraron a los ojos. Forkis rozó su mente, y por primera vez pudo leer los pensamientos de Zira. Para su asombro, ella se abrió a él; no había esperado el éxito por costumbre.

—Muy bien entonces. No se trataba del credo todo este tiempo. No prohíbe contar tus dilemas y debilidades, aunque éstas se convierten en armas en manos de los enemigos cuando se revelan. Aytar ... No soy tu enemigo.

—Lo siento mucho, pero esperaba cambiar por fin, estando contigo. Sin embargo, eso no sucedió. —Por el momento, ella prefirió no mencionar esas sensaciones en su cama que tuvieron el efecto. No se lo pensó mucho—. Lo oculté todo, no confesé nada, porque me entrenaron así. Me enseñaron a no pensar, a no sentir y a no sufrir, a estar vacía como casi todo el espacio exterior. Además, tengo mis propias reglas estrictas que sigo. Si crees que me ocurrió algo traumático, te decepcionarás. Sí, a veces fue muy difícil, pero nadie me violó, ni me torturó, ni abusó de mí de ninguna manera.

Forkis la sondeó y supo que decía la verdad.

—Para poder sobrevivir y no volverme loca en este mundo brutal, me entrenaron durante años para ser como un androide. Me gustaba mucho en mi juventud, pensaba que la falta de emociones significaba ser mejor. Reprimía mi dolor hacia las víctimas que robaba, y lo hacía incluso con familias hambrientas con muchos hijos, cuando les quitaba recuerdos valiosos y generacionales que no iban a vender. No sentía ninguna simpatía por los humanos inocentes que morían a causa de mis peores intrigas —contimuó—. Adil lo alababa, decía que estaba orgulloso de mí, y lo único que disfrutaba era el hecho de tener la máquina de bajo mantenimiento y fácil de usar. Me di cuenta de esto cuando me hice mayor. Todo fue demasiado lejos con los años. Crucé la línea; no podía volver. No sentía literalmente nada, ninguna emoción humana. Me volví insensible a todo. Mi mente me dijo que hiciera algo al respecto. Por mi cuenta —dijo Aytar—, empecé a buscar soluciones extremas, pero ni siquiera las situaciones más sofisticadas en las que arriesgué mi vida sirvieron de nada. También intenté suicidarme, pero no tuve el valor de llegar a la última opción. Y entonces lo hice...

—¿Qué? —Forkis la animó a continuar cuando se quedó callada.

—Maté a alguien del gremio. No tenía nada que ver con mi problema, simplemente Alcyone y yo no nos gustábamos desde hacía tiempo. Hubo una discusión. Saqué mi arma; fui más rápida que él. Debo morir por esto. Esta es la ley sagrada de gremio. Desde que me llevaste, el gremio ya no tiene poder sobre mí. La hora de mi suicidio honorable ha terminado, y los secuaces de Adil no tienen forma de perseguirme. Todos tienen miedo de los kiritianos.

Tal vez piensen que me han matado. Así que me dieron mucho tiempo. Sin embargo —continuó—, antes de la muerte, quería volver a ser humana, sentir emociones como en los tiempos anteriores a que Adil me reclutara. Toda su explosión. Aunque fuera para durar solo un momento. Este era mi único deseo. Desgraciadamente, nuestro duradero romance no tuvo ningún efecto, y por eso le ataqué. Pensé que sentiría algo cuando levantara la mano contra el mismísimo emperador, el hombre más poderoso que jamás había existido. Por desgracia, eso también fracasó, pero al menos no tendré que suicidarme: tú lo harás por mí. Después de lo que te hice, ya no merezco una muerte honorable.

Aturdido, Forkis no sabía qué decir. Se pasó una mano por la cara. Se levantó, tomó a Aytar por las muñecas y se sentó de nuevo, colocándola con las piernas abiertas sobre su regazo, frente a él.

—Chica... ¿Por qué no me lo dijiste? ¡Necesitabas ayuda! ¡Necesitabas un médico! Figam realmente puede hacer maravillas ...

—No está en mi naturaleza quejarme, siempre me las he arreglado sola. Esto no es por orgullo, sino mi esencia. Y ya sabes lo que dice el credo sobre las sustancias que cambian el funcionamiento del cuerpo y la mente...

—Credo, idioteces —interrumpió, indignado—. ¡Es tu pasado! Ya no se aplica a ti. Adil no tiene poder aquí.

—Te equivocas. Solo la muerte puede liberarme de la ley del gremio. Sabía lo que firmaba, al unirme voluntariamente a sus filas. Debe haber un castigo para el crimen, y sinceramente quiero la muerte. De todos modos, en cierto sentido, ya estoy muerta.

Asombrado, el kiritiano pensó que estaba a punto de volverse loco, pero no insistió en el tema. Ni siquiera todo su ejército podría haber hecho nada contra la fanática devoción de Aytar por los principios del gremio. La admiraba con locura por su respeto a la ley, al honor y a la falta de vicios, pero el credo era al mismo tiempo la principal fuente de sus problemas.

—En cuanto a las cuestiones de sueño... —susurró, viendo que el hombre no diría nada más—. Como recuerdas, soy asexual, Forkis. No sé si me volví así debido a las razones que mencioné. Puedo hacer algunas cosas... pero no todo. Me da asco. Seguro has dado placer a muchas de tus compañeras, pero te encontraste con la persona equivocada. El problema está en mí, no en ti —añadió, por si acaso.

—Conozco mi valor. —Consiguió sonreír ante el chiste malo.

No la detuvo cuando ella alcanzó el arma y comenzó a examinarla. Ella no lo ponía en peligro ni ahora ni nunca, es más, el arma estaba codificada para el uso de su dueño. Él conocía los pensamientos de Aytar, ella solo decía la verdad, como corresponde a un kiritiano, aunque ella fuera un oders.

Le quitó la pistola y la puso sobre la mesa con un golpe, sin quitar la mano de ella.

—Tu confesión cambia las cosas. No te mataré. Ya que has vivido un tiempo en K'otz'ibaya, rompiendo la ley del gremio, de todos modos, con esas ridículas dos semanas de tiempo de suicidio, puedes vivir durante décadas. —Era el único argumento que le quedaba para luchar por Zira.

Ella resopló.

—¿No te has dado cuenta de lo que intentaba transmitirte? Ya había tomado mi decisión final en el momento en que robé el cuchillo de Kiret. Ya no puedo ser arreglada. Ya no quiero vivir. Y, de todas formas, he alargado demasiado mi merecido castigo. Solo quiero sentir el éxtasis que puede surgir justo antes de la propia muerte. ¿Quieres quitármelo? ¿Hacerlo a mi manera, contra mi voluntad? En cualquier caso, no has hecho otra cosa con los oders en los últimos siglos.

—Seguramente no sentirás nada cuando te dispare en la cabeza. Será un momento.

Apoyó su frente en la de la chica. Respiró larga y profundamente, inhalando su dulce aroma. Contra el fanatismo de Aytar y su cerebro adoctrinado, desgraciadamente estaba indefenso. Habría logrado su objetivo llevándola a la fuerza a la enfermería, ordenando a Figam que hurgara en el cerebro de la chica para corregir artificialmente su comportamiento y borrar su memoria. Sin embargo, no podía tratar a Zira como a cualquier otra oders, lo que ella acababa de señalarle.

Tras la confesión, Aytar comprendió lo diferentes que eran sus realidades, lo distintas que eran sus necesidades. Le hubiera gustado absorber el mundo de ella en el suyo, pero las importantes diferencias lo hacían imposible. Para él, como kiritiano inmortal, la vida de los achijes era el mayor valor que podía ser derrochado, como mucho, en casos extremos, como luchar contra un enemigo más fuerte cuando no había otra opción que morir en el campo de batalla.

Había que mantener la vida a toda costa. No entendía el enfoque ignorante de los oders en este asunto. Aunque sus vidas eran cortas, hasta un máximo de ciento cincuenta años, seguían tratando su final como algo banal. Veinte, treinta, setenta... ¿qué más da? Como no lo respetaban, él tampoco había tenido reparos en matarlos en el pasado. Zira dio en el clavo.

Era inquietante pensar que estaba dispuesta a aplicar la misma regla también en su caso.

—Ustedes, asesinos y ladrones, y esas reglas idiotas —dijo tras un minuto de silencio—. No entiendo sus valores. Pero sé por la investigación que están cuerdos, por muy desordenado que parezca todo. Así que recapitulemos. Dices que quieres la muerte... y que solo la muerte podría liberarte del credo. Pero antes de morir, te gustaría volver a sentir emociones fuertes. ¿He entendido bien tus palabras y pensamientos?

—Sí —respondió Aytar tras un breve silencio.

—Vamos a la cama entonces.

—Forkis, ya lo hemos hecho muchas veces...

—No me has entendido. Haremos algo diferente, sexo de verdad. Afirmas ser asexual y aborreces estas cosas. Así que ¿por qué no intentar ir en esta dirección?

—No puedo.

—¿Así que sí tienes miedo y sientes algo? —dijo el kiritiano de forma acusadora.

—No he dicho eso, simplemente no quiero tener sexo contigo. No me excita.

—¿Cómo sabes si eres virgen?

—Tú no entiendes nada, porque eres vulgar —replicó ella con frialdad—. Hablas como esos fanáticos que dicen que la mejor manera de lidiar con la depresión es un duro entrenamiento, un trabajo que absorba tus pensamientos, o «salir con los humanos». No funciona así.

En lugar de enfadarse y perder el tiempo bromeando, Forkis sonrió socarronamente, queriendo pasar al placer.

—Vamos a averiguarlo. Por supuesto, no te estoy obligando a hacer nada, pero esa podría ser la solución. Entonces hablaremos de morir —añadió juguetonamente, aun pensando que no llegaría a eso—. Entonces, ¿intentarás algo nuevo?

Se pasó la mano por la oreja.

—Muy bien. Pero no funcionará, lo digo de una vez. Lo hago por ti.

Se desnudaron y se subieron a la cama. Aytar había visto a Forkis desnudo muchas veces, pero su hombría tocaba como mucho las nalgas o los muslos de ella mientras dormían acurrucados.

La colocó de espaldas y él se situó encima de ella a cuatro patas. Con un deleite que le duró semanas, volvió a admirar su pequeña, hermosa y a la vez fuerte figura, la cascada de cabello azul esparcido por las sábanas, similar al volante del cuello de un encantador pájaro tropical. Parecía inconcebible que aquella mujer aparentemente inocente fuera tan mortífera y no necesitara una gran fuerza física para matar a alguien. La astucia y la velocidad de Aytar solían ser suficientes.

Temió que hubiera exagerado, dada la combinación de la enorme diferencia de tamaño y el hecho de que su compañera era virgen: habría supuesto demasiado dolor para ella. Miró seriamente su rostro, Aytar asintió. Su rostro simplemente no expresaba ninguna emoción, y su mente también estaba tranquila.

Se inclinó; sus labios se tocaron. Forkis descendió más y más, besando a Zira, como un gato, frotando su cara contra su cuerpo delgado pero musculoso. Con el brillo primario de sus ojos, arrastró la lengua por su suave piel, chupó los dedos de sus manos, y sintió que la chica reaccionaba con estremecimientos y suspiros casi inaudibles solo ante este tipo de caricias inusuales. No pudo sondear sus pensamientos porque ella enmascaraba meticulosamente sus sentimientos. Él frunció el ceño. Sus ojos se encontraron. ¿Percibió una pizca de vergüenza en los ojos de Aytar, incluso de miedo?

Intentó ser suave, como siempre con las vírgenes, cuando se lanzó al coito. Realmente creía que conseguiría algún efecto, pero el rostro de Aytar solo se contorsionaba con reticencia y un ligero dolor. Finalmente, se apartó bruscamente, como si el cuerpo del inmortal se hubiera convertido en metal caliente. Forkis no consiguió prácticamente nada, asombrado y avergonzado como siempre.

—No funcionó —jadeó, sentándose en el borde del mueble.

—Advertí que no tenía sentido —dijo Zira, apretando las mantas contra ella—. No es eso, Forkis, ya te lo dije. Ya no quiero hacer esto, ahora lo sé.

Se vistieron en silencio y se sentaron a la mesa. Uno no miraba al otro. Forkis también experimentó algo nuevo que no le gustó en absoluto: por primera vez en su vida, no satisfizo a una mujer.

Sorbiendo alcohol, analizó cuidadosamente cada segundo de su fracaso en la cama. Un detalle lo atormentaba.

Algo se le ocurrió. Se mordió el labio y se quedó mirando el reflejo de la luz en una botella de vino tinto. Una corriente de ansiedad recorrió el interior del kiritiano cuando el pensamiento cristalizó.

—Hay una manera —rompió el silencio—pero ni siquiera pensaba hablarte de eso en absoluto... Es algo que no es para mujeres como tú. Es una forma de venganza. Llena de ira. A la vez, es un éxtasis... un deleite monstruoso. Al igual que tú, una vez me enseñaron algo terrible... que ahora disfruto mucho. Es diez veces mejor que el sexo más duro.

Se levantó y empezó a pasearse por el dormitorio. Aytar nunca había visto tantas emociones diferentes en su rostro. A ella también le hubiera gustado sentirlas.

—No puedo —murmuró unos minutos después, debatiendo consigo misma.

Volvió a ver la peculiar expresión de su mirada, como la de un animal hambriento, y comprendió. Un estremecimiento de suave deleite y temor a lo desconocido la recorrió mientras recreaba en su cabeza el momento en que Forkis le chupaba la mano, acariciándola con su lengua pegajosa.

Al final, rechazó esa vergüenza tan cuidadosamente enmascarada aún en la cama. Se levantó y, con firme desición, se acercó al kiritiano y le tomó la mano.

—Así que los rumores sobre ti son ciertos. Esta podría ser la solución. Hagámoslo. Quiero un final así.

Lanzó una mirada incrédula a la chica y negó con la cabeza.

—Aytar, ¿qué te pasa?

Realmente no lo entendía. ¿Cuántas mujeres querrían algo así?, sobre todo sabiendo que acabaría en su muerte. Es cierto que es una muerte apacible, precedida de un éxtasis inimaginable y a menudo de un orgasmo, en la seguridad, el calor y la suavidad... pero seguía siendo la muerte.

Suspiró cuando ella le metió el pulgar en la boca y empezó a frotarle la encía. Entonces ella puso más dedos. Los pasó a la lengua de él y la agarró. Forkis le mordió suavemente la mano. Al sacarla, miró el hilo de saliva espesa que se extendía entre sus dedos.

«Está loca», pensó.

—La primera vez que sentí algo en mucho tiempo fue cuando me hiciste esto en la cama durante el primer contacto, después de llegar a Morascrik. Me avergoncé de mis sensaciones, así que no te dije nada. Pensé que encontraría una solución diferente. En la celda, sin embargo, deseé haberte dicho la verdad, por más que fuera una locura. Pero no habrá mejor momento para la confesión que ahora y, además, tú mismo has salido con esta vergonzosa iniciativa, ahorrándome el trabajo. Quiero sentir la plenitud de la vida, para eso, a veces hay que ponerse al borde de la muerte.

Sabía exactamente de qué hablaba Aytar, así que siguieron hablando, utilizando perífrasis, con miedo a llamar a las cosas por su nombre.

—No será el límite, sino el final. No hay vuelta atrás.

—Hazlo por mí, Forkis. —Ella le acarició la cara—. Que este sea tu mayor acto de amor por mí.

—¿Estás segura? —Preguntó en voz baja—. ¡Es una locura!

—Por supuesto. En cierto sentido, esta es la única manera de unirnos para siempre ya que no puedo darte nada más.

De hecho, era la primera vez que la veía tan agitada. Bajo la desesperación oculta, también vio en sus elocuentes ojos que ella no cambiaría su decisión.

—Tú, chica obstinada y adoctrinada con el cerebro lavado... Y esas malditas reglas tuyas. Cualquier otra persona rompería con el pasado y empezaría su vida de nuevo, y no querría perderla. — Suspiró profundamente—. Muy bien. —Levantó el brazalete, marcó el número de Kiret en el comunicador y se conectó con él—. Necron, sustitúyeme durante tres días, estaré indispuesto.

—Sí, señor —respondió al dignatario tras un momento de silencio. Debió de haber un achij para haber sido tan formal—. ¿Necesita algo más, señor? —El propósito de la pregunta era el deseo de asignar guardaespaldas cerca, para que no se repitiera el último incidente con Zira.

—No. Cambio y fuera.

Kiret no preguntó detalles, sabía que el emperador estaba bien y solo quería pasar con Aytar sus últimos momentos.

Han colgado.

Forkis agarró suavemente suéter de la chica, que levantó las manos para ayudarle a quitársela. Luego, como si se tratara de una unción religiosa, le quitó los pantalones, la camiseta, la ropa interior y los zapatos. Ella se quedó completamente desnuda frente a él y se aferró a su cuerpo blindado, casi hundiéndose en su abrazo. Tras breves caricias y besos, el hombre se inclinó con fuerza y le pasó la lengua desde la punta de su pequeña nariz hasta la parte superior de la cabeza.

—Lo haré por amor a ti. Nunca he hecho esto antes. —En sus ojos solo vio arrepentimiento y dolor, sentimientos prácticamente ausentes en la vida de Forkis—. Siempre ha sido mi ritual de odio. Un sentimiento de poder innominado mucho mayor que el imperial.

Ahora Aytar le ayudaba a deshacerse de la armadura y de parte de su uniforme, esta vez actuaron lentamente, como si se tratara del preludio de un ritual solemne. Cuando solo le quedaban los pantalones, un detalle como la retirada del cinturón resultó ser crucial en el episodio que les esperaba a ambos. Lo mismo pensaron cuando cayó al suelo.

Zira se dirigió a la cama y se acostó. Forkis se sentó sobre sus pantorrillas frente a sus piernas y luego se inclinó sobre ella, apoyando sus manos junto a los hombros de la chica.

—No he comido nada desde esta mañana por tu culpa. No sé si es bueno o malo en la situación actual.

—Lo arreglaré todo en un minuto.

—No tan rápido.

Comenzó a acariciar su ancha y fuerte mandíbula con las manos. Pasó la yema de un dedo por los dientes de Forkis, deteniéndose durante más tiempo en el resbaladizo colmillo. Acomodó unos mechones de su corto cabello negro detrás de la oreja derecha.

—Es increíble que puedas hacerlo. Eres grande, pero pareces bastante ordinario. Tengo la sensación de que te has hecho algo más que una simple modificación humana… si es que lo eres. Y no es difícil suponer que quieres guardar este secreto solo para ti.

—Tienes razón en todo. En general eres inteligente para ser una chica de las calles.

—Me he juntado con varios criminales, y créeme, la mayoría no son idiotas. Así que deja que el tema de tu origen sea cortado de raíz. Sinceramente, no quiero saberlo.

—Sin embargo, puedo confirmar que no será canibalismo. — Forkis escaneó los pensamientos de Aytar y vio que eso la hizo sentir mejor, disipó sus temores.

Bajó los brazos y se tumbó sin fuerzas en la cama. Sonriendo, le miró con anhelo, decidida y preparada, pero no aterrorizada. Sorprendentemente, ella quería algo así. Forkis no derrotaría a Aytar con argumentos. Incluso si hubiera renunciado al credo, pudo ver en su mirada que finalmente habría encontrado el valor para suicidarse. Orgullosa, sin querer ayuda, y bajo sus propios términos. Lamentó que todo hubiera resultado así y que ella no quisiera unirse a la nación.

Se inclinó y empezó a mordisquearle suavemente la oreja, envolviendo la cara de Zira con el calor de su aliento. Mientras ella disfrutaba del ASMR[15], él le lamió los ojos y las mejillas cerradas, y luego se dirigió lentamente a la cicatriz que marcaba su cuello. Mordisqueó los pezones de los pequeños pechos con los dientes, su lengua los rodeó. Los chupó todos en su boca. Aytar solo gimió cuando le mordió el vientre y el ombligo, despertando en ella algo más fuerte que las simples cosquillas. Se puso de pie. La chica se frotó el costado con la mano, limpiando la telaraña de saliva que Forkis dejó en cada lugar penetrado de su cuerpo.

—Es necesario, entrarás más fácil —respondió avergonzado.

---

[15] Respuesta meridiana de los sensores autónomos. Sensación de hormigueo agradable y relajante causada por estímulos sensoriales.

—Vale, me gusta —dijo ella con sinceridad, sintiendo el calor en su bajo vientre como si le hubieran colocado una bolsa de agua caliente. Suspiró de placer cuando él introdujo sus pies en su boca. Sintió la dureza de sus dientes contra su piel, y la lengua fuerte, cálida y húmeda moviéndose, deslizándose sucesivamente entre sus dedos.

Se puso de espaldas, arrastrando a Aytar con él. La bajó un poco y colocó su cabeza sobre su vientre. Ella se acurrucó contra él, Forkis acarició su pelo azul. Permanecieron así un momento, él deleitándose una vez más con la visión de su diminuto cuerpo, ella (por primera vez, con una leve ansiedad) escuchando el siseo, el palpitar y el retumbar de sus entrañas. El corazón de la chica latió más rápido. Se calmó al sentir el calor tranquilizador de su boca en su mano.

La lengua del hombre, que ahora se deslizaba por su espalda, sus nalgas y la parte posterior de sus piernas, actuaba como un gel de bálsamo de limón mezclado con un opiáceo. «Una droga» tuvo que decirse a sí misma en su mente.

—¿Todavía quieres esto? —Quería asegurarse. Estaba dispuesto a dejarlo, siempre y cuando no actuara en contra de la voluntad de Aytar. Esperaba tranquilamente que todo terminara ahí.

—Sí —respondió ella, excitada por el extraño juego previo—. Funciona.

Y la esperanza se desvaneció.

—¿Lista?

—Nunca he estado más preparada. Gracias, Forkis.

—Espero que no tengas claustrofobia. Te quiero, Aytar.

Sus mandíbulas se separaron cuando introdujo la cabeza de ella en su boca. Se detuvo un momento, dejando que Zira se acostumbrara a la primera estación dentro de su cuerpo.

Sintió la ya familiar lengua carnosa y cálida bajo una mejilla, y bajo la otra, un paladar duro para contrastar. Se quedó mirando sus fuertes muelas, que eran barridas con el aire caliente de su esófago.

Al cabo de un rato, empezó a deslizarse más profundamente. Lo único que podía preguntarse era cómo era posible algo así. Cómo Forkis respiraría durante tal vez una hora y media de... consumo. ¿Y las clavículas y los huesos del pecho? Cuando su cara estaba en su garganta elástica, no pudo ver nada. A partir de ahora, solo sentía y oía. El roce de su cuerpo contra los tejidos húmedos y blandos. El golpeteo, como si la gelatina hubiera sido apretada con una mano. El estruendo de su poderoso corazón. El sonido de la sangre.

El espasmo de los músculos del esqueleto. Afortunadamente, todavía era capaz de respirar, pero con dificultad. Antes no lo había tenido en cuenta: la falta de aire podía acortar su experiencia.

Finalmente, después de todos estos años, comenzó a sentir las emociones de nuevo. Más fuertes que nunca. Parecían irreales, ajenas, como de otro plano de existencia.

Emoción.

Éxtasis.

Horror.

Dicha.

Somnolencia.

Languor.

Bueno, también un poco de claustrofobia.

¡Todos a la vez!

Finalmente lo consiguió, aunque de la forma más extraña de todo el cosmos.

Forkis apretó sus brazos con firmeza contra sus costados, pero no lo suficiente como para destrozar los huesos de Aytar. Aunque iba a morir, no quería lastimarla, tratándola con respeto y dignidad. Ni siquiera arañó el cuerpo, ni con un diente.

Después de unos minutos de sentirse apretada, Aytar consiguió por fin un espacio oscuro, parecido a la pepsina: la cabeza atravesó el estómago. Un momento después, Zira ya estaba frotando su espalda contra la resbaladiza y plegada pared que yacía cómodamente bajo el resto del cuerpo, deslizándose por su suave esófago. Todavía tenía aire que entró con ella.

El cansado Forkis solo apretó los dientes, atrapando definitivamente a Aytar en su cuerpo. Hasta ahora, utilizaba sus manos para soportar el trabajo de la garganta y el esófago estirado hasta el límite. El peristaltismo, antes inoperante, funcionó por fin, arrastrando la masa y el volumen menores. Forkis consiguió tragar el último contenido con gran dificultad, pero lo consiguió.

El orificio cardíaco se cerró.

Aytar se encontró completamente dentro de su vientre agrandado, comprimida en posición fetal.

Después, el cansado emperador se quedó inmóvil en su cama. Respiraba con dificultad, ya que la tráquea y los pulmones dejaron de estar comprimidos.

Aytar tenía espacio suficiente para pasar su mano cubierta de mucosidad por el interior ondulante de su estómago móvil.

Respiraba cada vez más fuerte, pero aún podía hacerlo. Los ácidos digestivos tratados antes con alcohol de alta graduación acariciaban su cuerpo desnudo más que irritarlo.

Escuchó con deleite los poderosos latidos de su corazón y los órganos trabajando.

Las manos de los oders y de los kiritianos se encontraron, separadas por los tejidos.

—Aytar... ¿Cómo estás ahí? —El barítono de Forkis sonaba como un bajo que venía de todos lados a la vez. Era a la vez sorprendente y aterrador para la chica, era como la voz de un demonio.

—Muy bien —respondió ella—. Me siento tan... segura. Me siento cálida y agradable. Mejor que en la casa de mi madre.

No sabía si era una broma.

—Pero tú no conoces a tu madre —respondió en un tono similar.

—¿Y cómo estás tú?

—Es casi como un orgasmo, especialmente cuando te mueves —continuó esta extraña conversación—. Es mejor no decir nada, mantendrás el aire durante más tiempo. Aquí tienes.

Se atragantó y tragó. Aytar sonrió débilmente.

—No es necesario, está bien. Es tan acogedor que me está dando sueño.

«Te estás quedando sin oxígeno», pensó Forkis. La situación era anormal. En esos momentos, la víctima estaría pidiendo por su vida, y aquí era justo lo contrario.

Se detuvieron para hablar. El emperador se giró de su lado a la espalda, volvieron a encontrar sus manos y las estrecharon lo más posible.

Mirando al techo, cerró los ojos. Estaba físicamente perfecto, pero algo extraño le ocurría a su mente. No quería perder a Aytar, y al mismo tiempo estaba ansioso por cumplir su último deseo.

Y pensar que antes había sido normal. Conocer a Lolmet Kejnay, y a los jun kame en general, se convirtió en el primer eslabón del efecto mariposa. Pero al menos, a lo largo de los siglos, había evolucionado para comer solo mujeres desmemoriadas, aprovechando al máximo las propiedades únicas de su cuerpo.

Aytar no era una depravada. Se apegaba a los principios caballerescos, prefería morir a ser condenada por la gracia y la ayuda de alguien. Aunque mataba por el gremio, nadie ordenaba a los inocentes. Y todo lo hacía con su verdadero ser encerrado en su mente. Forkis no creía que matar fuera algo malo, sobre todo cuando se trataba de una amenaza.

Igual toda la humanidad se echó a perder. Excepto los kiritianos. Y Aytar, cuya humanidad había sido destruida. La favoreció porque la amaba… Cometió un error. No debería haber sucumbido ante ella. No podía perderla.

La sensación de haber caído por las escaleras mientras dormía disipó efectivamente sus pensamientos.

Preocupado, abrió los ojos.

Acarició su gran barriga.

—¿Aytar?

No respondió. Durante la breve observación mientras cambiaba de posición, no notó ni sintió ningún movimiento.

—¿Qué he hecho...? —Volvió a caer sobre la almohada, apretándose la frente con la mano. Gotas de sudor aparecieron en sus sienes.

Como si este trauma no fuera suficiente, Kiret entró en el dormitorio, mirando la pantalla de la PDA.

—Fork, perdona que te moleste, pero el asunto es urgente. No puedo tomar una decisión a largo plazo por mí mismo. En la frontera con el universo Escorpio, un reconocimiento rebelde ha volado...

Apartó la mirada de la pantalla y se quedó sin palabras, con los ojos abiertos de par en par. El PDA cayó al suelo de metal. Aunque Kiret ya había vivido trescientos sesenta y cinco años, y la mayor parte de ese tiempo tenía que ver con Forkis y sus acciones, a veces extrañas, nunca había experimentado algo así. Sin contar las situaciones olvidadas, por supuesto, cuando los médicos habían borrado de su memoria su episodio neurótico.

—Fork, ¿qué mierda has hecho? —Normalmente podía controlarse en sus reuniones privadas, pero aquello estaba más allá de la comprensión humana. Ni siquiera había pensado que alguien en la sala podría haberle oído rugir. Se agarró la cabeza—. ¡¿Cómo has hecho eso?! Ahí está Aytar, ¿verdad? ¡¿La has desmembrado?!

—Necron, contrólate. —Forkis se sentó en el borde de la cama—. Respira. Tienes que ayudarme.

Kiret se acercó a la silla, se dejó caer pesadamente sobre ella, se inclinó y se paso los dedos por la nuca.

—¿Ves algo de sangre aquí? —Continuó el emperador—. No he desmembrado a nadie; me he tragado a la chica entera.

Al oír esto, Necron se inclinó hacia atrás y se golpeó la cabeza contra el duro reposacabezas. Sin darse cuenta, empezó a tocar una cruz cristiana en una cadena de plata.

—Mierda, creo que me voy a volver loco. —No se reconoció a sí mismo. Normalmente irradiaba calma y melancolía, nunca había dicho groserías. Pero, ahora, un vocabulario correcto no era lo primero en su mente.

—¡Kiret! —Gritó Forkis—. Ayúdame a sacarla. La quiero viva. Hay poco tiempo. ¡No más preguntas!

—De todos modos, no quiero saber qué pasó aquí.

Necron se recompuso. Se acercó a Forkis, que se levantó. A pesar de haber engordado cuarenta libras, se movía con suavidad, aunque con lentitud, como si llevara una armadura y un equipo pesados. Cualquiera podría haber pensado que solo le había crecido una barriga cervecera.

—No me importa lo que pienses. Ayúdame a sacarla ahora mismo —ordenó.

—¿Cuánto tiempo ha estado dentro? —Las palabras apenas pasaron por la garganta de Kiret.

—Más de un cuarto de hora. Creo que me quedé dormido un rato. Me desperté un minuto antes de que entraras, ya no se movía entonces.

—Hay que apurarnos.

—Puede que aún esté viva —dijo Forkis—. Bebí alcohol de alta graduación; ralentiza la digestión de las proteínas humanas.

Necron casi se desmaya.

—Voy a llamar a los médicos.

—Antes de que preparen el equipo, pasará otro cuarto de hora. Cada segundo cuenta.

—¿Qué estás sugiriendo?

—Ayúdame a sacarla.

—¿Yo? ¿Cómo? ¿No puedes vomitar? Iré por un poco de... ¿Tienes sal por aquí?

—¡Kiret, no hay tiempo para eso!

—Entonces pon la mano en la garganta.

—A mí no me funciona. Si no, no podría tragar tanto contenido porque estaría vomitando cada vez.

—Me encargaré de ello ahora mismo. Ponte a cuatro patas. Así es como hacía vomitar a mi hijo cuando se tragaba algo pequeño. Siempre funcionaba.

Forkis obedeció. Necron se colocó detrás de él, se inclinó y rodeó con sus brazos la parte no convexa de su estómago, a la altura de sus del ilión. Haciendo presión, empujó con las manos hacia el esófago, queriendo mover el contenido del estómago en esa dirección.

Entonces el batab Gareth entró en la habitación con otro maletín. Vio al emperador solo en pantalones, con su gran barriga, a cuatro patas, y a su ayudante en armadura ligera de pie y presionando contra los lomos de Forkis. Sus ojos se abrieron de par en par y se quedó así.

—¡A la silla, Gareth! —Forkis ni siquiera se molestó en usar el tono oficial—. ¡Te sientas ahí, no te muevas! ¿Has leído la orden de la PDA de que nadie me moleste?

El comandante de la guardia de la ciudad obedeció como un autómata.

—Nada. Es demasiado grande —dijo Kiret con resignación—. Además, está tumbada en una mala posición. La espalda cubre el orificio cardíaco. ¿Y ahora qué?

A Gareth casi le dan palpitaciones al ver al gobernante de dieciocho de los veintinueve planetas colonizados rodar por el suelo y cambiar de posición de diversas maneras moviendo el vientre con las manos.

—No puedo mover a Zira. Necron, pon tu mano en mi estómago, intenta girarla. O agárrala por cualquier cosa y tira.

—Coño, no lo puedo creer…

—¡Solo hazlo! —Le instó Forkis—. Hay un baño cerca, así que te lavarás.

—No sé si entraré.

—¿En serio?

Sin creer lo que estaba haciendo, Kiret se quitó el guante y los elementos de la armadura de su mano, dejándose la manga de su uniforme. Tras un breve momento de reflexión, se despojó de toda la armadura del torso y se quitó la camisa, quedándose solo con los pantalones, al igual que Forkis.

El emperador estaba a cuatro patas, con el cuello paralelo al suelo. Contuvo la respiración.

Mirando las patas de la silla en la que el pálido Gareth intentaba asimilar la escena, Necrón con una mueca deslizó una mano hacia la boca de Forkis. Con un graznido, comenzó a presionar su mano hacia el esófago, y pronto atravesó el orificio cardíaco, donde encontró resistencia.

Después de dos minutos de hurgar en el estómago, Kiret sacó su brazo.

—No puedo... Está atascada —dijo, quitándose los mocos, los jugos digestivos y la saliva de la mano—. Lo siento, Forkis. Ha pasado demasiado tiempo.

La mirada del emperador se posó en el cuchillo de Necron, aún incrustado en el cráneo de madera.

—Hazme una cesárea.

Kiret le dirigió una mirada firme y sorprendida.

—Olvídalo. Será una operación seria y dolorosa, debes estar conectado a un aparato...

—Necron, ¿he mencionado que no tenemos tiempo? ¡Solo hazlo! Puedo soportarlo. Ya me han herido varias veces.

—Ella está muerta de todos modos.

—Si puedo decirle algo, señor —Gareth logró decir algo. Continuó mientras lo miraban—: Estaba en el campo para los ejercicios de mi nuevo escuadrón, necesitaba de sus habilidades telepáticas, señor. En fin, siempre llevo pegamento molecular, porque hay accidentes en los entrenamientos, y todavía me queda un poco. También tenía la intención de kiritianizar a tres reclutas, pero uno de ellos se negó a ser infectado. Así que también tengo una dosis del supervirus. —El hombre se quitó la mochila.

—Genial —dijo Forkis—. Kiret, tú cortas, y Gareth luego echará el pegamento.

—Es demasiado para mí...

—¡Es una orden! —Preocupado por el paso del tiempo, Forkis apenas podía contener sus emociones—. Tienes varios cientos de años de experiencia, has ayudado a los soldados heridos. Incluso has hecho esto para traer vida al mundo.

—¡Pero por Dios, nadie me dijo que cortara a un emperador sin medicamentos, sin aparatos y en el suelo! Si meto la pata, me acusarán de asesinato.

—No lo harán, porque lo haces bajo mi responsabilidad, en mi nombre. Gareth es testigo. Hazlo, de lo contrario terminarás como un cabo. O incluso te desterraré. —Forkis se permitió un fuerte énfasis. Gareth y Necron iban a someterse al borrado de la memoria, de todos modos.

La orden pronunciada de esta forma convenció inmediatamente a Kiret. Sabía que el emperador no lo echaría ni lo degradaría, sino que solo actuaría con afecto, creyendo aún que salvaría a la chica.

Necron cogió su cuchillo y lo arrancó de la frente del cráneo, luego vertió vodka sobre la hoja desde la botella que había sobre la mesa. Sacó el botiquín de un hueco en la pared. Le puso a Forkis una inyección analgésica en el costado con un émbolo, y trató de ignorar el hecho de que un agente para disolver huesos había salido rodando del botiquín inclinado.

—Puedo ayudar —se ofreció Gareth. A Forkis le gustó el hecho de que no hiciera preguntas.

—Asistirás a Kiret. Haz lo que te pida.

Cuando Necron puso la luz más potente en la habitación, se inundaron de un blanco halógeno. Gareth extendió la manta en el suelo y Forkis se tumbó sobre ella con cara de asco. Buscó la camisa de Kiret que estaba más cerca de él, la enrolló y la metió entre los dientes.

Los hombres que llegaron no llevaban guantes no tapaboca. Los kiritianos eran capaces de curar cualquier infección en un instante.

Kiret se arrodilló junto a su emperador. Apretó los dedos de su mano izquierda junto a su vientre convexo, comprobando la disposición de los órganos y el cuerpo de la chica. Buscó el mejor lugar para hacer un corte. Cuando se decidió, miró a los ojos de Forkis. Este asintió con firmeza. Aunque no tenía que hacerlo, Necron roció por costumbre sus manos y la piel del paciente con el desinfectante, al igual que había vertido automáticamente el alcohol en la hoja.

Muchas batallas libradas en tierra, sobre todo cuando aún servía en el Ejército del Nuevo Orden en la Tierra, le habían servido de experiencia de campo. Había tratado muchas veces con vísceras humanas; sin embargo, temía dañar algo. La presión y la responsabilidad eran inmensas.

Mientras empezaba a hacer un corte lento pero firme, Forkis apretó los dientes sobre su camisa. El analgésico ya estaba haciendo efecto, pero solo aliviaba parcialmente el dolor. El más fuerte no se daba en los botiquines personales.

La sangre comenzó a gotear sobre la manta.

Gareth ayudaba a mantener el vientre en su posición correcta, al tiempo que comprobaba el pulso del emperador.

Después del primer corte, Kiret hizo uno derecho y profundo. Cortó la capa muscular del estómago. Expandió los tejidos. El olor de los jugos estomacales recorrió la habitación.

Forkis ni siquiera gimió, su presión sanguínea disminuyó debido a la pérdida de sangre, pero la persistente desesperación le impidió desmayarse.

Gareth se sorprendió al ver en el estómago a Aytar, metida como un feto en el vientre materno, brillando por los jugos digestivos. Nunca había visto algo así, se sintió enfermo.

Necron no estaba menos sorprendido, pero siguió trabajando, rápida y eficazmente. Sacó con cuidado a la mojada Aytar y la trasladó a la colcha junto a Forkis. Las primeras manchas de quemadas por el ácido eran visibles en su piel.

Forkis lo observó todo, jadeando con fuerza. Apoyó las manos en los codos y las mantuvo rígidas, como si hubiera estado haciendo banca. Colocando los músculos abiertos en su posición correcta, Gareth vertió pegamento molecular sobre el corte en el estómago y el costado. La sangre dejó de fluir inmediatamente. El limo modificador de las cámaras madre se hizo similar a las proteínas del huésped y comenzó inmediatamente el proceso de reparación.

—Debe acostarse ahora, señor, durante al menos tres horas —dijo Gareth.

—¿Cómo está ella? —Preguntó Forkis.

Kiret, examinando a la chica, sacudió la cabeza con un suspiro y una expresión grave.

—Está muerta. Lo siento. ¿Y cómo te sientes? Hay que llevarte al centro médico.

Forkis ignoró la pregunta de su ayudante. Sintió una punzada de desesperación casi física.

—Inyéctenle el supervirus. —Era lo único cuerdo que aún se podía hacer.

—Probablemente no funcione.

—¿Recuerdas tu caso? En Londres, en la sede del gobierno mundial, te disparé en la cabeza delante de la multitud para demostrarles mi poder. Te inyecté el supervirus y volviste a la vida. Los necrógenos te potenciaron, regeneraron tu herida junto con materiales biológicos extraños.

—Pero eso fue segundos después de que me mataras.

—¿Siempre tienes que multiplicar los problemas, pesimista? —Kiret accedió a la petición de Forkis. De hecho, no tenían nada que perder. Tomó el batab tomó el émbolo y le inyectó a la chica el supervirus de la misma manera que en el caso del emperador y el analgésico.

Gareth se sentó a la mesa y bebió un largo sorbo de vodka. Kiret, ensangrentado, se dejó caer al suelo y apoyó la espalda en la cama, sin molestarse siquiera en lavarse. Preocupado, Forkis extendió la mano y agarró la mano muerta de Aytar. Acarició la mejilla de la chica.

Solo podían esperar. Durante un cuarto de hora nadie se movió, solo se pronunciaron algunas frases entre los kiritianos.

Y entonces empezó a ocurrir algo: Aytar se retorció como si hubiera recibido una descarga. Respiró profundamente como un casi ahogado saliendo a la superficie, arqueó la espalda, sus ojos vidriosos parecían cubiertos de endospermo.

Elaborado a partir de una combinación de los virus humanos más peligrosos, también fabricados artificialmente, el supervirus se multiplicó rápidamente en su cuerpo. Infectó y modificó todas las cámaras de su cuerpo, lo que dio lugar a la inmortalidad. Al igual que el organismo primitivo turritopsis nutricula, también el cuerpo evolutivo avanzado de Aytar a partir de ahora, cada pocos años, volvería al estado de la época de la kiritianización. Su edad biológica se mantendría para siempre cerca de la de una mujer de treinta años.

—No puedo creerlo... Y, sin embargo, ha funcionado —susurró Kiret, riendo en un ataque de alivio.

—Lo mismo que a ti te pasó. La situación de Aytar era aún peor. —Gareth se acercó inmediatamente a la chica, agachándose junto a ella.

Forkis ignoró los comentarios de los hombres sobre su estado y también se arrodilló junto a Zira, sabiendo que sus heridas selladas no volverían a abrirse. La tocó y luego la abrazó.

—Está inconsciente —anunció con gran alivio y una sonrisa.

—Lo peor está por llegar —se unió Kiret—. No podemos darle nada porque interrumpiría la infección del supervirus. El cuerpo tiene que lidiar con él por sí mismo, es decir, perder la lucha contra el patógeno.

Pasaron los minutos y el reflejo incondicionado no se repitió, Aytar no recuperó la conciencia, pero respiraba tranquilamente. La infección parecía ser leve en su caso.

Gareth fue a lavarse. Kiret volvió a su asiento anterior y se apoyó en la cama. Forkis se estaba lavando a sí mismo y a Aytar con trapos empapados en el agente del botiquín.

—Si la chica sobrevive —preguntó Kiret, agitando la mano — ¿cómo se lo explicarás a los achijes? Tu autoridad será aplastada cuando resulte que has perdonado a quien te intentó asesinar, y además has introducido a Aytar en la nación. Dejarán de tenerte miedo y le harán la vida imposible a la chica.

—Ella no quería matarme. Trató de restaurar la homeostasis de su mente buscando emociones extremas. Ella estaba apuntando un cuchillo en mi hombro. Ella se desbloqueó. Fui capaz de sondearla telepáticamente despúes. Digamos que fue BDSM. —Forkis sonrió torcidamente—. El problema del intento de asesinato es, por tanto, obsoleto. Y esto se lo diremos a los kiritianos, que hubo un malentendido a causa de la enfermedad de Aytar, que permaneció en silencio y se negó a recibir atención médica. Ella iba a curarse a sí misma en sus propios términos. Además, estaba limitada por el credo del gremio, del que acababa de escapar.

Necron miró el vientre de su emperador mientras recuperaba su tamaño normal.

—Puedes, Fork, divertirte en el dormitorio. De ninguna manera quiero saber cómo rompiste las leyes de la física.

***

Una hora después, el emperador se sentía bien. No quedaba ni rastro de las heridas que habían desaparecido con sorprendente rapidez. Puso un albornoz a la inconsciente Aytar, la envolvió en una manta, la levantó y, acompañada por los hombres, salieron de su residencia. Se dirigieron hacia el centro médico. La información sobre la inocencia de Zira se hizo pública, por lo que los achijes que observaban a Forkis solo vieron que quería ayudar a su novia herida. No mintió de ninguna manera a la nación, que se inventó el escenario: que el emperador había disparado a Aytar, que admitió al mismo tiempo que ella era inocente, lo que permitió a Forkis hacer un sondeo telepático. Era imposible desmentirlo y ver las heridas, porque la manta cubría el cuerpo.

En el centro médico, los recuerdos de Kiret y Gareth de las últimas horas se borraron.

Colocada en el sofá, Zira empezó a sufrir la infección de forma más drástica. Gritaba en sueños, se agitaba, aterrorizada y sin darse cuenta de nada, abría los ojos cubiertos de endospermo muchas veces, como si hubiera estado luchando con un enorme dolor y una terrible pesadilla al mismo tiempo; la infección del supervirus podría haber producido miles de síntomas. Lo único que pudieron hacer fue atarla con correas al sofá para que no se hiciera daño.

Por sugerencia del médico, Forkis salió del despacho; no podía hacer otra cosa que preocuparse y buscar. El estado de la niña permaneció sin cambios durante dos horas.

Finalmente, agotada, la kiritianizada Aytar abrió los ojos conscientemente. Todo había terminado. Físicamente, el supervirus no la cambió.

El médico desenganchó las protecciones y la examinó.

—¿Puedo entrar? —Preguntó Forkis mientras Aytar se quedaba sola, aun descansando en el sofá. Durante este tiempo, se las arregló para pensar en algunas cosas.

—Entra. Has actuado en contra de mi voluntad, convirtiéndome en una mujer kiritiana y sacándome del camino que tomé —dijo mientras caminaba.

—Tenemos el suero. La enfermedad de la inmortalidad puede revertirse, pero solo dentro de unos años —respondió, sentándose junto a la chica—. Antes, tu cuerpo no podría soportarlo, tiene que adaptarse al nuevo programa biológico. Yo, por mi parte, tuve que tomar esa decisión para que no murieras. Decidí por ti, digamos que era la ley del más fuerte. Y me aterroricé cuando estabas dentro. Es un milagro que hayas vuelto a la vida. Has muerto, así que ahora estás completamente libre de los asuntos del gremio.

—Gracias—. Ella fue educada pero extrañamente distante. De una manera completamente diferente a la anterior. Forkis usó su telepatía.

—Puedo leerte, puedo ver cómo fluyen tus pensamientos —señaló.

—Tengo miedo del futuro y al mismo tiempo estoy feliz por una razón indefinida. Me siento muy aliviada. Probablemente porque el caso está resuelto. Así que ha funcionado. Me has desbloqueado. Es bueno volver a experimentar emociones después de todos estos años. —Sonrió amablemente, pero sin emoción—. Recuerdo los acontecimientos hasta que me desmayé por falta de aire. ¿Qué pasó después?

Forkis describió la desesperada, pero a la vez cómica, lucha por salvarla.

—Si es traumático para ti —dijo al terminar —borraré tus recuerdos como los de Kiret y Gareth.

—No, quiero recordarlo todo. Fue una experiencia increíble. —Cogió a Forkis de una mano. El agarre no era como el de una mujer que sostiene a su hombre, solo un amistoso apretón de agradecimiento—. Me encantaría volver a vivirlo. No le diré a nadie lo que pasó entre nosotros. Ni nada de lo que escuché en tu habitación.

—Lo sé. A partir de hoy, no podrás ocultarme nada. Sin embargo, tenemos que hablar seriamente de nuestro futuro. Si no quieres ahora, podemos dejarlo para otro día.

—Ahora es un buen momento. —Aytar hizo una breve pausa, recogiendo sus pensamientos—. Dime sinceramente... ¿Qué esperas de nuestra relación? Te interesa una relación normal, ¿verdad?

—Aparte de muchas cosas más importantes, como la honestidad, la cercanía y el apoyo mutuo, que no tendríamos problemas, sí. Con el tiempo, me gustaría algo más, aunque hasta ahora ha sido bueno. Me adaptaría a tus necesidades para no hacerte daño, pero me sentiría insatisfecho.

—No podré dártelo, Forkis. Como he dicho, soy asexual. Tú mismo has visto lo que ha pasado. Y lo siento mucho, pero no te quiero. Fui egoísta. Todo lo que pasamos juntos lo hice para restaurar mi humanidad. No sentí nada, así que tampoco supe si te tenía afecto. Me curaste, pero al mismo tiempo me perdiste — añadió en un susurro, mirándose las manos.

—Ya veo. —Retiró la mano—. Mi decisión de convertirte en una mujer kiritiana no resultó precipitada, aunque he matado dos pájaros de un tiro. Eres valiente, fiel a tus ideales, honorable, no rompes las reglas, incluso lejos del lugar donde se aplican. Estas son las cualidades de un buen kiritiano, y muy raras. En términos de salud y psicología, también eres apta para ser inmortal, y esto ocurre con una persona entre varios cientos. Solo te pido una cosa: no más fanatismos relacionados con ningún credo que puedan destruir toda tu vida. Ahora comienzas tu carrera en la nación, soldado Zira Aytar. —Sonrió y saludó juguetonamente.

—Si alguna vez fallo lo suficiente como para ser condenada a muerte, puedes comerme —bromeó—. Y esta vez sin cesáreas ni inducir el vómito.

—Tengo la sensación de que esto será nuestra broma privada y enfermiza. Eres bastante menuda. ¿Qué tal si te hacemos más alta? Por ejemplo, ¿un metro ochenta? Así la perspectiva de encontrarte en mi vientre no te tentará más. Pero en serio, tu altura es mucho menor que la de otros achijes.

—Tengo treinta años. Mi esqueleto hace tiempo que dejó de crecer.

—Para la medicina de los inmortales, casi nada es imposible. —Forkis le guiñó un ojo.

***

Le ocultó a Aytar lo decepcionado que estaba, y lo lamentó. Como emperador, dominaba a la perfección el control público de las emociones, por lo que ningún achij podía leer nada en su rostro oficial. Forkis lo tenía todo: el más alto poder entre la raza humana, riqueza, carisma, inmortalidad, buen aspecto, quizá no era bello, pero sí digno y austero. A pesar de ello, no pudo encontrar a nadie, a diferencia, por ejemplo, del cabo Víctor Shane, al que había visto con su mujer más de una vez: dos kiritianos felices y realizados. Aunque Forkis creía que el destino de un hombre estaba en sus propias manos, a veces se planteaba seriamente si el espacio le había castigado por su gobierno totalitario y el gran engaño en el que aún vivía.

Aytar comenzó a evitarlo.

Cuando se relacionaban militarmente u oficialmente, ella se comportaba con él como cualquier otro achij. Un par de veces la sorprendió escondiéndose detrás de una cota o columna cuando él estaba cerca, segura de que no podía verla. ¿Quería olvidar su aventura? ¿Tal vez tenía miedo de algo? ¿Se avergonzaba de haberle hecho daño? En ciertas circunstancias, la telepatía no debería haber sido utilizada.

Esta vez Forkis lo hizo a su manera.

Era reconfortante, al menos, que Zira reaccionara con frialdad a cada intento masculino de establecer una relación más estrecha con ella. Ella tenía sus reglas y los demás las respetaban, sobre todo porque en las misiones resultaba ser una perfecta achij.

Forkis a veces caminaba solo por las cumbres rocosas de los volcanes extinguidos cerca de la capital. Hoy también iba allí; como favorito de todos los kiritianos, no necesitaba protección en su propio planeta.

Sus pensamientos fueron interrumpidos por Kiret, que se sentó a su lado en la ladera de piedra. Juntos observaron la puesta de sol de la gran Betelgeuse. Incluso eran visibles dos de las tres lunas de Morascrik.

—Tengo una bonita novia nueva para ti —anunció Necron, abriendo la mochila que había traído. Sacó una botella y unas copas—. Se llama Supernova Radioactiva, vodka de esta galaxia. Toda la tribu humana la venera metiendo la nariz en la tierra.

Forkis se rio sinceramente. Al menos los amigos nunca se fueron.

Gurú

El año terrícola 2936

—¿Sabes cuántos atentados se han realizado ya contra él? —El hombre de mirada gélida y mafiosa, ligeramente frustrado, suspiró. Lo dijo en un tono como si intentara sugerir algo a un niño al que se le hubiera ocurrido una idea brillante. Por desgracia, brillante solo para ellos.

—Por supuesto, los analicé todos cuidadosamente —informó la mujer, sonriendo con una despreocupación inadecuada para el evento que se avecinaba. Cambió la posición de sus piernas y ahora apoyaba la derecha sobre la izquierda—. Por eso sé perfectamente qué errores cometieron mis predecesores. Pienso cuidarme de ellos seriamente.

El otro hombre, con una cadena de plata en el cuello con un colgante que representaba una montaña, no pareció escuchar sus palabras.

—Y creo que no tengo que decir —respondió— que todos terminaron en un fracaso... él aún respira.

Un grupo de tres personas estaba sentado en una de las salas de las instalaciones subterráneas situadas en el extremo norte de Próxima Centauri E, donde un pequeño círculo de la enana roja apenas se abría paso entre las nubes en rápido movimiento. Incluso entre las paredes de metal, ciertamente cerca de la puerta principal, se podía oír el silbido del viento en el gélido páramo. Siglos atrás, se había creído que las llamaradas gigantes de Próxima Centauri E, ajenas a la gravedad de las estrellas Alfa Centauri A y Alfa Centauri B, aniquilarían toda la vida en los planetas que la orbitaban. Sin embargo, resultó que las mediciones eran incorrectas debido al primitivo aparato, y además la propia actividad de la estrella había disminuido a lo largo de los siglos.

Por lo tanto, Próxima E no solo no era apta para la colonización, sino que las ondas ultravioletas y milimétricas no afectaban a la salud de los nuevos habitantes, además, los centros de la civilización estaban protegidos por las correspondientes protecciones.

La mujer adoptó una expresión menos agradable, apoyando los brazos con firmeza sobre la mesa de amatista, en la que los conspiradores debatían.

—Me he preparado para esto durante muchos años. He analizado, recopilado información, creado escenarios, y he esperado el momento conveniente. Ahora es la oportunidad perfecta relacionada con las actividades de la empresa Procibro, y no quiero que se desperdicie. No se sabe cuándo aparecerá la próxima.

El hombre de la cadena se aclaró la garganta y juntó las manos.

—Entonces, resumamos. Con el apoyo de terceros y de su hermano, lord Tisamo —miró al jefe de la mafia que se ocupaba del contrabando de tecnologías no registradas en la Vieja Zona—traerá aquí a los dignatarios, habiéndoles hecho interesarse por los productos innovadores de alta calidad, que definitivamente no encontrarán en Calvary...

—Tecnología militar preferentemente —dijo la mujer.

—Lo tienen todo —comentó Tisamo en voz baja.

—Ya hemos pasado por esto. La transacción no puede tener éxito, los infectados deben estar irritados, porque esto aumenta la posibilidad de que fracasen en nuestra ciudad. Siempre lo hacen; es parte de su patrón de comportamiento. Es absolutamente necesario que ocurra. Su único trabajo, señor, es traerlos aquí desde Morascrik, y luego a través de Procibro para mostrar los bienes deseados que ellos rechazarán. Pero no pasará nada si no les interesa. Una vez que salgan de las puertas de la empresa, yo me encargaré del resto. —La mujer sonrió como un gatito al que le dan un ratón para jugar.

—Es bueno que al menos yo no tenga que hacer nada —dijo el hombre de la cadena— solo alquilaré las instalaciones y enviaré de vacaciones al puñado de trabajadores que quedan en el Procent Lab. Pero, de todas formas, no me gustaría que se cometiera ningún error, porque estaremos muertos. El primer dignatario está dispuesto a hacer la terraformación inversa, a pesar de que Próxima E es en su mayoría colonias abandonadas y envejecidas.

—No te preocupes, Casijo —enfatizó la mujer de forma tajante—. Tengo un acuerdo con mercenarios altamente entrenados, exconvictos y supervisores de prisiones que conocen el trabajo también desde el otro lado, y que pueden mantener la boca cerrada. Bastará con unos pocos, y lo abarcarán todo, además de sus robots centinelas, una vez que custodien a los presos políticos.

Involucraremos a un máximo de cincuenta personas en el proyecto, no más. De ellos, unos pocos, incluidos nosotros, deben conocer todo el plan, pero en ningún caso pueden encontrarse cerca del dignatario, porque seguramente se enteraría de todo.

El resto serán eliminados cuando ya no sean necesarios. Todos ellos tendrán que ser incinerados para que los infectados no puedan leer nada en sus cerebros muertos. Así que tenemos que elegir a personas lo suficientemente versadas como para no estropear las tareas simples, pero, a la vez, dispensables. Repito: cincuenta personas como máximo. Con menos gente no puede con ello, y con más gente siempre se jode algo. Alguien puede descarrilarse. Esta es una de las principales razones por las que todos los intentos de asesinato han fracasado: demasiada gente siempre significa descontrol en las filas de los conspiradores.

—Entonces usa solo androides, Laureta, y ya está —sugirió lord Tisamo, con los brazos cruzados.

—Los infectados preferirán los objetos vivos —Casijo sonrió—. ¿Tengo razón, Laureta?

La mujer se levantó.

—No necesitamos androides, aparte del soldado Sefiroth, por supuesto. Basta con que haya robots de combate en el Procent Lab. Me darás los códigos de acceso para ellos en el momento oportuno, Casijo. Los arcontes[16] de Próxima E no se enterarán de lo que ocurrirá en su antigua instalación penitenciaria, y de todos modos ahora es un complejo privado. Sin embargo, si quieren asignarnos a alguien en ese momento, podré estabilizar la situación.

---

[16] Forma de poder ejercida por nueve altos funcionarios, en la que uno es dominante.

—Eso es obvio. —Casijo sonrió—. No eres estúpida, de lo contrario no habría dejado Procent Lab bajo a los tuyos y tus mercenarios.

Laureta le sonrió con lástima.

—Gracias por esta reunión. Al menos no tienes el rabo entre las piernas como el resto de los capituladores que muerden el polvo. Tardaremos otro mes, hora local, en prepararnos. Estaremos constantemente en contacto. Así que, por la muerte de Forkis, caballeros.

Tras levantarse enérgicamente, los tres chocaron sus vasos de alcohol. Tras los sorbos que sellaron la colaboración, los conspiradores se rieron.

Minutos después, Casijo conducía a sus compañeros por un pasillo metálico hacia la salida lo que era observado por Sefiroth apoyado en la pared. El androide, con una mueca, miraba la espalda de Laureta alejándose, que pronto tomaría el poder temporal en la instalación.

***

Forkis estaba sentado en su trono de diorita en una sala de audiencias que había sido una vez una gruta, cerca de la cueva de Utza'm Achij. Acababa de terminar de dar consejos sobre la restauración de una central eléctrica de la capital a un grupo de arquitectos con los que prefería reunirse regularmente. El primer dignatario galáctico apreciaba la conversación cara a cara; podía infiltrarse inmediatamente en la mente del interlocutor si era necesario. En el caso de los kiritianos más veteranos, esto prácticamente no ocurría.

Libre de sus obligaciones esa noche, se permitió un momento de relajación mientras se sentaba despreocupadamente en el trono. Bebió vodka bien frío de un vaso a pequeños sorbos, contemplando las columnas de piedra negra y los generadores de fuego artificial de pequeñas llamas cuando sonó el comunicador de su PDA.

—¿Qué pasa? —Preguntó a Kiret que estaba en algún lugar apartado del edificio del centro de comunicaciones, que reconoció en la imagen de la pantalla.

—Interesante, Forkis. Un hombre de la empresa tecnológica Procibro de Próxima Centauri E, un tal Vicente Cortez, acaba de dirigirse a nuestro comerciante y le ha ofrecido algunos productos. Por cierto, ¿todos estos nombres tienen que empezar por «PRO»?

Forkis dejó el vaso, se levantó y empezó a pasearse por la oscura y fría habitación.

—Increíble. Rara vez tenemos contacto con este planeta. Déjame adivinar: la empresa está en decadencia, otro valiente vence el miedo y se atreve a contactar con nosotros, al no ver otras posibilidades económicas, porque sabe que los inmortales pagan bien...

—No exactamente. Se trata de una empresa pequeña y nueva, pero con empleados con muchos años de experiencia porque se han alejado de la competencia, que enseguida se puso en contacto con nosotros para ofrecernos productos innovadores. Debo admitir que es imposible ponerse una barra más alto para empezar. Se dice que Vicente Cortez es una especie de inventor.

—Y por supuesto has comprobado esta empresa, ¿no, Kiret?

—Seguramente. Nada despierta sospechas. Incluso tengo una lista de productos propuestos. Para animar, solo fotos y una descripción lacónica del uso previsto. Es tecnología militar. Tengo que admitir que el tipo sabe lo que hace: nos transfirió el mensaje por un canal directo desde Próxima E, sin amplificar la señal ni cambiar intermediarios como los satélites. Una transmisión limpia y sin vigilancia.

Forkis sintió inmediatamente curiosidad por lo que los oderses, de la Vieja Zona, que también incluía la tierra —un refugio despoblado apartado—, podían ofrecer a los kiritianos.

—Envíenme todo al kapripod.

—Por supuesto. Ya lo tienes, Fork.

—¿Y qué espera exactamente este tipo? —El dignatario comenzó a proyectar secuencialmente materiales holográficos de alta resolución sobre un escritorio situado a un lado de la cámara.

—Quiere venir a Morascrik y reunirse con nosotros.

—Pues es un imbécil o alguien muy desesperado. Al volar aquí, tendrá que atravesar el universo Capricornio, y los gánsteres le ganarán allí.

—He ordenado transmitir en el centro que Cortez sepa que nos pondremos en contacto con él cuando hayamos tomado una decisión.

—Bien. Revisaré todo lo que tengo aquí y te llamaré después.

Tras volver a por su vaso, Forkis empezó a moverse y a analizar nuevos inventos. Las ideas eran más bien medias. Muchas de las cosas que Cortez encontró innovadoras, los kiritianos las tenían desde hacía tiempo en el equipo, que no compartían con el Universum. Los oderses vieron su equipo en acción, especialmente a los rebeldes en la batalla, pero no lograron establecer las especificaciones de un arma determinada. Tendrían que entrar en las bases de datos de los achij o conseguir su máquina, lo que, con la ventaja tecnológica actual de los inmortales, parecía imposible.

Sin embargo, varias cosas llamaron la atención del primer dignatario galáctico. Inmediatamente se le ocurrió que si el Dr. Maximus Figam los había mejorado, los inmortales habrían ampliado su surtido con una nueva colección. Normalmente, Forkis habría ordenado al contratista que volara hasta él, dándole un guardaespaldas (a no ser que tuviera el suyo propio) para que estuviera frente a su trono, pero esta vez decidió que iría a Próxima E. La situación con los rebeldes se había estabilizado hacía tiempo, los kiritianos no estaban ahora en guerra con nadie, y Forkis carecía de las aventuras a las que se había acostumbrado a lo largo de los siglos. Por eso, entre otras cosas, ideó las periódicas fiestas salvajes llamadas harroweeng para sus subordinados en la cueva de Utza'm Ahiy, para que se volvieran un poco locos. Un vuelo a la Vieja Zona no sería ciertamente un viaje emocionante, pero siempre sería un viaje largo a un lugar extranjero.

Al anochecer, cuando el cielo estaba marcado por un remanso oxidado del conjunto Betelgeuse, Forkis se dirigió al centro de comunicaciones. Encontró a Kiret trabajando allí.

—Dile a ese Vicente Cortez que iremos a ver sus juguetes. Has oído bien, iré a Próxima E —añadió al ver la cara de sorpresa de Necron—. Hace mucho tiempo que no visito esas regiones del espacio. Mataré dos pájaros de un tiro. Dile al capitán Milles que prepare cuatro escuadrones. No espero un ataque de los rebeldes.

Forkis disfrutaba del miedo de los oderses a la flota de Kiritan, que nunca lo confirmó, aunque era un secreto a voces. En cuanto a la presentación de la fuerza, ni siquiera intentó pretender estar a la altura mental de los tres en la escala de Kardashov, a la que se acercaban los inmortales.

—Además, contacta con la embajada militar kiritiana en Próxima Centauri E, para que antes de nuestra llegada, envíen sondas espías enmascaradas a... ¿Cuál es el nombre de esta ciudad?

Kiret miró a la pantalla del caprificador.

—Provelkava Grihorsk —pronunció lentamente el traba lenguas.

—Por supuesto, «pro» tenía que estar en el nombre —pensó el emperador bromeando. Se trataba de la identidad y la filiación planetaria, por la que los otrora xenófobos proxenanos estaban locos, pero no era una coincidencia que fuera una abreviatura de profesionalidad, que era un mensaje abierto a los terrícolas incluso durante la colonización del espacio: Somos fuertes, somos autónomos, no los necesitamos ni a ustedes ni a sus visiones del mundo.

—Que los de la embajada comprueben el estado de seguridad —ordenó Forkis—. Entonces también usaremos nuestros propios orbes.

—Por supuesto —respondió Necron sin entusiasmo.

***

Forkis ordenó a Kiret que se quedara en la capital K'otz'ib'aja como adjunto, de todas formas, el segundo dignatario galáctico era reacio, por razones personales, a acercarse a la tierra. El emperador seleccionó a los oficiales, entre ellos Milles, que tomaron sus achijes, luego los kiritianos partieron en cinco escuadrones desde Morascrik hacia la Vieja Zona.

El viaje de unos quinientos cuarenta años luz transcurrió sin incidentes, sobre todo porque recorrieron casi toda la ruta en saltos hiperespaciales. La entrada en la atmósfera de Próxima E también transcurrió sin problemas. Los cazas híbridos F-314 pertenecientes a la defensa aérea (autónomos o tripulados) cubiertos con un blindaje liso con patrones hexagonales apenas visibles, ni siquiera se inmutaron. El arconte del planeta, el funcionario supremo del grupo de los nueve, no tuvo más remedio que aceptar la visita de los visitantes más poderosos del Universo Zodiacal.

Próxima Centauri E, el quinto globo que orbita en el sistema de Próxima Centauri, fue el primer exoplaneta del sistema solar en ser colonizado por los terrícolas. Originalmente inhabitable, había sido sometido a una intensa terraformación. Su gravedad era un 7% menor que la de la tierra. Antes rebosante de vida social, se había despoblado con el paso de los siglos, principalmente debido a las nuevas migraciones. Las colonias e instalaciones industriales abandonadas empezaron a envejecer poco a poco, inspirando leyendas urbanas e historias de terror, especialmente sobre ciudades fantasma.

Los kiritianos aterrizaron en las afueras de la todavía próspera colonia Provelkava Grihorsk, llena de edificios altísimos y luces de colores, desprovista de vegetación natural. Tras rechazar a los numerosos taxistas que se ofrecían a llevarlos, causando una sensación generalizada, los inmortales vestidos con armaduras de clase media y rostros cubiertos se acercaron al alto edificio metálico, sede de la compañía Procibro. A Forkis y a unos cuantos achijes que le acompañaban les esperaba el ayudante de Vicente Cortez, un hombre joven, bajo y de cabello negro. Estaba sorprendido y asustado: no le habían dicho que, el primer dignatario galáctico, que deslizó su casco fuera de la vista de los lugareños, vendría a ver la mercancía en persona. No obstante, eso dio al comerciante un impulso, ya que pensó que los kiritianos habían reconocido a Procibro como un contratista importante y valioso. El emperador sonrió con indulgencia mientras se acercaba y examinaba sus pensamientos telepáticamente.

—Doris Kagawa, la primera diputada del señor Vicente Cortez —se presentó la empleada con una profunda reverencia, y luego soltó una exhalación—: Es un gran honor para nosotros ver al primer dignatario galáctico y sus achijes en nuestra humilde morada.

Forkis asintió con la cabeza.

—¿Está en casa el Sr. Cortez que nos habló? —Miró en las entrañas del gran edificio, que, tras la insonorización y la cubierta de seguridad, no se diferenciaba de un taller. Divisó personas o androides trabajando, tal vez un equipo mixto. Un niño pequeño, llevado de la mano por su madre, se acercó al borde de la puerta de entrada.

—Buenos días —saludó la mujer a Forkis, sin saber quién estaba frente a ella, sobre todo porque todos los achijes tenían la misma armadura sin marcar. Se volvió hacia el niño—: ¿Ves, Alejandro, qué soldados tan geniales han venido a visitarnos?

Los dos se dirigieron pronto a la casa de Cortez, construida a una distancia segura de la sala.

—Lo siento mucho —respondió Kagawa con sincero pesar y vergüenza, llamando de nuevo la atención de Forkis—, pero el señor Cortez tuvo que marcharse por un asunto muy urgente, no dijo cuál. Sin embargo, le aseguro que soy una representante digna.

Lo arreglaré todo como si estuviera hablando con el propio dueño, señor. —Añadió con entusiasmo y se inclinó de nuevo—. Por favor, sígame.

Este «asunto urgente» le pareció cuanto menos extraño a Forkis: alguien concertó la cita, trajo a los inmortales desde lejos, y luego no se dignó a ocuparse de ellos personalmente. Los oderses simplemente tendrían miedo de hacer algo así. Tanto si los querían como si los odiaban, prácticamente todo el mundo los respetaba, excepto los rebeldes. Tenían miedo de llegar tarde a una reunión, aunque fuera un minuto. Gracias a su telepatía, Forkis se enteró de que, según la información proporcionada, Kagawa no sabía nada de la misteriosa desaparición de su jefe.

Solo había recibido un mensaje por la mañana en una holonota en la que se le decía que debía sustituirle. El conocimiento del viaje coincidió también con los pensamientos de la esposa de Vicente. Doris parecía estar bien, su aspecto y su comportamiento indicaban que descendía del lejano oriente terrestre, donde el honor había sido apreciado durante generaciones.

La sala, que el dignatario ordenó vigilar a los achijes, resultó ser, en efecto, un taller ordinario de la ciudad, con los más altos estándares de seguridad. Los trabajadores, una minoría de los cuales eran personas, se ocupaban de su trabajo con diligencia; en sus mentes, Forkis no encontró nada interesante. Accesible solo para personal seleccionado, el subsuelo escondía laboratorios tecnológicos.

Aunque los invitados eran los propios inmortales, Kagawa solo podía dejarles entrar en la zona amarilla, donde los objetos ya estaban preparados. Tras unas horas de recorridos y presentaciones, Forkis decidió adquirir un motor orbital espía, que funcionaba según el principio del movimiento perpetuo, y, para sorpresa de los achijes y de la propia Kagawa, un inhibidor bioiónico.

Se trataba de un pequeño dispositivo que hacía a su anfitrión invisible a los escáneres militares y civiles, enmascarando al mismo tiempo a otros organismos vivos en un radio de varios metros. En la práctica, esto significaba que una persona con el dispositivo integrado en una armadura o un arma podía atravesar una instalación vigilada electrónicamente y ser visible solo para los ojos humanos. Los kiritianos, como hegemones y dominadores, invertían en tecnología ofensiva, especialmente en aviación, pero a Forkis le gustó este diminuto dispositivo.

—Un viaje tan largo para esta mierda —escuchó cuando salía de la sala. Los dos achijes que hablaban libremente, se estremecieron de inmediato, se pusieron firmes y se quedaron inmóviles con el arma pegada al pecho, como si hubieran hecho guardia de honor en una fiesta nacional.

—Lo he oído —respondió Forkis con una sonrisa serena. Estaba de buen humor—. Los cabos Rasmus Darkoris y Víctor Shane... ¿Qué tal un día de estancia en la colonia?

—¡Lo sentimos mucho, señor! —Respondió enérgicamente Rasmus, que ya había comentado la expedición, pensando que las palabras del primer dignatario se referían a algunas tareas sucias en la colonia penal.

—No hay nada que lamentar, después de todo era una conversación privada. Me alegro de que mis achijes tengan sus propias opiniones. Para que también tú saques algo de este viaje, llévate a los chicos y relájate un poco en la ciudad. Con la misma condición de siempre: tratar de evitar fatalidades. Esto no es una trampa. Uno siempre debe divertirse después de sus obligaciones. Pero primero compruebe toda la región con los orbes en el modo de enmascaramiento. Estoy seguro de que, en Provelkava Grihorsk, solo necesitamos una armadura mediana, pero la previsión es una virtud.

—Sí, señor —respondió Shane más rápido—. Nos encargaremos de todo.

Tras embarcar en la corbeta, Forkis se dirigió a la sala de guardia para saciar su sed. Encontró al capitán Milles en el bar y se reunió con él. Sentados en una gran mesa, un alegre grupo de achijes de menor rango escuchaba al narrador:

***

… así que estamos volando este crucero en el sistema planetario de Próxima Centauri. En el siglo XX, los kiritianos ya no eran queridos, pero entonces nadie nos temía especialmente ni nos atacaba. Sin embargo, durante este viaje, una nave proximiana, en órbita, nos abordó y nos echó en cara que habíamos violado la zona espacial del planeta. Le contestamos, «¿y qué?». Y que íbamos a seguir explorando la Vieja Zona, como estaba previsto.

El capitán de la nave dijo que nos fuéramos, nuestro piloto dijo que no, porque esto todavía no era el espacio militar de Próxima E. Así que movieron el culo y empezaron a volar ostentosamente hacia nosotros, pusieron un rumbo de colisión directo a estribor. Las otras naves de los oderses desde la órbita no hicieron nada, sus oficiales se quedaron mirando, esperando a ver qué pasaba a continuación. Nosotros tampoco hicimos nada, seguimos adelante, nuestro piloto ignoró a los demás.

¡Y ahora lo mejor!… La nave Proxima E chocó con nuestra estribor… ¡y se jodieron!.

***

El público estalló en carcajadas simultáneamente; Milles y Forkis también comenzaron a reírse suavemente.

—¿Explotaron? —Preguntó uno de los achijes de la mesa.

—Eso es raro, pero no. Su nariz se rompió, seguido por el casco. Más de la mitad del tablero estaba despresurizado. La tripulación llevaba trajes de combate, así que solo se taparon la cabeza antes de ser lanzados al espacio. Los de este crucero casi nos meamos de risa mientras giraban sobre su propio eje, agitando los brazos y las piernas. Alguien de los nuestros se puso en contacto con el comandante de los proximianos despejados en el espacio y, de alguna manera, consiguió preguntar seriamente si los otros necesitaban ayuda. Dijeron que no, porque sus amigos estaban a punto de venir a atraparlos.

Otra dosis de risas estruendosas.

—Y luego estas entradas de la red general: «Entonces, ¿dices que tu nave perdió con el crucero?», «Sí, ¡pero con el de Kiritian!»

Cuando, animados, Forkis y Milles se dirigieron al puente, se encontraron con otros achijes entregado al entretenimiento combinado con el trabajo. Rasmus Darkoris y Víctor Shane estaban tan absortos en lo que ocurría en el monitor holográfico con la transmisión de audio que no oyeron la puerta que se abría ligeramente ni los pasos.

—Mira esto —dijo Rasmus con entusiasmo.

Forkis y el capitán se acercaron sin hacer ruido al panel de instrumentos y se dieron cuenta de que los cabos, agachados, observaban la imagen de uno de los orbes kiritianos enmascarados que sobrevolaba las calles de la ciudad al atardecer. Una bola de combate y espionaje quedó suspendida en el aire cerca del dron de la ciudad que patrullaba Provelkava Grihorsk, y luego se precipitó hacia adelante, golpeando al primo tecnológicamente inferior. El dron giró y se balanceó mientras intentaba nivelar el vuelo. Un borracho que lo observaba desde abajo, abrió los ojos, sin estar seguro de si había presenciado algo real e inusual, o el alcohol le confundió, y por eso vio al dron golpeado por el aire.

Forkis cruzó los brazos sobre el pecho.

—¡Ejem!

Los suboficiales se miraron entre sí y se confundieron.

—¿Es segura la ciudad? —Preguntó el dignatario.

—Sí, señor —anunció inmediatamente Víctor—. Los orbes no han encontrado nada que nos amenace.

—Entonces salgan, tomen a sus amigos de la galera. Dejaré el treinta por ciento de los escuadrones en servicio.

—Gracias, señor —dijo Víctor.

—¿Quizás le gustaría descansar un poco? —Tras sentarse en el asiento del comandante, el emperador se dirigió amablemente al capitán Milles. Desde la tragedia en el pueblo del Paso de Dharsa, donde Lilly Tedlock había sido asesinada, el oficial había evitado todo tipo de entretenimiento.

—Alguien tiene que protegerle, señor —respondió con una sonrisa.

—Todo el mundo es consciente de que, si apuntan el cañón de una pistola en mi dirección, se lo devolveré con los cañones del acorazado. —Forkis miró un inhibidor biorónico, del que Kagawa le dio dos unidades gratis antes de que decidiera comprar el resto en exclusiva, junto con el diseño. Resultó que el dispositivo flexible encajaba perfectamente en el nicho del brazalete destinado a este tipo de inserciones intercambiables. El dignatario se levantó—. Escanéeme con el termoindentador, capitán.

Milles sacó su pistola del cinturón e inició un escaneo térmico en busca de organismos vivos.

—Hay lecturas positivas, señor, pero débiles, con el «efecto fantasma».

—De todos modos, es mejor de lo que esperaba. Ibek está bloqueando parcialmente nuestros instrumentos; estoy seguro de que cuando se enfrente a los escáneres de los oderses, no será detectado en absoluto, ni tampoco su usuario. De todos modos, Doris Kagawa me lo aseguró.

Forkis miró a través de la cubierta de puronax del puente. En la entrada de una de las calles vio a unos cuantos achijes riendo, hablando con prostitutas igualmente alegres. Desde esta distancia, incluso pudo ver que las chicas estaban bien arregladas, tenían un aspecto saludable y llevaban ropa cara: Provelkava Grihorsk era famosa por ser uno de los burdeles más prestigiosos de la Vieja Zona.

—Shane y Darkoris me dieron una idea. ¿Qué le parece, capitán, probar el ibek en el equipo de los oderses?

—¿Quiere decir que quiere salir, señor?

—Iremos juntos, el mayor Ivester me reemplazará en la corbeta.

Forkis había leído antes en la mente del oficial que le gustaría dar un paseo más largo, así que la respuesta no fue una sorpresa:

—Con usted siempre, señor.

***

El cerco de seguridad, como factor visual, era suficiente para que Forkis se sintiera tranquilo. Además, la seguridad del emperador era provista por los achijes esparcidos por Provelkava Grihorsk, su armadura de clase media y la fatal reputación del «mortal diferente». Con las fundas de los cascos bajadas, él y Milles parecían cualquier subordinado a los que se les había concedido permiso para pasar la noche. Doris Kagawa y el resto de los empleados de Procibro no debían difundir la identidad del socio.

Todas estas precauciones estaban dictadas por la razón y el cargo, pero no por el miedo. Forkis simplemente no quería que los oderses le miraran fijamente, le amenazaran, huyeran o pidieran algo de rodillas; su intención era probar el invento de Cortez en paz.

Por la tarde, el distrito zumbaba con una vida plural, que se asociaba a un flujo caótico de pensamientos, por lo que Forkis renunció por completo a la telepatía durante un tiempo. Un montón de vehículos volaban de un lado a otro, se oían conversaciones, música y risas por todas partes. Entre androides, robots, ciborgs, modificantes y gente corriente, incluso vio a dos licántropos apoyados en la pared y discutiendo libremente, lo que le sorprendió un poco.

Estos fanáticos sectarios y transhumanistas apenas venían a Próxima E. Estos dos parecían adinerados, tal vez fueran la escolta de alguien de su círculo prioritario, porque no parecían matones con graciosos dientes metálicos, sino hombres lobo uniformados en la versión estereotipada y clásica: con garras, pelaje, cola, cabeza y boca. Sin embargo, era imposible determinar a qué secta pertenecían por su atuendo.

—Milles, ese dron de la ciudad que se aproxima, detrás de nosotros. Aprovéchalo —dijo Forkis a su vecino cuando los licántropos estaban muy atrás.

El capitán obedeció sin problemas, haciendo uso de la superioridad tecnológica kiritiana. Al cabo de un momento, tuvo una vista previa de la cámara del explorador volador en su PDA. Sonrió ampliamente.

—Lo verá usted mismo, señor—. Le mostró a Forkis la pequeña pantalla—. El dron se mueve lentamente sobre nosotros, pero la máquina y posiblemente el operador solo pueden verme a mí.

—El dron tampoco debería verle, capitán, ya que el alcance del ibek se supone que es de varios metros. Bien, ahora comprueba este almacén de minerales en polvo. —Forkis señaló otro objeto de prueba.

Esta vez Milles intervino con facilidad y sin que nadie se diera cuenta en otra pantalla en la que se detuvieron. De nuevo, solo se vio a sí mismo en la PDA.

—El doctor Maxsimus Figam podría haber hecho algo así por nosotros hace mucho tiempo. Oh, pero para usted, señor, invertir en defensa (y no ofensa) sería caer bajo. —El capitán se puso a bromear, lo que Forkis resumió con una breve risa y un movimiento de cabeza.

Siguieron adelante.

Por el camino pasaron dos achijes, a los que se les ordenó no saludar ni demostrar de otro modo que estaban tratando con la máxima autoridad kiritiana. Los cuatro intercambiaron algunas palabras entre sí. Eran los soldados rasos del cabo Víctor Shane, que se apresuraron a utilizar la mejor atracción local.

—Otros —comentó Forkis con diversión—. Todos van al Paraíso.

—Este burdel tiene una gran reputación. Sería una pena no utilizarlo.

—¿Cómo sabe eso, capitán?

—Solo estaba comentando el comportamiento de los achijes.

—Ajá… —Forkis murmuró en voz alta y elocuente.

—Su capitán tiene razón —abordó con voz seductora y aterciopelada una tentadora mujer que se encontraba cerca; sus imperfecciones fueron eliminadas médicamente.

Forkis la miró, tenía una cascada de cabellos rubios, hasta los pies, oscurecidos por una túnica fina y fluida. Entró en sus pensamientos y vio que, de alguna manera, ella había confundido a Milles con su comandante. Tal vez se debiera al estereotipo que funcionaba en algunas colonias de que las personas bajas ejercían un poder superior, como si fuera para compensar las cualidades físicas que la naturaleza les había asignado.

Por lo visto, la chica desconocía asuntos que iban más allá de su competencia, incluido el hecho de que modificar su altura no era un problema, al menos entre los kiritianos. Así había ocurrido, por ejemplo, con Zira Aytar, que ahora medía un metro ochenta.

La rubia se acercó a ellos sin hacer ningún gesto de ánimo, solo su aspecto angelical era suficiente para un buen y animado anuncio. Forkis también se enteró de que no era una prostituta, sino una estudiante local cuyo trabajo consistía simplemente en llevar clientes al Paraíso.

—Volar a Provelkava Grihorsk —dijo mientras recorría a los hombres— y no visitar su más famoso lugar de entretenimiento, es un pecado imperdonable. Tanto si los caballeros son solteros como si no, hay algo para todos. Ya sea un fiel moralista o un exiliado del infierno. —Se detuvo frente a Milles.

—Exactamente —añadió la segunda belleza de curvas voluminosas y pelo rojo.

A diferencia de su amiga, se dio el gusto, pues comenzó a pasar un dedo por la pechera de Forkis y a mirar con hambre el escudo de su rostro.

—Le garantizamos que se olvidará de todos sus problemas de forma natural, sin medicamentos ni estimulantes, que, sin embargo, tenemos en abundancia. De todos los tipos, de todos los planetas. Los kiritianos como tú, sin embargo, no parecen tener ninguna preocupación porque son una potencia.

Habiendo tratado con achijes muchas veces, abrió fácilmente el casco estrobilus de Forkis en la nuca. Aunque estaba entrenada para su papel de señuelo inquebrantable para los hombres cuya única tarea era dejar cientos de uinals en el paraíso, suspiró ante su belleza severa y amenazante, casi bárbara, que se adaptaba a su figura, muy alta y poderosa. Forkis también revisó la mente de la chica y se divirtió al ver lo que pensaba: «se parece a Forkis, pero definitivamente no es él».

Las dos chicas, que se preguntaban cómo conseguir otra máquina fuente de dinero, eran inofensivas, y sus mentes, simples y transparentes. Solo hacían su trabajo. Forkis no percibió ningún truco. Miró al capitán, que también dobló su casco. Aunque Milles se había kiritianizado a los treinta y un años, y conservaría el cuerpo joven para siempre, sus ojos habían visto muchas cosas, así que no le impresionaba este tipo de estímulo.

Así que no sintió la emoción de los jóvenes achijes, y envió a Forkis una respuesta muda, soplada con un encogimiento de hombros:

—¿Por qué no?

—Está bien. —Forkis apartó las manos de la chica pelirroja de su cuello y las agarró por un momento—. Vamos a ver lo que tienen que ofrecer allí.

La rubia sonrió.

—¡Me alegro de que te dejes convencer! Te invito cordialmente, por favor, sígueme.

Mientras la pelirroja se dedicaba a la caza más allá, la estudiante guiaba a Kiritian hacia el Paraíso.

El centro de entretenimiento, estilizado como un antiguo edificio griego, era realmente impresionante. Desde el exterior, parecía un gigantesco museo, del tamaño de varios edificios gubernamentales; la boca del gran pórtico mostraba los dientes de las columnas, y el papel de la lengua lo desempeñaba una rampa que sustituía a las escaleras. En los laterales había fuego real en cuencos.

En el centro del atrio, vigilado por guardias androides, había un estanque con un islote cubierto de vegetación tropical. Pájaros de colores, sobre todo docenas de variedades de loros, se aferraban a él. Por encima de la superficie del agua, sobresalían la cabeza y el cuello de un plesiosaurio.

En el vestíbulo, donde se alojaban cientos de clientes y empleados, deambulaban diversos animales, desde dinosaurios herbívoros de varios metros de longitud hasta las más fantasiosas variedades de gatos domésticos, generalmente con añadidos de otras especies en forma de alas o cuernos. Forkis los revisó por curiosidad con el bioctovisor y comprobó que todos ellos, aparentemente reales, eran en realidad una proyección de material holográfico o robots.

Tenía sentido, ya que la instalación era visitada por personas que sufrían diversas fobias o alergias; aunque probablemente en pocas ocasiones, porque librarse de una alergia médicamente era mucho más barato que los costes de las atracciones del Paraíso.

Pasando por piscinas, conservatorios y galerías, donde a veces se notaban sus achijes, la rubia condujo a Forkis y Milles al piso superior de un despacho de la madama iluminado con luz naranja, y luego comenzó a caminar de vuelta a una estación de la puerta.

Al ver a Forkis, los ojos de la madama, que podría tener entre cincuenta y cien años[17], brillaron como los de un niño en una dulcería.

—¡No puedo creer que el mismísimo Forkis haya visitado nuestra fabulosa morada! —La mujer estaba realmente sorprendida y encantada con la presencia de semejante invitado.

«Hasta aquí la excursión de incógnito», pensó el emperador.

—Si me hubiera dado cuenta antes… habría salido en persona a saludarles, caballeros. Perdonen mi descuido, caballeros, pero todos ustedes tienen el mismo aspecto. Llámenme Lura.

—A mi amigo y a mí nos gustaría pasarlo bien —dijo Forkis—. Pero no sabemos qué sería lo más apropiado. ¿Por qué no eliges algo para nosotros, Lura?

---

[17] Los oderses viven hasta los ciento cincuenta años, a los 100 años se considera mediana edad.

—¡Por supuesto, cariño! Confíe en mi amplia experiencia. Les garantizo que quedarán extremadamente satisfechos, ¡posiblemente como nunca en sus largas vidas! Bueno, vamos a ver lo que tenemos aquí...

Lura comenzó a evaluar a ambos hombres con su ojo profesional, un poco como los caballos en una competición. Resultó agradable en su naturalismo, porque en aquella época, los compañeros de juego adecuados solían ser elegidos por máquinas y algoritmos.

—Oh sí, supongo que esta elección será apropiada. Mirella, Doni, venid aquí. Pero rápido, por favor.

—¿Cuánto nos costará? —Preguntó Milles.

—¡Para los dos, la primera visita es gratis!

Dos prostitutas entraron en la sala un minuto después de ser llamadas por el interfono. Milles trató este trampolín fuera de horario con indulgente interés, pero se quedó atónito cuando vio a su asignada Doni, una chica parecida a Lilly casi como dos guisantes en una vaina. Su primer impulso fue negarse y marcharse, pero prevaleció su curiosidad: quería averiguar hasta qué punto Doni resultaría ser psicológicamente cercana a su novia asesinada. ¿Quizás el encuentro no acabaría con los recuerdos desagradables y las costras que se arrancan?

Forkis, en cambio, obtuvo todo lo contrario. La chica era joven, menuda, no estaba mal, pero también estaba asustada, lo que reconoció inmediatamente por sus ojos y su lenguaje corporal enmascarado con gestos practicados. Mirella trató de ocultar su reticencia a realizar este trabajo bajo una falsa sonrisa y una fingida franqueza, pero los trucos fueron inútiles cuando, a la vista del emperador kiritiano, se vio abrumada por el miedo. Al menos esta sabía con quién estaba tratando, a diferencia de sus bonitas, pero más estúpidas amigas.

La salida en falso de Mirella no auguraba nada bueno. Forkis supuso que alguien le había conseguido el trabajo en el Paraíso porque reconoció en seguida que la chica reunía las condiciones para el tipo de personas amables, incluso inteligentes, pero apagadas por una fobia social, quizá un trauma del pasado, que le impedía salir del atolladero en el que estaba metida.

Este tipo de personas trabajaban en puestos bajos y poco exigentes, en los que podían contar con la tranquilidad y un relativo confort psicológico, pero no con la atención y unos ingresos decentes.

Las muchachas iban vestidas con peplos blancos con adornos dorados y sandalias a juego, sus cabellos estaban adornados con cintas de colores y trenzados en moños, algunos de los cuales corrían en mechones por las orejas.

Mirella y Doni ya habían charlado en la habitación de al lado, sentados ante un mueble con bebidas en la mano.

Tras enviar un mensaje a su gente, habilitando el lugar de seguridad, Forkis tomó la iniciativa para que Mirella se sintiera cómoda en su presencia.

—Hola. Encantado de conocerte. Soy Forkis. —Sonriendo con ganas después de decir las palabras amistosas, le extendió la mano abierta.

«Genial, el imbécil no se dio cuenta —captó en la mente de la alcahueta, que se estremeció un poco, segura de que el primer dignatario galáctico no podía verla, cosa que hizo por un momento con el rabillo del ojo.

—Un trato especial para el gobernante de los kiritianos —dijo amablemente la mujer.

Al mirarle a los ojos, tímidamente como una virgen, Mirella se sintió más segura; su franqueza y gentileza la animaron. Ahora no se parecía al emperador, del que había historias relacionadas con violencia y la muerte, sino a cualquier achij de rango inferior. Sonrió de forma más apropiada para su oficio, tomó la mano del kiritiano y comenzó a guiarlo hacia la salida.

—Mirella. ¿Algo de beber? —sugirió.

—Tal vez más tarde.

—¿Qué es trato especial?

—Lo verá por usted mismo en un momento. Deje que me encargue de todo.

Al cabo de unos minutos, ella le condujo a la sala central en medio del pasillo, como a un lugar de honor en una larga mesa. El ornamentado y detallado salón, con una enorme piscina y una fuente en el centro, parecía preparado para una fiesta de al menos cincuenta personas. Y privilegiadas. Las luces procedían de un líquido fluorescente suspendido en tubos transparentes que se extendían desde el suelo hasta el techo.

El trono de piedra, algo kitsch, con una almohada y un cabecero cubierto de material pesado, que difería del estilo de la sala, estropeaba el efecto general, bastante bueno. El kiritiano lo escaneó con el termoindentador del brazalete y, salvo él mismo y Mirella, no encontró a nadie más con vida, pero localizó a un androide ligeramente caliente e inactivo.

—Eso es por si los clientes meten la pata —explicó la chica mientras retiraba la cortina de un nicho donde se encontraba el guardia artificial.

—Así que probablemente me den un martillazo porque hoy voy a dar muchos problemas —respondió con una sonrisa.

Riéndose, Mirella lo condujo al trono, lo colocó con la cara hacia ella y, sometiéndose a sus esfuerzos, empujó a Forkis para que se sentara como un rey orgulloso, apoyando los brazos en los reposabrazos. Ella, a su vez, habiendo deslizado su peplo hasta el suelo, quedando desnuda, se colocó a horcajadas sobre los muslos de él, apoyando las espinillas en el amplio asiento. El trono resultó ser de piedra solo visualmente, siendo en realidad de plástico calentado, si era conveniente. Forkis no podía determinarlo todavía, porque seguía con la armadura y seguía a Mirella, con curiosidad por saber qué más se le ocurriría.

—Tal vez quieras hablar un poco primero, relajarnos, contarme algo sobre usted. Yo escucho humildemente todo.

Ella intentó deslizar una uva de la bandeja hacia su boca, pero Forkis le agarró la muñeca con firmeza. Con dos dedos de la otra mano, cogió la fruta y la puso entre los labios de la chica. Después de que ella la mordiera y tragara, le dio unas cuantas más. No parecían estar envenenadas, a juzgar por la reacción de Mirella, pero ¿qué importaba sacrificar a una prostituta no muy valiosa si alguien decidía deshacerse del gobernante de los kiritianos?

Es posible que empezara a llevar esta precaución hasta el exceso, pero la aventura con Aytar le había sensibilizado que el exceso de confianza y la ignorancia podían llevar fácilmente a la caída de un gobernante.

Mirella actuaba con cierta naturalidad, pero Forkis seguía sintiendo su malestar con la parte onkalot de su personalidad, de hecho, también con la parte humana de su personalidad, entrenó durante siglos para interpretar las señales no verbales. En la mente de la muchacha había una gran confusión ardiente. La aterrorizaba que la hubieran metido sin ayuda (aparte del androide) en un lío tan profundo, que no lo hiciera bien, que enfadara con algo al emperador famoso por su crueldad, que en el mejor de los casos acabaría con su despido.

—No te preocupes —dijo tranquilizador, acariciando la parte posterior de su cabeza—. Seré tu apoyo.

Ella le miró sorprendida.

Acercó su cabeza a la suya con la mano y comenzó a besar los delicados labios de sabor afrutado con sus grandes labios.

Mirella se aferró a su armadura, presionando sus manos a los lados de la cabeza del kiritiano, y luego le pasó el dedo por la barbilla. Forkis encontró un activador que bajaba el reposacabezas a un nivel, convirtiendo el trono en una cama. Lo utilizó. Colocó a Mirella debajo de él para no lastimarla con el biometal y el acero dhurn, y luego comenzó a recorrer con la lengua y la boca todo su cuerpo con flores y mariposas tatuadas, sin querer quitarse la armadura por ahora.

Inesperadamente, sintió un fuerte deseo de dormir, como si le hubieran inyectado un anestésico, lo que no podía ocurrir porque su cuerpo tenía resitencia. Tampoco había comido ni bebido nada en el Paraíso. ¿El aire? Mirella conservaba toda su vitalidad y estaba realmente preocupada por su estado cambiante.

Antes de que Forkis pudiera contactar con Milles, perdió la fuerza en las piernas y los brazos, y la conciencia al mismo tiempo.

Entonces, cayó sobre la chica con su peso de cien y varias decenas de kilos.

***

Se despertó con la cabeza adolorida, palpitante, los oídos le zumbaban. Cuando la levantó instintivamente, sintió que iba a desmayarse de nuevo; la nube de luciérnagas azules empañaba aún más el ya turbio campo de visión, así que volvió a su posición anterior: con la cara apoyada en la superficie dura y plana. Forkis trató de confiar en su oído, pero también esta forma organoléptica de recabar información resultó ser poco fiable. Salvo los sonidos ocasionales, muy suaves y amortiguados por la gruesa superficie, le rodeaba el silencio como una capa muscular del estómago rodea una comida.

Al segundo intento de levantar la cabeza y el torso le fue mejor; su vista también mejoró considerablemente. Miró a su alrededor con el cuello dolorido. Se encontraba en una sala metálica rectangular y lisa, con unas cuantas lámparas blancas que dirigían la luz hacia arriba mezcladas con las paredes de la parte superior. A lo lejos, en un tramo más largo, había una sólida puerta cerrada. Estaba sentado sobre las pantorrillas, y sus brazos levantados a la espalda estaban sujetos por cadenas con aros alrededor de las muñecas.

La longitud del arnés le permitía tumbarse completamente en el suelo y dar algunos pasos, pero con la condición de que sus brazos estuvieran tensos y dirigidos hacia la pared. Forkis reconoció una aleación, de la que estaban hechos todos los alrededores excepto las lámparas. Exagón, un metal más duro que el acero de los oderses, pero lastimosamente quebradizo comparado con el acero dhurn kiritiano. No obstante, resultó ser un buen elemento de construcción de una habitación de prisión, porque era obvio que se encontraba en ella.

Le quitaron todo el equipo y la ropa, excepto los pantalones grises oscuros del uniforme y el colgante de la cadena que probablemente se consideraba un inofensivo adorno sentimental. Forkis debió de ser arrastrado por el suelo porque sentía la espalda adolorida, con moretones y cortes. También le salieron algunos en los brazos y la cara.

Se levantó, se dirigió a la puerta y tiró de las cadenas que se tensaron con un traqueteo, pero, como esperaba, no consiguió nada más. Las potentes hebillas, capaces de sujetar incluso a un oso, estaban bloqueadas electrónicamente y no se dignaban a fallar.

—¡Muéstrate! —Exigió en voz alta, apoyándose en las tensas cadenas.

Nadie dijo una palabra.

El hombre se sentó con las piernas cruzadas contra la pared y colocó sus manos adoloridas y entumecidas sobre las piernas.

Le habían capturado, aunque no tenía ni idea de lo que había pasado. La situación no parecía una de las extravagantes fantasías para los clientes del Paraíso que buscaban una experiencia más emocionante. Era posible que Forkis ya ni siquiera estuviera en el centro de entretenimiento, sobre todo porque el entorno parecía claramente una gran celda de laboratorio, una sala de pruebas físicas o algún almacén vacío, y no estaba asociado al mencionado «trato especial».

Antes de que el Dr. Figam creara el supervirus que aseguraba la inmortalidad como efecto secundario, había trabajado en un complejo subterráneo con celdas similares para mantener grandes animales de laboratorio.

—¿Quién eres tú? ¡Aparece!

El torturador permaneció en silencio, Forkis consideró la posibilidad de que el complejo hubiera sido abandonado, aunque lo dudaba.

Durante las siguientes horas, nada cambió, el irritado prisionero solo cambió de posición.

Cuando se dejó caer, mirando antes una rejilla de ventilación bajo el techo y analizando su situación, le sorprendió el chirrido de la puerta al abrirse. El ala se deslizó en un hueco, creando un espacio libre que fue ocupado por dos robots andantes. Forkis los reconoció inmediatamente por su aspecto voluminoso y tosco y por las marcas de «Pro» en el casco. Así que todavía estaba en Próxima E, lo que parecía obvio. Se trataba de robots militares que operaban en campo abierto, pero alguien inteligente decidió utilizarlos para trabajar en el estrecho (como Forkis supuso) complejo.

Puede que fueran eficaces en cuanto a la fuerza de los brazos y las piernas, pero también eso dependía del tamaño del corredor. Si hubieran abierto fuego, más bien habría acabado con la tensión o incluso el derrumbe de los muros de carga, por no hablar de los daños menores, pero aún peligrosos.

Cuando uno de los colosos entró en la sala, habiendo cabido a duras penas en el pasillo, los aros que sujetaban al prisionero se abrieron. Forkis fue capturado con una pinza de miembros robóticos alrededor del cuello y obligado a salir de la sala con su silueta doblada. El otro robot permaneció inmóvil en el pasillo, manteniendo el arma que llevaba en el brazo preparada para disparar.

El kiritiano entró en el corto pasillo del exagón, iluminado del mismo modo que su local y decorado de forma minimalista; una docena de metros a la izquierda se conectaba con un pasillo perpendicular. Inclinándose, Forkis se dio cuenta de que en su pequeño ramal había un total de cuatro celdas, muy probablemente gemelas, a juzgar por el aspecto de la puerta blindada, pero ya algo deteriorada. No parecía una prisión nueva. Aquí y allá se veían tizones y óxido, bajo el techo persistían viejas telarañas. Todavía era muy poca información para que Forkis pudiera precisar su ubicación.

Había muchas colonias y puestos avanzados envejecidos en Próxima E, bien podría haber estado en algún sótano de la industrial Provelkava Grihorsk.

El robot no lo llevó muy lejos, solo al baño situado a la derecha de la celda, equipado con un primitivo inodoro en el suelo, una ducha y un secador. Entró con Forkis.

Deduciendo que no corría peligro de muerte, el kiritiano utilizó todo lo que tenía a su alcance, entre otras cosas bebió agua y se lavó las heridas, tras lo cual fue arrastrado a su lugar de la forma anterior. El robot lo tiró con fuerza al suelo, con tanta fuerza que Forkis dio una coja voltereta, luego le puso las muñecas en los aros de las cadenas, lo que resultó ser una actividad dolorosa porque la máquina no tenía dedos. Inmediatamente después, la puerta se cerró de golpe. El kiritiano escuchó las pesadas pisadas de los colosos que se alejaban, sintiendo las debilitadas vibraciones del suelo.

—¿Qué le parecen las condiciones de nuestro hotel? —Sonó una relajada voz femenina, procedente de la rejilla de ventilación del techo.

Como la persona que lo retenía aún no se había dignado a revelarse personalmente, probablemente por cobardía, Forkis no descartó que el sonido pudiera estar alterado electrónicamente, dificultando el reconocimiento.

—Son bastante pobres. Dos de diez, y ese dos es para el equipo móvil bastante bueno y la protección antirrobo, pero es poco probable que detenga a los kiritianos.

La voz se rió.

—Para un kiritiano, son suficientes, y no es probable que ningún otro infectado venga aquí. A menos que, sea para retirar su esqueleto encadenado, Forkis. Habrá pasado muchísimo tiempo. Entonces, ¿no te interesan las explicaciones? —Preguntó la mujer con dulzura tras un largo y obstinado silencio del detenido.

—¿Qué más da que pregunte o no, que digas lo que crea conveniente o nada? Supongo que no es una continuación de las actividades en el Paraíso …

—No supones mal —el tono de la supervisora mostraba que estaba jugando con él todo el tiempo y que no tenía prisa.

—Bueno, ahora me queda preguntarme —Forkis también comenzó a ser irónico—, si es otro golpe político o tal vez un asunto personal. ¿Eres un humano?

El interlocutor ignoró la primera pregunta.

—Solo hay un androide en este lugar y yo no lo soy.

—Entonces, dime por fin lo que quieres.

—¿Me está tomando el pelo, señor emperador? Estás aquí para morir.

Forkis agitó las manos todo lo que pudo, haciendo tintinear el metal y mostrando su muñeca izquierda.

—Y supongo que estás preparando algo vistoso para mí.

—Así es —la voz se volvió más fría. Forkis imaginó que los ojos de la mujer se estrechaban simultáneamente—. Pero primero quiero descubrir todos tus secretos, separar las tonterías de los hechos. Sé que eres telépata desde hace tiempo.

—Muy bien, basta de tonterías —dijo el kiritiano con firmeza—. Cuéntame qué ha pasado, porque seguro que estás deseando reírte de mi indolencia y humillarme más.

—Llevo mucho tiempo planeando atraparte y matarte, los preparativos me han llevado muchos años y muchos análisis. Pero como puedes ver, el duro trabajo ha dado sus frutos: ¡soy la primera en capturar al primer dignatario galáctico!

Forkis sintió la tentación de cortarla y decirle infantilmente que no celebrara aún.

—Involucré a un pequeño número de socios en la acción para que el plan no fracasara. Uno de ellos le dijo a Cortez que te trajera a Próxima E, pero como Vicente ya sabía demasiado y podías leer todo en su cabeza si querías, lo apartaron del negocio. Doris Kagawa recibió un mensaje de su jefe para sustituirle en el trato. Sin embargo, el plan no salió como se esperaba, ya que Kagawa debía ser grosera, y tú debías enfadarte y salir en ese estado para hacer lo que haces en ese humor. Acabaste yendo allí, aunque sin planearlo. Las zorras que te encontraste por el camino —continuó— tampoco sabían que habían sido arrastradas a mi plan, y Lura tampoco. Las otras personas del Paraíso que se encargaron de los preparativos, en ningún caso pudieron entrar en contacto contigo. Esa telepatía tuya es un maldito y poderoso obstáculo.

—¿Mirella?

—Ella también estaba haciendo su trabajo, siguiendo un patrón aprendido para los huéspedes distinguidos. En la cámara, junto al cuenco de uvas, había sales relajantes mezcladas con afrodisíacos. Sumergió sus manos en ellas antes de tocarte y frotarte la cara. El anestésico añadido, hecho con los colmillos de la serpiente de Boranevich, funcionaba tan bien como siempre. Mirella, a quien besaste, también se durmió poco después de ti.

—La serpiente de Boranevich... —Forkis sonrió con incredulidad. Estaba sinceramente impresionado—. Duerme a la víctima antes de comérsela. ¿Quién lo hubiera pensado? ¿Y cómo te ocupaste de mis achijes?

—Te parece interesante la historia después de todo. —La desconocida también bromeó.

—No lo niego. Es una historia que llama la atención. Y como puedes ver, no tengo nada mejor que hacer. —Tiró de la cadena de su mano izquierda.

Bajo el techo se mostraba una proyección holográfica, un montaje de la vista previa de varios monitores situados en el Paraíso. Se vio a Forkis caminando por el segundo piso de noche, bajando las escaleras, a través del atrio hacia la salida. Saludó con la mano a los pocos achijes que se encontró. Se enzarzó en una discusión con algunos de ellos y se despidió. Salió de las instalaciones, cruzó la puerta y desapareció en algún lugar del este de la ciudad.

—Un doble —dijo inmediatamente Forkis.

—Sí, androide excluido de la sala del trono, donde el reglamento prohíbe vigilar a los clientes con cámaras.

—¿Y cómo rompiste la seguridad de mi armadura? ¿Señales, localizadores?

—La armadura fue llevada contigo. Lo que la vigilancia capturó fue un maniquí sin la electrónica kiritiana. Tuvimos que hacer una docena de versiones de tu armadura porque no sabíamos con cuál ibas a llegar. El androide escondido dentro dijo a los achijes con tu voz que no debían escoltarte hasta la corbeta. Era la segunda parte de mi plan que podía fallar, porque tal orden parecía ilógica, pero los subordinados, aunque sorprendidos, obedecieron, confiados de la seguridad en la ciudad. El androide rondaba por Provelkava Grihorsk para sacudir el barco más entre los drones y otros dispositivos de vigilancia. Finalmente, donde no estaban, tiró la armadura en el pantano y volvió a la ciudad.

—Eso sigue sin explicar cómo los kiritianos no captaron las señales de mi armadura.

El holograma mostraba otra imagen, esta vez un mapa espacial de la ciudad junto con una enorme red de túneles naturales en esta parte del planeta.

—Pocos de los habitantes los conocen, y ese puñado que sabe de su existencia, no se preocupa por ellos, porque no tienen ninguna importancia para la ciudad. Los túneles están situados a gran profundidad bajo la superficie del suelo, lo cual es suficiente para interferir con las señales electrónicas, y los pies de las capas superiores están muy mineralizados. El Paraíso está unido por pasajes a uno de los corredores naturales... que solo conocen ciertas personas.

—Probablemente los que tienen algo que ocultar y peces más gordos. Obvio.

—Creo que el resto no necesita ser dicho.

—Entonces, entiendo que no estamos en Provelkava Grihorsk —dijo Forkis—. Probablemente no te habrías arriesgado a encarcelarme delante de las narices de los achijes.

—Estamos en el segundo hemisferio del planeta, en un lugar muy desagradable para los humanos. Tus queridos soldados están registrando actualmente toda la ciudad. Para cuando descubran los túneles y lleguen a la conclusión de que hay que registrar todo el planeta, será demasiado tarde para ti, querido.

—Entonces, ¿qué otras actividades me esperan? Ya he conocido a robots, personajes poco sociales y gentiles. Además, se meten en el baño.

—He oído cosas interesantes sobre ti. Como he dicho, me gustaría comprobarlas todas una por una. Como ya tenemos la telepatía comprobada, vamos a ir directamente a la cuestión más interesante. Llevará un tiempo, pero soy paciente. Y a diferencia de ti, tengo tiempo. No me falles, Forkis.

—¿Tengo entendido que tampoco te dignarás a presentarte?

—Nunca se es demasiado cuidadoso. Lo pensaré en los últimos momentos de tu vida, y probablemente conozcas muy bien este truco. Mientras tanto, hasta luego —añadió irónicamente al final.

El asunto político del secuestro y el encarcelamiento estaba fuera de lugar, Forkis estaba seguro de ello, porque todo se había organizado de una manera demasiado pequeña, aunque inteligente. Algo personal, tampoco. De las personas a las que el kiritiano confió antes, para satisfacer su curiosidad, nadie sobrevivió.

Así que quedaba el fanatismo o la venganza por un ser querido.

***

—¡Estás completamente loca, Laureta! —Mirella quiso descargar su ira sobre su amiga de años escolares, pero su arrebato terminó en gritos forrados de lágrimas que ya llevaban varios minutos recorriendo su rostro—. ¿Por qué me has metido en esto? ¡Por tu culpa, soy carne muerta! ¿Qué has hecho? ¡Es Forkis!, ¡¿lo entiendes?!

Las dos mujeres se encontraban en una gran sala de control, desde la que Laureta, una esbelta gurú de labios rojos y espesa cabellera color fuego, podía manejar los robots y otros componentes del antiguo Laboratorio Procent, además de dar órdenes a un pequeño grupo del personal actual. Un androide de la generación anterior, con una cresta blanca y ojos anaranjados, que llevaba más de doscientos años trabajando en las instalaciones, estaba sentado en la mesa de al lado, observando a las interlocutoras, pero no se interesaba por la discusión de ninguna otra manera.

— Cállate de una vez —espetó Laureta. Se levantó de la silla de un salto—. No puedo seguir escuchando tus lamentos; ¡me zumba la cabeza! No tenías trabajo, estabas mal. Yo te conseguí el trabajo en el burdel, seguías mal. Te saqué del burdel, ¡mal también! ¡Contrólate, porque ya no sé lo que quieres decir!

—¡Ciertamente no quería participar en el secuestro del emperador kiritiano!

Laureta estaba harta de Mirella. ¿Qué la llevó a llevarse a la chica con ella, ya que su amistad se había desvanecido mucho antes? ¿Cómo había podido ser amiga de esta perdedora totalmente desvalida en la vida que, sin ella, probablemente se habría ocupado de mendigar en las calles? Ambas habían empezado en el mismo nivel, con las mismas oportunidades, pero Laureta había ganado poder sobre un gran grupo social cuando la confiada, sensible y amable Mirella, un asqueroso modelo de virtud, seguía ociosa, esperando milagros y un príncipe azul.

—Vale, no discutamos más, Mirella. En cualquier caso, has hecho tu parte bastante bién. Creía que ibas a fallar. —Laureta se sentó más cómodamente frente al panel de control y miró la vista previa de una de las tres cámaras de la sala de reclusión de Forkis. Al no tener mucho margen de maniobra, el hombre se sentó en el suelo y se miró la mano, moviendo los dedos. —Sabes que, si te hubiera dejado en el Paraíso, serías la primera persona de la que se ocuparían. Deberías agradecerme que te haya recogido en el túnel del transportador hacia el lejano norte. Estás a salvo aquí, nadie nos siguió, ni hay peligro de espías.

—Ahora estoy atrapada y él también. —La prostituta asintió a Forkis—. No tendré más vida en ningún sitio.

—Esperaremos a que pase la tormenta y saldremos de aquí como ganadoras anónimas. Nadie sabrá nunca cómo murió Forkis, ni quién lo mató. Ahora prepárate para divertirte.

Laureta sonrió cruelmente, lo que asustó a Mirella como si los bestiales planes de la otra chica hubieran sido para ella.

—Sefiroth, cuida de la chica como se acordó.

Mirella, aterrorizada por un momento traumático, estaba segura de que se trataba de ella, pero el androide, sobre el que

Casijo había dado a Laureta plenos poderes, se levantó obedientemente y se dirigió a la salida.

***

Horas después de la ablución con un cañón pesado listo para disparar, la puerta de la celda volvió a abrirse, esta vez brevemente, y la joven fue empujada al interior. Lanzó a Forkis una mirada fugaz y preocupada, luego se volvió hacia la puerta y se puso a golpearla irreflexivamente con las palmas abiertas. Cesó esta actividad sin sentido cuando, cansada y sudorosa, se dio cuenta de que hubiera preferido no estar encerrada allí para ser liberada un momento después.

Después de recuperar el aliento, empezó a pasearse nerviosamente por la habitación, evitando cada vez a Forkis, tal vez no dando un amplio margen debido al tamaño de la sala de reclusión, pero trató de mantenerse fuera de su alcance. Finalmente, resignada, se deslizó hasta el suelo cerca de la puerta, ocultando su rostro entre las manos que rodeaban sus rodillas. En su confusión y delicadeza, le recordaba mucho a Forkis a Mirella, y también a Vanessa Bondar, de Mirphak: el tipo de chicas buenas que retuercen el cuchillo en la herida a las que, por alguna razón, el destino en forma de díscolos hilaba constantemente.

Sobre la que estaba aquí, que tenía quince años, Forkis solo supo telepáticamente que había sido secuestrada en un barrio pobre, siendo inyectada en el cuello. La chica no sabía quién era el culpable, porque todo había ocurrido en un instante y fuera de su vista. Se despertó en la celda de enfrente, sin entender en absoluto su situación.

Forkis tampoco sabía por qué la chica fue arrojada a su celda.

Se mantuvo en silencio, ensimismada en su pena, evitando mirar a su compañero de prisión; Forkis casi le correspondió, observándola esporádicamente. De todos modos, ¿de qué iban a hablar? Para animar a alguien, hay que estar seguro del futuro, y no afirmar engañosamente que todo irá bien, apuntando a las posibilidades de la probabilidad.

—¿Y qué opinas, Forkis, de tu nueva compañera de celda? —Preguntó Laureta desde la sala de control. Mantenía las piernas sobre el panel de control y se deleitaba con su almuerzo. ¿No te parece... dulce?

—¿Y seguirás añadiendo más y más compañeros? —El kiritiano se quedó mirando la cámara diminuta como una uña que se distinguía por la negrura contra la plata de la habitación, como si un escarabajo se hubiera adormecido en el rincón bajo el techo. Por eso se había fijado antes en ella.

—Relájate, será la única. Por favor, Forkis, muestra tu compromiso al más alto nivel. Espero un buen espectáculo. Y como dije, tenemos tiempo y soy paciente.

La voz no dio más instrucciones. Forkis no tenía ni idea de qué hacer con la chica plantada sobre él, ya que estaba encadenado. Varias veces, con los músculos tensos y los dientes apretados, intentó con todas sus fuerzas arrancarlas de la pared, pero resultó tan eficaz como intentar mover una corbeta kiritiana con un palo (por cierto su tipo de nave favorito). La temerosa compañera de prisión, totalmente perturbada mentalmente, no parecía ser alguien que hubiera querido hacerle daño. Aparte de unas simples ropas harapientas, no llevaba nada más, y por lo tanto ningún arma.

Al cabo de un tiempo, difícil de determinar debido a la intensidad constante de las luces, los robots volvieron a acercarse y los llevaron uno a uno al baño.

Una vez arrastrados a ese lugar, Sefiroth, armado, entró en la celda con dos cuencos. Uno, lleno de comida en forma de papilla con trozos de verdura, lo colocó junto a la niña, que trató de mimetizarse con la esquina de la habitación, aterrorizada por su presencia. Entonces, Forkis descubrió el motivo: antes el androide había estado jugando con ella inequívocamente.

—Debes estar sedienta. Buen provecho, no tendrás nada más. —El hombre artificial salpicó el contenido de todo el cuenco en la cara del emperador. Para él, solo trajo agua. Por suerte, Forkis también esta vez durante la visita forzada al baño, bebió un poco en la ducha.

Un suspiro apagado salió del altavoz, anunciando palabras de descontento:

—Se suponía que debías ponerlo junto a él, no verterlo todo sobre su cabeza.

El androide resopló, se acercó a la pared y apoyó la espalda y el pie en ella, tras cruzar los brazos.

—¿Qué demonios haces aquí de pie? —Preguntó Forkis unos minutos después, irritado porque Sefiroth le miraba como un científico a un conejo.

—Tengo que ver que la chica no te da nada de comer. ¿Por qué te quedas mirando ese cuenco? —Le preguntó al prisionero—. ¡Cómetelo!

La chica sollozaba, no quitaba los ojos de la comida para no mirar al androide, pero finalmente empezó a comer con los dedos.

—¿Y yo qué? —El emperador gruñó—. No soy un androide ni un robot.

—Te limitarás a mirar lo que no puedes hacer, y a beber para estar vivo el mayor tiempo posible. —Sefiroth le dedicó una sonrisa malévola.

A Forkis le enfurecía que todos los presentes se refirieran a él como a un hombre corriente, sin respetarle como emperador, aunque hubiera sido reducido a un papel de prisionero, no obstante, lo ocultaba bajo una cubierta de burla o desprecio. Haría lo posible por no dar satisfacción a esos hombres de hojalata de ninguna manera.

Cuando la chica terminó de comer, el androide cogió los dos platos y salió de la celda vigilada desde el exterior por el robot.

Forkis empezó a sospechar de qué podía tratarse el plan de la loca que lo había encerrado aquí. Y no le gustó nada.

***

Por desgracia, tenía razón.

Durante los días que probablemente habían pasado, se sentía débil por el hambre, se sentía mareado. Cada vez pensaba menos racionalmente, normalmente en comida, esperando llenar su barriga hasta el borde. Cada vez tenía que luchar más contra el onkalot jun kame que quería apoderarse de su mente humana. Incluso sucedió que sacudió violentamente y sin pensar las cadenas hacia la chica, como si no hubiera sido él mismo, como si hubiera estado fuera de sí durante esos pocos segundos.

El patrón se repetía: se alimentaba a la chica, se le obligaba a mirarla, a inhalar el olor de la comida, y solo se le daba agua. La mujer del intercomunicador, al preparar el secuestro, en realidad había tenido que aprender mucho sobre él, porque dio en el clavo al elegir esa tortura.

La situación era cada vez más dramática.

Un hombre normal y corriente se habría cansado y, en los impulsos de la locura, habría exigido a la chica que le lanzara comida, sin preocuparse por el androide guardián. Tal vez habría intentado, en un patético intento, alcanzar algo con el pie. El más débil de mente les habría gritado que le soltaran, que cooperaría, que haría cualquier cosa por un trozo de pan rancio que en circunstancias normales habría tirado tan descuidadamente a una papelera.

A Forkis no le importaba lo que la prisionera tuviera en los cuencos.

Él la deseaba. Y no de una manera sexual.

A diferencia de una persona normal, se estaba convirtiendo en una bestia, temía que acabara perdiendo el control de sí mismo. Si no hubiera sido por este cautiverio, Forkis no se habría enterado de que era capaz de algo así, pues nunca había estado en una situación de hambre tan prolongada. Y el degenerado probablemente estaba esperando este momento para desencadenarlo.

Y finalmente ocurrió.

—Vamos, Forkis, hazla pedazos ahora —dijo alegremente, con entusiasmo. El kiritiano incluso la imaginó aplaudiendo en este centro de mando.

Y se abalanzó sobre la chica. Ella pudo correr con un chillido solo unos metros antes de que él la agarrara y la tirara al suelo. Aunque más bien cayó sobre ella con debilidad, cuando solo había negrura ante sus ojos, y su cabeza parecía estar llena de abejas zumbando. Luchó por un momento para mantener la conciencia, así como con la víctima que se agitaba, aunque inmovilizada.

No pudo hacerlo.

No por compasión hacia la indefensa y asustada muchacha. El fuerte impulso de sobrevivir dominaba los reflejos humanos que, de todos modos, estaban distorsionados en Forkis. Sino que, no quería dar a sus torturadores la satisfacción de que bailaría a su son. Es posible que todo lo que grabaran las cámaras de la sala de reclusión fuera enviado a todo el Universum, y en un instante miles de millones de personas hubieran visto lo que el emperador kiritiano había ocultado con tanto esmero a sus achijes durante siglos. No se sabe cómo se habría comportado la nación, pero seguro que muchos colaboradores oderses le habrían dado la espalda.

Sintió un hambre terrible...

Desde el intercomunicador llegaban algunas tonterías que él había ignorado durante algún tiempo. Solo algunos de los mensajes penetraron en su mente: Vamos, cómetela.

Sí... podría hacerlo. ¿Por qué no? La compañera de prisión estaba muerta de todos modos porque había visto demasiado. La humanidad sería testigo de un horror inimaginable, pero ya se preocuparía de este problema más tarde, cuando estuviera lleno.

La muchacha, aterrorizada y temblorosa, le miró a los ojos como si se tratara de los ojos de la propia muerte anunciando el final definitivo.

Los que lo vieron en los receptores de la cámara debieron divertirse mucho con su lucha interna.

Forkis se decidió.

—Lo siento —susurró.

Agarró la cabeza de la chica con las manos y le rompió el cuello en un instante. Luego la acomodó, para asegurarse, aplastándola contra el suelo.

Los regueros de sangre que fluían sobre el metal liso casi le hicieron enloquecer y echar por tierra su resolución tomada a duras penas.

Forkis, gritando de rabia, volvió a la pared con las cadenas puestas y se tumbó en posición de media tortuga, encogiéndose y tocando el suelo con la frente. Al menos obtuvo una victoria en este pandemónium: derrotó al jun kame interior. Era Forkis quien decidía cómo, a quién y cuándo matar, normalmente como castigo, de esa manera.

—Eh, mire lo que ha hecho, señor emperador. —No había ningún indicio de falsedad en la voz decepcionada de Laureta—. Lo has arruinado todo. Y eso que iba a ser genial.

—Solo hay una persona a la que quiero destrozar. —Forkis salvó al menos un poco de su dignidad adoptando la postura de sentado—. Y serás tú.

Aunque estaba a cientos de metros del kiritiano, en un lugar seguro, Laureta se sintió inquieta cuando Forkis dirigió su fría e implacable mirada hacia la cámara.

—Y dicen que los inmortales no mienten. A menos que puedan matar con la mente a través de las paredes —respondió con menos despreocupación de la que pretendía.

Forkis no tenía ni idea ni ganas de intercambiar réplicas. Lo que más deseaba era que se llevaran rápidamente el cuerpo de la desdichada, porque temía que volviera a enloquecer. Ver al emperador kiritiano a cuatro patas, con la cara sumergida en el cadáver y la locura visible en sus ojos habría sido el espectáculo más patético en la era de la colonización espacial.

El interlocutor no apagó el intercomunicador y probablemente hubo una discusión sobre el cadáver: los robots de la guardia no estaban hechos para el trabajo manual, el androide no quería limpiar y otras personas presentes en la sala de control no tenían intención de acercarse al gobernante kiritiano a pesar de las garantías de seguridad.

Finalmente, se llegó a un consenso, pues Sefiroth apareció en la celda con los imprescindibles guardias a sus espaldas, que esperaban en el pasillo. Dando un paso por encima del cadáver, volvió a sujetar las manos de Forkis a la pared, amenazándole con una pistola.

Cuando el androide salió de la prisión, él entró en ella... Forkis se quedó atónito al ver al onkalot con un disco antigravedad y un equipo de limpieza primitivo, como si el complejo careciera de máquinas de limpieza inteligentes o estuviera ahorrando energía. Ya no recordaba la última vez que había visto un jaguar humanoide con vida, probablemente eran los esclavos jun kame de los rebeldes, cuyo destino no le interesaba a Forkis.

Este pertenecía a una tribu diferente; su rasgo característico era un aro dorado en medio de la cola. Forkis bajó la cabeza para que el pelo le cayera sobre la cara.

—Hace mucho tiempo que no veo uno de los nuestros — comenzó a hablar en onkalotiano; no esperaba que las palabras de su lengua materna salieran de su propia boca, sobre todo de la tribu Che'ab'aj, el Árbol de Piedra.

El onkalot que, tras cargar el cadáver en el disco y empujarlo hacia el pasillo, se congeló con un trozo de material empapado en agua y agente limpiador. Se enderezó lentamente, giró la cabeza con la misma lentitud y miró a Forkis con incredulidad, ignorando que a alguien en la sala de control podría no haberle gustado su interacción con el formidable prisionero.

—¿Cuál es el truco? ¿Cómo conoces nuestra lengua, Forkis? —Respondió en el mismo idioma.

—¿Acaso esos —el kiritiano hizo un parco gesto con la cabeza hacia la cámara más cercana— entienden el onkalotiano?

—No, podemos hablar libremente. Aquí hablo angloamericano con todo el mundo.

—¿Traductor?

—¡Cállate! —El androide golpeó con su puño la puerta desde el pasillo—. Limpia.

El onkalot hizo una mueca, pero no le importó demasiado la orden. Limpiando el suelo a paso de tortuga, continuó la conversación con entusiasmo.

—No tienen el patrón —respondió—. La lengua de los onkalots es insignificante para los oderses.

—No te agradan tus jefes, ¿verdad? —Comentó Forkis, leyendo en su mente maldiciones contra Sefiroth. El jaguar humanoide no se sorprendió por esta afirmación, pues creía que el extraño hombre lo había adivinado todo por la expresión de su hocico.

—Llevo mucho tiempo trabajando aquí, pero han cambiado los empleadores. No me importa quiénes sean, es importante que tenga un objetivo.

—¿Lavar retretes y pisos? —La irónica conclusión del kiritiano terminó con una mirada desfavorable del otro lado—. ¿Cómo te llamas?

—Sinaj. ¿Puedes decirme cómo sabes a qué tribu pertenezco?

—Lo haré, pero primero unas preguntas. Por favor —añadió Forkis en una débil imitación de súplica, porque no estaba familiarizado con la humildad—. Necesito saber las respuestas.

—No deberíamos hablar en absoluto, tendré problemas —dijo Sinaj, en contra de su deseo. Le hubiera gustado hablar en su lengua materna toda la noche y el día, no… ¡una semana, un mes! Aunque el interlocutor fuera un humano.

Forkis hizo un gesto de lo que acababa de «escuchar» telepáticamente. La Sra. Gran Hermano no les interrumpió (sea lo que sea que signifique esa broma olvidada del pasado lejano, aún en uso), así que tal vez no seguía la conversación o se alejó del monitor.

—¿Qué es este lugar?

—¿No te lo han dicho?

—Si te lo pregunté, es porque no.

—¡Cállate, maldita sea! —El androide gritó de nuevo.

—Laboratorio Procent —informó Sinaj—. Muy al norte de Próxima E. La tierra de la nieve, las tormentas y el permafrost.

Forkis silbó. Conocía el nombre, al parecer habían traído aquí a prisioneros políticos en el pasado, pero no sabía la ubicación de las instalaciones.

—¿Y qué haces aquí? ¿No preferirías volver a Chulimal? —Preguntó con interés.

—¿Para qué voy a volver?, ¿cuál es la diferencia? —Respondió Sinaj.

—¿Sabes quién manda aquí?

—Temporalmente esa mujer, pero solo la oigo, como tú. No la he visto; ni siquiera sé su nombre. No tengo acceso al sector con la sala de control, en el sentido de que podría entrar allí si quisiera, pero para qué. Deja que los que lleguen limpien la suciedad ellos mismos.

—Ya has terminado, Sinaj, así que lárgate — intervino Sefiroth.

A Forkis se le estaba acabando el tiempo. Aunque Sinaj pertenecía al árbol de piedra, una tribu que respetaba la palabra de los demás, incluso de los enemigos, y eran capaz de guardar con firmeza los secretos que se le confiaban, el kiritiano no sabía si podía confiar en él. Sus antiguos puntos de vista, basados en su afiliación tribal y su educación, podrían haber caído en pedazos hace tiempo. Sin embargo, la antipatía de Sinaj por los humanos de la instalación y su interés por el prisionero jugaban a su favor. Tenía que arriegarse.

Tal vez era la única posibilidad de sobrevivir; podía ser un error fatal, pero de eso se preocuparía más tarde.

—Espera, tienes que ayudarme. Como kiritiano, ahora solo te diré la verdad, pero te pido a cambio, como alguien con sangre del árbol de piedra, que te guardes todo para ti. Mira, sé que esto va a sonar ridículo, pero yo también soy un onkalot —comenzó a hablar rápidamente Forkis. Sinaj lo miró esta vez como si estuviera loco—. Soy xajb'a kej de la tribu chiq'aq, lugar de fuego.

—Cómo…

—Q'umaraq, un ratón dorado, y una tecnología alienígena muy avanzada que no entendíamos. El artefacto me convirtió en un humano. Sí, el gobernante de los kiritianos es un onkalot, y todo lo que hice fue dictado por la venganza por haber matado a nuestra especie. Fui secuestrado en Provelkava Grihorsk y no sé por qué ni por quién. La persona que hizo esto quiere divertirse cruelmente a costa mía y de todos los demás que probablemente tendré que matar. Yo también moriré aquí.

Al notar la conmoción en el rostro del jaguar humanoide, Forkis decidió abatirlo aún más para convencerlo finalmente de que fuera sincero:

—Vi a tu líder Tumulkan varias veces. Cada vez que creía estar solo durante la toma de decisiones importantes, caminaba en círculos y murmuraba para sí mismo. También levantaba un dedo cuando se le ocurría algo. Casi ninguna de las tribus exteriores lo conocía, ciertamente ningún humano. Ni siquiera conocían el nombre del jefe de los che'ab'aj.

—He oído que eres telépata. ¡Podrías haberlo leído de mi cabeza!

—Heredé mi telepatía de mi padre onkalot, Awamajik, de los jun kame. También se transfirió al cuerpo humano gracias al q'umaraq. Solo veo lo que una persona piensa en ese momento, y lo único que piensas ahora es que me he vuelto loco por el hambre. Realmente soy un onkalot, Sinaj. Tú conoces el complejo y las normas que prevalecen aquí. Ayúdame a liberarme de alguna manera, y te prometo que te devolveré a Chulimal o haré lo que quieras, dentro de mis posibilidades, por supuesto, palabra de Kiritiano.

Lo dijo de forma caótica y apresurada, intentando ganarse a Sinaj en el tiempo limitado que permitió el androide. Si el operador de las cámaras hubiera visto lo que estaba ocurriendo en la sala de reclusión, era posible que hubiera puesto fin personal e inmediatamente a este increíble encuentro.

El onkalot, sorprendido y con una mirada distante, salió de la habitación sin decir nada. La puerta se cerró de golpe tras él.

Forkis solo podía esperar que el jaguar humanoide, que tenía una mente más abierta a los fenómenos inexplicables que un hombre (porque procedía de la cultura tribal politeísta, donde la tecnología se consideraba misticismo), se decidiera a hacer algo en su caso. Las posibilidades eran casi nulas, pero existían. Siempre y cuando Sinaj no dijera nada de lo que había oído allí.

***

Forkis perdió la esperanza de salir de ahí con vida. Ya no estaba atrapado miserablemente en sus cadenas, sino que yacía tristemente con ellas, sin tener siquiera fuerzas para pensar en el futuro. Hacía tiempo que nadie le hablaba, ni le visitaba ni le daba de beber.

Y esto es lo que resultaría de su estatus e inmortalidad: moriría de hambre, solo, en la parte despoblada y olvidada del planeta. Era lo único en lo que pensaba ahora, lamentando su destino y el hecho de haber confiado en el azaroso jaguar humanoide con la ingenuidad de un niño. Si se hubiera repetido la situación con la chica de su celda, Forkis no habría dudado en comerse su cuerpo. Quién lo hubiera visto, dónde hubiera viajado, no hubiera importado en absoluto. Y todavía habría tenido fuerzas.

Sumergido en el letargo, no oyó ningún paso en el pasillo, y solo levantó lentamente la cabeza cuando la puerta de la celda se abrió con un ligero clic.

En el espacio libre apareció Sefiroth con Sinaj de pie detrás de él.

—¿Sigues vivo? —Preguntó sardónicamente el androide. Entró en la habitación con el onkalot, que cruzó los brazos sobre el pecho y se quedó en la entrada—. Bien, me divertiré más.

En la cabeza de Sefiroth como máquina, Forkis no podía leer nada, mientras que su compañero tenía la mente vacía, una expresión seria en su rostro y miraba al prisionero con ojos maliciosos.

El otrora poderoso emperador había olvidado lo que era la sombra de miedo que empezó a sentir cuando finalmente cayó en la cuenta de que estaba a punto de morir.

Tras entrelazar sus dedos, el androide se agachó a su lado, fuera del alcance de sus piernas, con las que Forkis no habría podido patearle de todos modos.

—Laureta se fue volando por algún asunto urgente —el kiritiano escuchó de boca del androide el nombre de su torturador por primera vez. Lo había encontrado en alguna parte, pero su cerebro indispuesto no era ahora propicio para asociar información—. Hubo una discusión sobre quién debía estar a cargo del puesto de avanzada mientras ella no estaba, y finalmente el poder pasó a manos de los robots.

—Entonces, ¿dónde está ahora? —Forkis no pudo ver ninguna figura o sombra en la abertura desde la que la corriente de aire entraba en la habitación.

—«Por casualidad» no funcionan, y tampoco funcionan las cámaras —respondió el androide con una sonrisa desagradable.

Por un breve momento, en el corazón de Forkis brilló la esperanza de que se tratara de una salvación y no de una ejecución que, por alguna razón que no entendía, iba a organizar el jaguar humanoide.

Por un breve momento.

—¿Qué quieres? —Gruñó.

El dedo de Sefiroth se transformó en una pistola con punta de aguja.

—Fastidiar a Laureta —respondió, examinando su mano—. Ese saco de mierda ha mandado demasiado aquí últimamente, me ha humillado a mí y a la tripulación de la base indígena, me ha dado órdenes. Y las máquinas del Laboratorio Procent no deben ser tratadas así, solo porque limpiamos la humanidad de las malas hierbas que se entregan aquí. Soy verdugo y guardián, y mando aquí mientras mi legítimo dueño está fuera. Así que el honor de matar al emperador kiritiano será mío. Sin embargo, deseo mantenerlo para mí. Será mi triunfo personal: el asesinato del prisionero más eminente de todos los tiempos. Laureta se enfadará cuando vuelva pronto y vea otro cadáver en la celda, pero solo podrá regañarme.

—Androide con ego inflado, traidor —Forkis miró con rabia al onkalot, que parecía estar concentrado en algo, posiblemente estaba rezando— psicópata, máquina rebelde. Debo admitir que tienen una banda feliz aquí. —Se preguntó a sí mismo que en tales circunstancias todavía era capaz de bromear.

—Solo un momento más, ten paciencia —las confusas palabras de Sinaj, que Forkis escuchó inesperadamente en su cabeza, le sorprendieron mucho.

—Este veneno es mi forma favorita de matar—. El androide saltó hacia Forkis en un instante y lo agarró por el cuello con su mano izquierda, bajando su cabeza hacia el suelo. —Voy a inyectarlo en tus venas en un momento, sellaré la herida rápidamente con pegamento molecular antes de que mueras, y será muy rápido, en un minuto aproximadamente. Después de tres minutos, los químicos extraños se descompondrán en tu sangre. En resumen, no quedará ningún rastro. El prisionero habrá muerto oficialmente de hambre...

Sefiroth se desplomó en el suelo con un ruido metálico, como si se hubiera apagado o como si se le hubiera acabado la energía de repente.

Sinaj se acercó al prisionero, apartó la mano del androide con la aguja hasta una distancia segura. Momentos después volvió a concentrarse en algo, con los ojos cerrados, las esposas se abrieron.

—Perdóname por tardar tanto. —El jaguar humanoide estaba ayudando a Forkis a levantarse a toda prisa—. Fue terriblemente difícil conseguir la oportunidad adecuada. ¿Has oído mi mensaje mental?

—Sí: «Solo un momento más, ten paciencia». Estaba totalmente confundido...

—Hablé con Sefiroth. Le convencí para que te matara para apagarlo a su debido tiempo; estará así durante al menos una hora. Quería hacerlo en cuanto abriera la puerta, pero no encontraba el momento. No podía abrir la puerta de la celda, porque además de la cerradura electrónica, también hay que abrirla manualmente, y solo los robots tiene la fuerza para hacerlo. ¡Ahora rápido! Los guardias pueden llegar en cualquier momento.

Forkis rechazó la mano amiga de su vecino mientras se dirigía hacia la salida, tambaleándose. Pero después de caer y volver a ver solo la oscuridad ante sus ojos, hundió lo último de su orgullo en lo más profundo de su mente y se dejó guiar como un hombre herido.

—Entonces, eres un gran amigo.

—Hay que hablar con alguien para no volverse loco de soledad. Y la elección entre una máquina y un humano es obvia.

—¿Y cómo lo apagaste? Sinaj— asomó la cabeza al pasillo, se asomó un momento e hizo una pausa para escuchar.

—Está despejado. Al igual que tú eres telépata, puedo interrumpir el funcionamiento de los dispositivos electrónicos hasta cierto punto.

—¿Puede un onkalot hacerlo en absoluto?

—Me sacaron de Chulimal cuando era un cachorro. En ese momento aún no había desarrollado ninguna habilidad psiónica. No se desarrolló hasta que me encontré en el Laboratorio Procent; resultó ser una habilidad fenotípica, no genotípica, es decir, dependiente del entorno en el que había crecido. ¿Y ahora qué? Lo siento, pero mi plan era a corto plazo.

Fuera de la celda, Forkis tuvo que apoyarse un momento en la pared del pasillo para evitar que la debilidad le sorprendiera de nuevo.

—Necesito una armadura y algunas armas, también comer algo… urgentemente.

—Sé dónde se guarda tu armadura kiritiana. No está lejos.

—¿Por qué decidiste ayudarme? ¿Creíste todo lo que dije?

—Tuve que pensarlo. Demasiadas cosas indicaban que decías la verdad, sin desmerecer el octavo punto del decálogo kiritiano. Además, los onkalots de che'ab'aj y chiq'aq siempre han simpatizado entre sí, aunque tú también tengas sangre de jun kame.

Pronto se encontraron en un pasillo lateral. Sinaj interrumpió la acción de las cámaras posteriores, que seguían teniendo el mismo efecto, como si hubieran funcionado correctamente, porque su ubicación estaba indicada. Pero al menos el operador no vio los detalles.

—¿De cuántas personas se compone el personal? —Preguntó el emperador cuando el jaguar humanoide terminó de hablar de la distribución de las celdas más importantes.

—Actualmente cinco mercenarios, una prostituta, yo, el androide y diez robots de combate. Espera… Creo que Lakin Chan ha dejado de favorecernos… —Sinaj pronunció el nombre del dios de su antigua tribu, cuando se oyeron pasos más profundos y regulares detrás.

***

Zimba, el comandante mercenario, entró en la sala de control después de una larga ausencia para inspeccionar, y se quedó helado. Mientras corría hacia la proyección holográfica más cercana, se sirvió casi la mitad de su bebida de la taza, que apartó apresuradamente.

—Oh, mierda…

Algo perturbó la visión en la habitación de Forkis, pero la imagen volvió rápidamente a la configuración estándar. Zimba vio a Sefiroth inmóvil en el suelo, con las cadenas vacías y la puerta de la celda entreabierta. Las perturbaciones aparecieron en las siguientes secciones del seguimiento, como si alguien que se movía por los pasillos del sector local hubiera querido mantenerse oculto.

No se podía decir que los mercenarios hubieran hecho mal su trabajo, ya que llevaban varias horas sentados en la cafetería en cómodas mesas jugando a juegos de azar. Es que, desde que Forkis había sido encarcelado, días atrás, no había pasado absolutamente nada. La temperatura en el exterior del puesto de avanzada a esta hora era de menos setenta grados (que era la habitual en el polo norte del planeta), por lo que no parecía prudente salir a pasear para pasar el tiempo.

Zimba esperaba que a Laureta se le ocurriera al menos una serie de espectaculares tormentos de muerte para el prisionero, pero solo había elegido la aburrida huelga de hambre. Cuando se marchó, les había ordenado que vigilaran a Forkis, lo que significaba mirar los hologramas de la sala de despachos varias veces al día y comprobar los parámetros técnicos del puesto de avanzada, lo que, de todos modos, hacía su IA. En general, mientras Laureta estaba fuera, el androide y los robots debían ocuparse de todo.

— ¡Maldito gato asqueroso!

Desde el principio, a Zimba no le agrado ni Sinaj ni Sefiroth, miembros del personal permanente del Laboratorio Procent a los que Casijo eligió para quedarse. Viendo el estado del androide y sabiendo de la habilidad del jaguar humanoide, a menudo útil en la reparación de averías, el mercenario no dudaba de que estaba detrás de los fallos. Tras la conversación del onkalot y Forkis en el idioma extranjero, se le ocurrió la idea de encerrarlo hasta la muerte del kiritiano, pero el resto lo encontró paranoico. El argumento a favor de Sinaj era que nunca había hecho ningún daño.

—¡Se los dije!

Zimba agarró el rifle junto a la taza con las dos manos y se apresuró a salir al pasillo. Cuando estuvo frente a la cafetería, dio una patada a la puerta que se abría automáticamente, detrás de la cual sus compañeros seguían divirtiéndose. Mirella estaba sentada en el regazo de uno de ellos.

—¡Muevan el culo, el prisionero ha desaparecido de su celda! —Rugió, haciéndoles saltar.

Sin esperar una reacción de sus compañeros, se dirigió hacia el sector donde se encontraba el prisionero. Tras analizar las alteraciones de las cámaras, Zimba averiguó a dónde se dirigía... y tenía que llegar antes.

Sin embargo, le cortaron el paso dos robots de combate que bloqueaban el pasillo como si fueran enormes estatuas puestas al azar. Se dirigió inmediatamente al pasillo lateral, pero aquí también había otra máquina.

Pasando por delante de los confusos mercenarios en dirección contraria, se dirigió de nuevo a la sala de control para comenzar la lucha contra el bloqueo impuesto a los guardias.

Como ya no podía contar con las máquinas y, en teoría, ahora estaba a cargo de las instalaciones, decidió activar un plan completamente diferente.

***

El onkalot consiguió apagar un robot, que se mantenía de espaldas a ellos, cuando él y Forkis casi chocaron con él desde la esquina. La máquina mantuvo el equilibrio, apoyándose en dos extremidades de pilar con dedos extendidos en voladizo. Cuando su casco se inclinó y se plegó parcialmente, el brazo con la amoladora automática acoplada también se desplomó.

A pesar de este pequeño éxito, Forkis y Sinaj fueron perseguidos hasta una trampa en cuanto Zimba recuperó el control de la instalación. Los otros robots inteligentes les cortaron la vía de escape por todos los pasillos posibles, por lo que los dos se vieron obligados a encerrarse en el almacén en el que quedaron atrapados.

El onkalot retiró el bloqueo de la puerta, que, a diferencia de las de las celdas, era menos segura. Forkis entró primero. En cuanto la puerta de dos lados se desplazó hacia un lado, las luces se activaron también. El cubículo resultó ser un almacén de aparatos rotos, piezas de repuesto y mobiliario interior redundante; no era un arsenal, pero el kiritiano vio su armadura en un armario.

Un cañonazo resonó en las paredes del pasillo. Varias balas de gran calibre del rifle del robot entraron en el almacén, atravesando el cuerpo de Sinaj como si fuera nada. El arma de balas era anticuada para los estándares kiritianos y, además, hacía mucho daño en las habitaciones cerradas, pero resultó ser mortalmente eficaz.

Sinaj picado, de pie en la puerta, se desplomó sobre el marco de la puerta del hexágono, dejando regueros de sangre tras de sí. Forkis maldijo. Si hubiera estado de pie en la línea de fuego, habría sufrido el mismo destino, y las balas también habrían salvado todo el equipo de almacenamiento que tenía detrás. En el hueco se fijó en un robot que se encontraba a lo lejos y que empezó a caminar torpemente hacia el almacén.

Luchando contra la debilidad, en algún momento crítico incluso para mantener la consciencia, el kiritiano se acercó al armario con su armadura y cayó sobre su costado. Afortunadamente, un proyectil perdido dañó la tapa de la puerta. Oyendo cada vez con más claridad el sonido de los pasos metálicos, así como sintiendo las vibraciones del suelo, Forkis agarró un trozo de metal en forma de palanca y empezó a destrozar el obstáculo que le separaba de la armadura. Solo podía esperar que el personal de la instalación no lo hubiera privado del elemento que en ese momento era prácticamente su único salvavidas en el vasto y furioso océano.

Los oderses no usaban la cubierta de puronax de cristal, a diferencia de los kiritianos, porque si lo hicieran, ni siquiera el fuego concentrado de todos los robots de estas mazmorras habría dañado la puerta del armario, y Forkis no hacía más que profundizar en la red de grietas.

Alcanzó su brazalete antes de que el robot más cercano diera los últimos pasos hacia la entrada abierta.

El pequeño aparato estaba en su sitio, es posible que el personal lo hubiera tomado por un adorno del brazalete o no hubiera entendido la esencia de esta novedad tecnológica. Forkis se quedó con la esperanza de que el inhibidor de Cortez funcionara ahora como lo había hecho con las cámaras y los drones de la ciudad.

Lo activó.

El cuerpo de Sinaj, que yacía en un charco carmesí, fue arrastrado hacia el pasillo, dejando un amplio y sangriento rastro en el suelo. Lo levantaron con el crujido de los huesos al ser desplazados. Forkis creyó oír el gemido del onkalot, lo cual era imposible.

Desmontando una parte de la pared que rodeaba la puerta, el robot de combate se introdujo en la habitación, arrastrando trozos de metal con su cuerpo. Comenzó a mirar a su alrededor, a moverse tanto como sus dimensiones le permitían, esparciendo sangre por el suelo del almacén con sus extremidades. Detuvo su brazo con la hoja extendida, a un centímetro delante de Forkis que contenía la respiración, sin identificarlo por el calor, las firmas biológicas o físicas.

Para los sentidos electrónicos de la máquina, el intruso era ahora inmaterial.

***

— ¿De qué demonios se trata esta vez?

Así como Zimba había estado ansioso por actuar hace unos minutos, ahora definitivamente no quería traspasar el umbral de la sala de control. Había conseguido enviar a todos los robots desbloqueados a Forkis y perseguir al prisionero hasta una trampa, pero no había previsto que pudiera haber algún tipo de fallo de nuevo.

Los mercenarios observaron la muerte del onkalot a través de la cámara del sector del almacén, también vieron al prisionero escondido en la habitación, pero se quedaron totalmente confundidos cuando el objetivo se desvaneció de repente como si se hubiera disuelto en el aire. No era visible en la vigilancia de la instalación, ni en la vista previa del nivel robótico.

Zimba no sabía nada de los intereses kiritianos en Provelkava. Solo le habían pagado para que se quedara aquí, custodiara al prisionero hasta su muerte y asegurara las regiones inferiores sin hacer preguntas. Laureta había volado fuera de Próxima E por algún «asunto urgente» y era imposible contactar con ella debido a la única comunicación intraplanetaria disponible en el laboratorio de Provelkava. Por lo tanto, el equipo tenía que confiar solo en sí mismo.

— Vayan a ver qué pasa ahí. —Zimba hizo un gesto a tres de sus cuatro hombres. Miró a la preocupada Mirella, que se aferraba a los mercenarios.

—Ve a revisar tú mismo —respondió uno de los elegidos. En el grupo ni tan oficial, ni tan legal, aunque efectivo por principio, prevalecía la informalidad—. Me importa un bledo, me quedo.

—Ya conoces el trato. Si metemos la pata, tendremos que devolver el anticipo y olvidarnos del sueldo completo. Este Forkis está aquí solo, corre casi desnudo y no tiene armas, y además hay robots en los pasillos. Zimba ignoró deliberadamente la obviedad de que, por alguna razón, las máquinas habían perdido de vista al objetivo.

El argumento del dinero siempre había sido convincente, y los hombres se levantaron perezosamente de sus asientos. Tomaron el segundo argumento, totalmente material, en sus manos. Tenían un artículo en su contrato en el que no se les permitía matar a un prisionero. Sin embargo, contradecía el hecho de que en caso de amenaza de muerte el mercenario tenía derecho a neutralizar al objetivo vigilado o escoltado. Al neutral y apolítico Zimba no le importaba que el objeto de su trato fuera el emperador kiritiano.

Si no era este, habría sido otro el que estuviera en el poder, y todos eran unos pendejos, así que ¿qué diferencia hacían sus opiniones?

Cuando los tres hombres desaparecieron de la sala de control, Zimba habló con su vecino:

—Mira esto, Eric. —Tras retirar el puño presionado con el pulgar a la boca, señaló en una proyección holográfica a un robot que deambulaba por el almacén.

—¿Lo has visto? Se está inclinando hacia atrás de repente, como si recibiera vibraciones acústicas. ¡Oh, mira ahora!

—Lo he visto. ¿Y qué se supone que significa eso?

—Ese Forkis está cerca, pero por alguna razón es invisible electrónicamente. Los robots caminantes no tienen ojos como los humanos, así que no pueden detectarlo sus sensores de visión. Probablemente sea cosa de Sinaj, que ha dañado algo; menos mal que ya está muerto.

—¿No puedes decirle a las máquinas que disparen a ciegas a todo un sector?

Zimba miró a Eric con lástima.

—¿Para generar aún más pérdidas? Ya hemos matado al gato del Laboratorio Procent. Si también jodemos el almacén de equipos, entonces el salario de seis meses se irá al caño.

***

Forkis tuvo que esperar menos de un cuarto de hora para que los robots cercanos se retiraran a otra parte del complejo. Aunque no podían verle electrónicamente, reaccionaban a los sonidos: captaban una respiración más fuerte, el crujido de unos pantalones o el chasquido de un canuto. El kiritiano, que inicialmente había planeado, con solo el brazalete en la mano, evitar una máquina más cercana y solo entonces preocuparse por escapar del complejo, se vio obligado a quedarse quieto. El robot giraba cada vez que Forkis generaba un sonido incluso en el umbral del oído humano.

El enorme y alto armario de la armadura estaba orientado hacia la cámara de la esquina, por lo que el posible observador no podía captar el momento en que se vaciaba. El emperador se puso apresuradamente la armadura, excepto las botas (pensó en el aspecto que podría tener en la vista previa de la sala de control; Doris Kagawa le dijo que el inhibidor enmascaraba no solo el cuerpo, sino también el equipo activo que se le presentaba). Al menos, ya tenía cierta protección contra las armas oderses, solo tenía que vigilar sus pies. Por debilidad, activó el modo de intensificación del exoesqueleto.

Inmediatamente sintió las placas de revestimiento y los tubos estabilizadores en varias partes de su cuerpo; los músculos quedaron exentos del esfuerzo en favor de la armadura que haría la mayor parte del trabajo por el portador. Forkis no la sincronizó con su voluntad, así que tuvo que hacer movimientos muy suaves para moverse, lo que no le supuso ningún problema.

Con la pistola X17A4 en la mano, salió al pasillo. El camino formado por las gotas de sangre de Sinaj indicaba el camino seguido por los guardias; más adentro del complejo, sus amortiguados pasos mecánicos seguían sonando. Forkis se dirigió entonces con paso firme hacia el otro recinto. Encontró un plano del complejo grabado en metal en la pared y se dirigió inmediatamente al comedor. El movimiento era previsible, pero no podía hacer nada contra la obsesión del animal que le ordenaba saciar su hambre.

Al oír un ruido cercano, se retiró y se vio obligado a tomar un camino indirecto.

El robot previamente desactivado por Sinaj seguía en su antiguo su lugar. Forkis tuvo la descabellada idea de quitarse el cañón del hombro junto con la cinta de cargador empaquetada como los tanques de Golgi. El X17A4 kiritiano se utilizaba principalmente para la defensa personal contra objetivos vivos, pero no se comportaba muy bien contra los equipos pesados que caminaban por Oder, aunque la munición ligera atravesara fácilmente el blindaje del robot. La cañonera, aunque utilizara balas primitivas, se desenvolvía mucho mejor en este caso.

El estado de alerta de las máquinas ante las ondas acústicas se incrementó, por lo que la peregrinación descalza de Forkis no sirvió de mucho, ya que en cuanto apareció cerca de la cafetería, los guardias se acercaron inmediatamente y comenzaron a disparar. Las balas y la energía de los mosquetones más pequeños se precipitaron implacablemente hacia la caja metálica tras la que se escondía el objetivo. La puerta de la sala estaba inundada y maltrecha, lo que hacía imposible entrar.

El kiritiano intentó abrir fuego contra los robots mientras el cañón se debilitaba, pero los autómatas reaccionaban varias veces más rápido que un humano, así que no pudo asomarse por detrás del borde. El cajón se parecía cada vez más a una papilla desechada.

Forkis volvió a arrastrarse por la esquina, con cuidado de que no le golpearan los pies. Las balas sonaron golpeando el acero dhurn y el biometal de la armadura, rebotando, apenas marcándola con abolladuras. Pero si una le hubiera dado en la pierna, se la habría arrancado enseguida.

Al no tener ninguna posibilidad en un enfrentamiento directo con estas máquinas, emprendió la huida hacia el sector cercano a la entrada, donde se encontraba la sala de control.

En el camino se encontró con tres mercenarios que inmediatamente abrieron fuego con sus rifles. Forkis se arrodilló para proteger de nuevo sus pies (deseó no haberse descalzado y haberse convertido en un hobbit). También empezó a disparar.

El resultado del choque era previsible. Los mercenarios no habían recibido información de que el objetivo ya llevaba el blindaje, de todos modos, nadie había podido ver cuando Forkis se lo había puesto. Las balas de cañón de veinte milímetros, con un propósito real de penetrar la carcasa de los vehículos oderses, barrieron a los hombres protegidos por el blindaje apenas táctico a la distancia de muchos metros. Gotas de sangre y trozos de vísceras salpicaron todo el pasillo, incluso el techo.

Los robots seguían siendo un problema, cuyos siniestros y monótonos pasos, Forkis oía cada vez con más claridad. Tenía que detenerlos de alguna manera o hacer que alguien lo hiciera.

Sin preocuparse por la matanza que había hecho, se dirigió inmediatamente a la sala de control.

***

— Me importa una mierda, no lo haré —siseó Zimba. Acababa de ver en el holograma la matanza, que parecía que los mercenarios habían abierto fuego contra un fantasma, y este les había devuelto con el sabor de su propia medicina.

— Yo tampoco —dijo Eric—. No lo detendremos ahora. Dejemos que Pérez se encargue ella misma, ya que se fue al infierno.

— Estoy de acuerdo.

Zimba encendió apresuradamente los cañones de defensa que asomaban por los huecos de las paredes cubiertas en los puntos tácticos de camino a la sala de control. Aunque Forkis se ocupara de ellos, perdería mucho tiempo y no volvería a encontrarse con mercenarios en el sector.

Los hombres se pusieron los cascos, que inmediatamente encapsularon su armadura. Salieron de la sala de control y se dirigieron a las puertas ovaladas del primer piso.

—Oye, ¿y yo qué? —Mirella, con el miedo escrito en sus ojos, se aferró al brazo de Zimba justo antes de salir de las instalaciones.

El mercenario no tenía ni idea de qué hacer con ella. La forma más conveniente habría sido matarla a tiros, lo que, sin embargo, habría quedado registrado en la vigilancia, y al parecer Mirella era como una amiga íntima de Laureta, lo que podría haberles causado problemas más adelante.

—Lo siento, cariño, pero no se dijo nada de ti —respondió—. Enciérrate en la sala de control o algo así, cúbrete con los robots.

—¡Pero no sé manejar ningún equipo de aquí!

—Seguramente te llevarás bien con Forkis, ya se conocen —dijo Eric con dulzura.

Cuando las puertas empezaron a abrirse, Mirella, vestida con ropa ligera, tuvo que retirarse lo más rápido posible, porque a través del espacio abierto, llegó un soplo de nieve y aire, en ese momento hacían menos noventa grados centígrados afuera.

Vadeando la nieve hasta los muslos y con una visibilidad casi nula, los mercenarios alcanzaron el transportador antigravitatorio sin boquillas y salieron volando un instante después de entrar en la cabina.

***

Forkis tuvo la repentina idea de agarrar un trozo del cuerpo de un mercenario a toda prisa para saciar su hambre, pero su resistencia interna a comer carne masculina resultó ser demasiado fuerte. Incluso en el caso de la inanición extrema. Tal vez lo hubiera hecho si los guardias mecánicos no le hubieran pisado los talones.

Sin embargo, poco después de despejar su camino de las cabezas giratorias que intentaban descuartizarlo, encontró una solución a su problema culinario.

En la sala de control, cuya puerta bloqueada tuvo que disparar con una cañonera para poder entrar, encontró a una persona conocida y aterrorizada.

—Hola, Mirella. —Sonriendo burlonamente, se bajó el casco y la abrazó con una mirada nada suave.

Se acercó a ella con paso rápido y, actuando con la fuerza que dicta el exoesqueleto, le arrancó el brazo izquierdo del hombro. En su estado, podría haber hecho lo mismo, y sin armadura.

Cauterizó la herida de Mirella con la energía de la pistola, pero ella ya no la sentía, porque se había desmayado por el miedo y el terrible dolor.

Mientras tanto, el kiritiano comenzó a roer vorazmente la mano que estaba separada del cuerpo.

***

Los robots estaban configurados en modo «buscar y destruir». Persiguieron a Forkis, intentando entrar en la sala de control. Consiguió romper la seguridad del operador fugado, descifrar la configuración de los guardias y desestabilizarlos a tiempo antes de que la masacre de las paredes alcanzara un estado crítico.

Cuando Forkis pudo por fin respirar aliviado, escaneó el objeto desde la sala de control y supo que, aparte de él, Mirella y una persona no identificada en la enfermería, no había nadie vivo en los sectores inferiores. Tras encadenar a la chica a unas ventanillas metálicas de ventilación cerca del suelo, por si se le ocurría juguetear con los robots después de recuperar la consciencia, fue inmediatamente a comprobarlo y a buscar medicinas.

La espaciosa enfermería resultó estar decentemente decorada, lo que no era de extrañar para una instalación antaño vinculada a la investigación y luego al gobierno y a los prisioneros. Sin embargo, le sorprendió que se mantuviera a una persona viva en una cápsula frigorífica destinada a los difuntos. Se sorprendió al descubrir que no se trataba de un humano, sino de Sinaj. De alguna manera, seguía vivo. Los robots habían tenido que meterlo aquí a instancias del operador que había encontrado muerto al jaguar humanoide. Forkis también lo pensó cuando el guardia le había disparado.

Sinaj había tenido mucha suerte: los empleados podrían haber arrojado su «cadáver» fuera del edificio a una temperatura extremadamente baja.

Los jaguares humanoides estaban adaptados al clima cálido, y solo toleraban un frío moderado en los trópicos; si Forkis hubiera aparecido al menos un cuarto de hora más tarde, Sinaj habría muerto esta vez con toda seguridad. Sin embargo, por otro lado, la reducción de la temperatura había ayudado a detener la hemorragia de varias heridas profundas.

Los robots no estaban diseñados para atacar a las personas, la distancia entre los proyectiles disparados era considerable. La máquina debía de estar disparando a Sinaj con la mira colocada exactamente en el centro del cuerpo, por eso no le habían dado en los órganos, sino en los laterales del torso y las piernas. La bala también rozó su cabeza, sin incrustarse en el cráneo.

Forkis sacó al onkalot de la nevera y curó todas sus heridas, y lo puso en coma farmacológico. Seguía teniendo mal aspecto, Sinaj necesitaba una transfusión de sangre urgentemente, y el emperador solo encontró sangre humana en las neveras. Aprovechó y se bebió un litro. En un centro médico kiritiano, en un cuarto de hora se habría podido producir la cantidad necesaria de sangre artificial con idénticas propiedades químicas y biológicas a la de Sinaj, pero por desgracia Forkis no podía utilizar los privilegios de la medicina avanzada de los inmortales. Así que dejó al onkalot en la enfermería, ya que no podía hacer nada más por él.

Volvió al almacén a por los zapatos, luego fue al comedor, esta vez para comprobar con tranquilidad que tras el cañonazo no estaba disponible.

Volvió a la sala de control.

Liberada de la cadena, Mirella recobró la conciencia y sollozó no ya por el dolor, porque le habían dado un analgésico, sino por el recuerdo del terrible daño. Tan increíble, tan difícil de comprender.

—¿Por qué lloriqueas? —Forkis se giró con su silla, dejando de intentar establecer contacto con los kiritianos—. Ya no te duele.

La muchacha fue incapaz de mirar los huesos ensangrentados y desprovistos de carne, que yacían a su lado en el panel de control. No había rastro de su mano: Forkis se la había comido junto con las falanges. Cuando, accidentalmente, echó un vistazo a este lugar, viendo incluso un poco de más, bajó inmediatamente la mirada con horror.

—Tú... te comiste mi mano —balbuceó. No dejaba de agarrarse la herida ennegrecida y se esforzaba por no mirarla tampoco.

—¿Y? —Forkis terminó de mordisquear unos cacahuetes que había encontrado en un cajón.

No podía creer lo que estaba escuchando. En su realidad, ya se había convertido en una lisiada. Aunque era posible reconstruir un miembro cultivando tejido a partir de células madre modificadas, el procedimiento estaba más allá de su capacidad financiera. Sin embargo, para Forkis, que disfrutaba de la moderna tecnología kiritiana, tal procedimiento duraba un momento y todos los achijes podían beneficiarse de él. Como luchador que lidia constantemente con lesiones físicas, no entendía el sufrimiento de la chica y su falta de resistencia a las molestias temporales.

—Hagamos un trato.

Se agachó, juntó las manos entre las piernas abiertas y centró toda su atención en Mirella. En el estado en el que aún se encontraba, no pudo sacar ninguna información de su mente, porque ella estaba concentrada solo en el sufrimiento y en referirse a Forkis como todos los sinónimos de despreciable y psicópata. Así que seguía sin saber hasta qué punto estaba involucrada en la conspiración para secuestrarlo, pero tampoco tenía motivos para ser amable con ella. Continuó:

—Ahora te concentrarás cuidadosamente; te haré preguntas y las responderás con sinceridad. Pero nada de evasivas, porque captaré cualquier mentira y entonces querré alcanzar el resto de tu cuerpo.

El miedo al pánico apareció de inmediato, devolviendo a la chica a un estado de plena sobriedad con más eficacia que las súplicas que muchos no tomaron en serio. Para que el efecto fuera completo, era necesario añadir un premio. Continuó:

—Si cooperas conmigo y resulta que no tomaste parte activa en el secuestro, recrearé tu mano hasta el último tatuaje, pelo y lunar, te sacaré de aquí y te dejaré donde quieras. Sin embargo, no se te permitirá contar absolutamente a nadie lo que has presenciado aquí. Probablemente los kiritianos sigan manteniendo en secreto mi desaparición. No quedaré bien parado en el Zodiac si mi secuestro y posterior tortura salen a la luz. —Forkis se apoyó en el reposacabezas—. No creo que tenga que informarte que, si me haces algún tipo de daño, te encontraré y ya sabes lo que te haré entonces.

Instintivamente, Mirella miró los huesos y se sintió a punto de desmayarse de nuevo.

—Desde el principio, entonces —dijo Forkis—. Dime quién es Laureta y cómo he llegado hasta aquí.

***

Estaba seguro de que se enteraría de mucho más, pero la prostituta resultó ser de la misma categoría que Zimba y sus mercenarios. Ella no había sabido nada de la acción, solo le habían dicho que se encargara de una pequeña pieza del rompecabezas. Pero los rostros recordados y sin nombre de la mente de Mirella eran todo lo que Forkis necesitaba.

Consiguió conectar con los kiritianos que seguían cerca de Provelkava. Como había supuesto, ningún forastero se había enterado de que el emperador de los inmortales había desaparecido, ni tenía idea de por qué los escuadrones kiritianos seguían apostados en las afueras de la ciudad. Los achijes lo buscaban meticulosamente, aterrorizando a quien fuera necesario.

Gracias a los interrogatorios y a las notas geodésicas y geológicas de los archivos de la ciudad, encontraron túneles naturales bajo tierra, con materiales biológicos frescos en ellos, así como rastros de máquinas que pasaban por allí. Se abandonaron las búsquedas posteriores cuando Forkis se puso en contacto con sus subordinados.

—No, estoy bien, solo consigue que alguien me recoja —transmitió lacónicamente el cansado Forkis al preocupado Kiret, que acababa de llegar al planeta—. Consigue también un paramédico con equipo, haremos sangre sintética y recrearemos una extremidad. Ninguna es para mí. Además, el equipo con nucloindectores sensibles, que aseguren todos los rastros biológicos. Ah, y traigan mucha comida. La cocina en el Laboratorio Procent es horrible.

***

Muchos habitantes de Próxima E miraban ansiosos al cielo mientras los escuadrones del lugar cercano a Provelkava se unían en órbita con las siguientes naves surgidas del subespacio.

Como había prometido, Forkis se llevó a Mirella del norte, reconstruyó su brazo (nadie se atrevió a preguntar qué había pasado allí; el emperador se deshizo de los huesos antes de que los achijes aterrizaran en el puesto de avanzada) y soltó ostentosamente a la chica de la corbeta en la ciudad. Después de semejante espectáculo, nadie debía burlarse de ella, probablemente le sería más fácil encontrar un trabajo mejor. Ella pertenecía a esa clase de tímidos cuya memoria no necesitaba ser borrada.

Sinaj vivió para ver la llegada de los kiritianos. Se sometió a una transfusión con éxito, y luego se repararon todos los daños de su cuerpo, excepto la pérdida parcial de memoria permanente. A

Forkis le pareció incluso algo bueno: el onkalot había olvidado el secreto del emperador y que en realidad no había querido abandonar el Laboratorio Procent. En cambio, recordaba a Chulimal y su secuestro, y que entonces, de la nada, habían aparecido los inmortales. Entonces, los asoció con los secuestradores y los odió. Sin entender el favor de Forkis, pero tampoco con la intención de insistir en ello, ordenó transportarlo a los bosques de H14.

A bordo de la corbeta que ya estaba en el espacio, un técnico médico emparejó el cerebro de Forkis con un caprípode para que pudiera dibujar mentalmente los retratos de las personas de las que le había hablado Mirella. A continuación, los buscó en una base de datos central y secreta donde había un censo de todas las personas, excepto las de nacimiento no registrado.

—Laureta Pérez. Es esa zorra —señaló Forkis con un dedo la imagen de una mujer en una pantalla holográfica en la que aparecían líneas de datos. Kiret Biffter, el capitán Milles, el comandante Ivester y varios otros oficiales también asistieron a la reunión. El cabo Víctor Shane y Rasmus Darkoris hacían guardia en la entrada del puente—. Hay acuerdo con los rastros encontrados en los túneles bajo la ciudad, así como con los del Laboratorio Procent. También vi dos hombres lobo de la élite de Provelkava.

—Y Laureta fue contactada interplanetariamente por otro de los torturadores —completó Necron—. Para mi gusto, lo hizo deliberadamente para que quedara atrapada en un pozo negro como los demás. Es posible que pensara que ella se había lavado y escapado del norte, trasladando toda la responsabilidad al resto. Y la mujer no es una cualquiera: es una gurú de una de las fracciones más avanzadas de licántropos, rica gracias a sus seguidores.

—Por lo tanto —continuó—, tenía el dinero para alquilar las instalaciones y pagar a los mercenarios para que el personal humano permanente del Laboratorio Procent no estuviera involucrado. Laureta solo estaba segura de Sephiroth y Sinaj, pero nadie consideró que el jaguar humanoide estaría dispuesto a ayudarme. Algunos detalles de ese evento, naturalmente, se los guardó para sí.

—¿Pero qué quería ella de usted, señor? —Milles quería saber.

—No lo sé, pero lo averiguaré. Probablemente ya sabe por Zimba que el plan fracasó y ahora, temiendo por su pellejo, tratará de esconderse bien.

—¿Y qué hay de esos mercenarios, señor? —Preguntó Ivester.

—Son inofensivos. Ordinarios perros de guerra, que aceptan hacer cualquier cosa por dinero. De todos modos, por ahora no quiero buscarlos, vamos a tratar con el pez gordo primero. Necron, así que ahora muestra el resto.

Laureta fue sustituida por el señor Tisamo y Casijo.

—El primero es oficialmente un industrial, extraoficialmente es un criminal de Próxima Centauri e, involucrado en el comercio ilegal y el contrabando de tecnologías no registradas en la Vieja Zona. El segundo hombre también está relacionado con el entorno criminal. Compró una prisión estatal en ruinas, y antes de eso, un laboratorio. En privado, cada uno puede tener allí a sus enemigos y hacer con ellos lo que quiera.

—¿Tienen conexiones con los calvarianos? —Forkis prefería mantener una relación razonablemente buena con los gánsteres de allí, pero solo por los numerosos beneficios. En definitiva, hizo una pregunta innecesaria. Porque, como no conocía a esas personas, debían ser irrelevantes.

Kiret solo confirmó sus suposiciones, hojeando los siguientes datos:

—No, Tisamo y Casijo están asociados solo a los planetas y lunas de la Vieja Zona. En comparación con los calvarianos, son actores muy pequeños.

—Entonces los destrozaremos a los dos —decidió inmediatamente Forkis. Para él, las mejores soluciones siempre habían sido las más sencillas—. Asaltaremos su cuartel general de inmediato; mataremos a sus familias y a sus allegados. Tenemos que recordar a los oderses de vez en cuando de lo que somos capaces.

Durante solo medio segundo, Kiret demostró con el ceño fruncido que sentía consternación. En el pasado, no había rehuido las soluciones de fuerza, cuando no se podía conseguir nada de otra manera, pero con la creación del imperio estable, prefería que los kiritianos manejaran los asuntos de forma más sofisticada. Éstas eran las normas de la civilización; ningún poder se basaba en la violencia sin cesar. Por supuesto, había excepciones, como Velkee Warfighter, que habría apoyado de buen grado la idea de Forkis, pero el general, por suerte, no asistió a esta reunión íntima que no podía llamarse reunión informativa.

—¿Puedo sugerir una solución alternativa? —Preguntó.

—Habla. —Forkis siempre estaba dispuesto a escuchar las ideas del segundo dignatario galáctico, ya que tenía un enfoque diferente de los asuntos.

—Vamos a organizar una pequeña maquinación. Si tenemos éxito, los bandidos nos ahorrarán problemas y se lanzarán al cuello.

—Yo simplemente los ejecutaría. No sé por qué quieres ocultarte en las sombras.

—Será rápido.

A Forkis no le gustó la idea pacifista de Kiret. Más de una vez se preguntó si era una buena idea nombrar a Biffter como su posible sucesor, aunque fuera el que más tiempo llevaba entre los kiritianos. «Que aprenda algo de este viaje», pensó, «ya que vino de una parte tan lejana de la galaxia prácticamente en vano».

—Muy bien, son tuyos, y a tu manera. Me gustaría ocuparme de Laureta lo antes posible. Pero, a mi manera. Supongo, Kiret, que tu manera no nos hará perder el tiempo.

Biffter sonrió socarronamente en respuesta.

***

Casijo sabía que se había acabado. El plan, sobre el que había dudado desde el principio, resultó ser un fracaso. Y, sin embargo, su maldita alma de apostador le había hecho participar en el alocado juego de Laureta, porque las posibilidades de éxito habían sido altas. Además, el alquiler del Laboratorio Procent sumaba puntos a su cuenta, que ya era abultada, pero siempre se podía tener más.

Zimba fue lo suficientemente razonable como para no ponerse en contacto con él electrónicamente, sino para enviar a Eric en el transportador para que describiera lo sucedido. Forkis escapó, y Casijo sería la primera persona a la que recurrirían los kiritianos, ya que era el dueño oficial de la instalación. Todos los días miraba con ansiedad hacia la órbita en la que estaban las naves de los infectados, y nadie sabía para qué estaban allí ni por qué no partían. Era como si hubieran estado esperando algo. ¿Tal vez lo excluyeron del círculo de sospechosos?

La paciencia no era el fuerte de Forkis. Cuando tenía cierta información, actuaba de inmediato, pero hasta el momento nadie había acudido a Casijo ni había intentado ponerse en contacto con él. La incertidumbre era abrumadora.

Decidió no tomar ninguna medida de protección, sino actuar con normalidad en una de sus villas de Próxima E, porque escapar habría sido inútil de todos modos. Y seguramente en el caso de los kiritianos, tarde o temprano, le habrían encontrado, aunque hubiera ido a Andrómeda, sería especialmente sospechoso.

—Cariño, ¿por qué estás tan pensativo? —La joven quinta esposa, acostada en la cama con él, jugaba con su cabello rizado con una expresión de preocupación en su rostro—. Veo que te has olvidado otra vez.

—¿Sobre qué, cariño?

—Se suponía que tenía que ir a un viaje de chicas y ver el monte Olimpo. Es la montaña más alta del sistema solar.

—Cumpliré mi palabra. —Casijo le besó la frente. Iba a volver a ser lo mismo. La anterior esposa, a la que había echado, al principio también había sido hermosa y le había asegurado su amor… le salía más barato pagar cinco buenas putas al mes.

Estiró el brazo hacia un tocador y buscó el holonot, queriendo transferir unos miles de uinales para el viaje a esta vampira chupamedias.

Al cabo de un minuto, se sentó como si le hubieran atado con una cuerda tendida, y tiró hacia delante con gran fuerza. Pensó que se trataba de un error en el banco, pero en la segunda y en la tercera, ¡era exactamente lo mismo! No solo había desaparecido el dinero, sino también las reservas de su mineral. No podía pagar nada ni siquiera con la firma de la sangre, el ADN, los dermatoglifos o los escaneos de la retina del ojo. ¡De ninguna manera!

Nervioso, salió a la terraza, ignorando a los guardaespaldas androides que se paseaban por el jardín. Inmediatamente se puso en contacto con su primer banco, donde al parecer se había pagado a sí mismo todos los uinales. Cuando le enviaron el recibo de la transferencia bancaria, resultó que se había hecho para su residencia en una ciudad a tres mil kilómetros de distancia. Pero Casijo no era propietario de ningún inmueble allí.

Al cabo de unas horas, los hombres del gánster no solo descubrieron que la casa de campo pertenecía al hijo de uno de los restauradores de maquinaria agrícola, sino que también se enteraron de que su padre tenía un asunto pendiente con lord Tisamo.

—¿Y ese tonto pensó que no lo descubriría? —Gruñó para sí mismo.

Casijo y lord Tisamo se conocían del mundo criminal, pero no eran amigos. La acción con Forkis era la única que habían tenido que afrontar juntos. Casijo llegó a la conclusión de que Tisamo probablemente había pensado que era un hombre muerto y había decidido apropiarse de su fortuna. Quizá se había llevado bien con los kiritianos. O con Laureta, que, como gurú de la secta, supuestamente había tenido que volar a Calcaris para evitar una guerra civil entre los dos clanes de licántropos.

Una cosa era segura: este jabalí tenía que pagar por un robo tan audaz.

***

Concertó una cita con lord Tisamo para una conversación de negocios casual, diciendo que le hubiera gustado cooperar con él. Extrañamente, el lord también declaró que solo pensaba reunirse con él.

Al anochecer, dos grupos de varias personas se reunieron en una pequeña ciudad estéril de alta tecnología, donde predominaban las luces azules. Se sentaron en una mesa exterior de una cafetería; había vehículos volando y mucha gente moviéndose de un lado a otro. No tenía sentido comprobar la seguridad de las armas de los demás, porque siempre había alguien contrabandeando algo o poniendo a su hombre armado a una distancia segura.

La conversación, con alusiones y falsas sonrisas, se convirtió rápidamente en puñetazos dignos de asesinos.

Primero atacó a un androide, que era uno de los guardaespaldas de lord Tisamo, con un movimiento parco de su brazo, disparando un arma pequeña y sin voz al cuello de Casijo.

—Esto es por secuestrar y matar a mi hermano —dijo fríamente el señor, con los ojos no menos fríos cuando el matón que escupía sangre cayó sobre la mesa.

Segundos después, el señor fue asesinado a tiros por el hombre de Casijo, sentado en un postre en un restaurante al otro lado de la plaza.

—Y eso por la apropiación indebida de bienes ajenos —alcanzó a decir Casijo.

Uno de los transeúntes se dio cuenta de que había habido una batalla de bandas en la plaza y empezó a gritar. Otras personas se unieron masivamente al toque de clarín al aflorar el instinto de manada.

Perdiendo el contacto con la realidad, Casijo no logró establecer a qué hermano se refería el lord. Como él, nunca había oído hablar de ninguno.

***

Laureta Pérez estaba furiosa con Casijo por comunicarse con ella de forma interplanetaria. La señal que portaban los satélites llamados intermediarios, situados en el espacio del Universum, para los kiritianos era como una flecha luminosa que se extendía por el cosmos y terminaba con la inscripción «Aquí está el organizador del ataque». Al menos una cosa buena fue que cuando Forkis se liberó, Laureta estaba a varios cientos de años luz de Próxima E. A menos que el emperador ya hubiera despachado las unidades más cercanas al planeta, tuvo tiempo de reaccionar.

Que los inmortales empezarían a husmear en Calcaris era tan cierto como que tarde o temprano darían con cualquiera que hubiera participado en el secuestro. Laureta tuvo que desaparecer y creer en un milagro. Por la información recopilada sobre Forkis, supo que por una razón indefinida evitaba el planeta H14, lo que se explicaba oficialmente con la naturaleza chulimal a punto de recuperarse. Cuando, tras exterminar a los jaguares humanoides, los colonos se habían arraigado allí y habían creado metrópolis, habían empezado a ocurrir cosas extrañas.

Incluso se había hablado de una maldición de onkalot. Los humanos habían sido diezmados por catástrofes naturales y plagas desconocidas hasta entonces, incluso había ocurrido que la comunicación con la ciudad se había interrumpido repentinamente, y cuando los humanos volaron al lugar, no se había encontrado ningún habitante.

Al parecer, antes había ocurrido algo parecido con los jaguares: algunas tribus habían desaparecido de repente, dejando casas, pirámides y herramientas, y la selva había devorado otros rastros de civilización. El ataque de los kiritianos, fruto del odio y la posibilidad de competencia, había resultado ser el más grave para las colonias terrestres.

Las ciudades se habían extinguido, quienes habían sobrevivido se habían trasladado fuera de H14 o habían comenzado a dedicarse a profesiones mundanas que no habían atraído la atención de los usurpadores. Los pueblos y las granjas autosuficientes habían proliferado, el comercio orbital también había florecido.

Ya ajenos a la futura amenaza de estos pueblos apolíticos, los kiritianos habían dejado de acudir a Chulimal, todo lo contrario que los saqueadores y cazadores de tesoros que habían creído en la existencia de artefactos y objetos de valor ocultos de onkalot.

En H14 también habían anidado licántropos primitivos que querían vivir en la naturaleza en los bosques, y eran ellos los que ahora interesaban a Laureta. Ella asumiría fácilmente la soberanía sobre ellos como gurú de la casta superior, esperaría escondida y pensaría qué hacer a continuación en el caso de Forkis.

Después de seleccionar un puñado de ayudantes licántropos, fletó en secreto un transportador que no estuviera en un registro de máquinas que salieran de Calcaris.

Volar en la atmósfera del H14 asilvestrado, sin que nadie lo vigile, no debería haber sido un problema.

***

Después de arreglar el asunto con los gánsteres, el emperador decidió ir primero a H14 y dejar allí a Sinaj a su gusto. Canceló algunas de las naves secundarias.

Forkis había evitado el planeta desde que lo abandonó con el equipo de construcción con el que luego había llegado a la tierra. Había demasiados monstruos personales de su pasado en Chulimal. Confiaba a su gente todas las misiones de reconocimiento destinadas a buscar cambios sospechosos y actividad de los enemigos. Sin embargo, no había enviado ninguna patrulla al planeta durante décadas, ya que Chulimal parecía estar estable.

Cuando los kiritianos salieron del último salto subespacial y se encontraron a varias horas de un vuelo tradicional del planeta, el capitán Milles captó en la zona una actividad electrónica no identificada que se dispersó rápidamente. Algo con lo que no se habían enfrentado antes. El fenómeno era el más cercano a la localización de nuevos tipos de máquinas en el espacio exoatmosférico. Las tripulaciones del escuadrón permanecieron vigilantes, pero las firmas electrónicas no se repitieron.

La entrada en la atmósfera fue suave. Las máquinas sobrevolaron las selvas del ecuador hasta el lugar indicado por el emperador. Los kiritianos pasaban a veces por granjas y pueblos solitarios en los que sus habitantes vivían momentos de terror. El planeta había cambiado mucho desde que la mayoría de los colonos habían desaparecido de él. Volvió a tomar su carácter original, los rastros de ambas civilizaciones fueron absorbidos casi por completo por la naturaleza. «Tal vez eso sea algo bueno», pensó Forkis, en silencio, sentimentalmente, mirando la borrosa copa de los árboles a través de la cubierta de la cabina.

La ciudad de Che'ab'aj, como se llamaba también la tribu de Sinaj, corrió la misma suerte que el resto del legado de jaguares humanoides. Las casas hacía tiempo que habían caído en la decadencia o habían sido derribadas, y solo quedaba una parte de un camino con la hierba hasta la cintura, así como una pirámide cubierta de musgo y hiedra.

A Sinaj, sin embargo, no pareció importarle tal imagen de destrucción, al menos intentó no mostrar sus sentimientos ante los kiritianos. Había sabido de antemano lo que podía encontrar allí. Cuando lo soltaron de la corbeta tras el aterrizaje, se internó en el bosque sin mediar palabra y sin mirar atrás.

Forkis suspiró; eso es todo. Esperaba que Sinaj se las arreglara de alguna manera, ya que había rechazado cualquier ayuda y había prohibido a los kiritianos que lo buscaran. Para él, Forkis solo era un hombre malo, como el resto.

Aprovechando la oportunidad, el emperador se armó de valor y decidió ir a otro lugar, solo. Únicamente aceptó ir acompañado de un orbe de guardia. Salvo por los animales, la zona estaba desierta de todos modos.

Cuando la corbeta y la escolta se asentaron en la región designada, se subió a su Firley y sobrevoló un poco.

Llegó a Chiq'aq, el Lugar del Fuego.

El pulso de Forkis se aceleró, como si hubiera corrido este tramo desde la nave, y no volado a unos metros del suelo.

La vista natural primigenia le calmó ligeramente los nervios, además numerosos pájaros piaron con despreocupación. El orbe giraba en el aire. Como en el caso de Che'ab'aj, también aquí prácticamente solo quedaba la pirámide, y el resto de la ciudad había sido devorada por la erosión, la tierra y la vegetación. En la antigua plaza, crecían árboles de decenas de metros de altura.

No había rastro de los huesos de los habitantes asesinados, lo que supuso un extraño alivio para el emperador. Supuso que se habían disuelto o que alguien había limpiado en Chiq'aq, quizá algunos jaguares humanoides supervivientes o un grupo de ellos. Forkis se preguntó si podría haber sido Q'ualel. Nunca se habían visto después de aquella pelea; es posible que el jaguar humanoide llevara mucho tiempo muerto.

Su sombría contemplación fue interrumpida por la señal de su PDA.

—¿Puedo, señor? —Era Milles.

—Te escucho.

—Los orbes espías liberados en el campo detectaron nueva actividad.

—Detalles.

—Hay mucha gente en una de las ruinas, algunos vehículos civiles están estacionados cerca. Parece una reunión de gente local, solo que algunos han venido de lejos, porque no hay muchas máquinas.

—Gracias, Milles. Volveré a verte pronto. ¿Sabemos el nombre de estas ruinas?

—Sí —El capitán se detuvo unos segundos para pronunciar correctamente la extraña palabra onkalot—: Este es el templo de Ajb'atenaja.

***

Un escáner biológico y físico de la sonda camuflada proporcionó otro dato increíble: Laureta Pérez estaba en Ajb'atenaja.

Después de que Forkis regresara a bordo, los kiritianos volaron allí inmediatamente.

Otro de los templos que quedaron se diferenciaba de la mayoría de las construcciones clásicas. No era una pirámide con una simple disposición de pasillos, sino un gran complejo geopolítico lleno de salas y pasillos, construido sin cuidar la simetría y el orden. En el patio se habían conservado en buen estado las estatuas que representaban a achijes y sacerdotes de jaguares humanoides, así como los cuencos que rodeaban el camino que conducía a las escaleras de la entrada principal.

En algunos había fuego, que consumía el musgo y la madera de alrededor. Forkis pensó que el fuego artificial kiritiano de los generadores habría quedado bien en ellos.

—Revisemos este lugar —ordenó.

Mientras buscaban la zona de aterrizaje, los licántropos miraban atónitos al cielo desde el patio, otros comenzaron a salir de Ajb'atenaja. Eran representantes de una facción de una secta satánica, una pesadilla desmoralizada de los lugareños que tenían que proteger constantemente sus granjas de ellos. La mayoría de ellos parecían saqueadores con pieles y harapos. Estaban lejos de ser licántropos educados, gentiles y ricos que vivían en grandes ciudades de otros planetas.

Forkis vio en un primer plano a los mismos dos hombres lobo que había visto en Provelkava Grihorsk. Así pues, tenía una prueba más de que Laureta debía haber asistido a la asamblea local.

Al no encontrar un lugar de aterrizaje adecuado, soltaron un hiperdrónico logístico con un cañón de disparo para despejar un cuadrado de tierra hasta el suelo. Forkis con unos cuantos equipos achij llegaron al templo, los licántropos los miraron un poco como los indios en su día a Colón y su séquito. Casi todos estaban borrachos o drogados, paradójicamente era posible hablar con lógica no con los humanos, sino con los dos hombres lobo que custodiaban el complejo.

Resultó que en Ajb'atenaya había una especie de orgía colectiva, como una versión primitiva del harroweeng, en la que los estimulantes no faltarón.

—Entonces, señor. ¿Arruinamos la fiesta o nos mezclamos? —Preguntó en broma el cabo Darkoris.

—Yo me infiltraría sin problema —respondió juguetonamente el soldado Seymour, que por alguna razón estaba en el equipo de Kiret que volaba para ayudar a Provelkava Grihorsk.

Forkis miró con desgana el edificio. Definitivamente no era una idea seria y sensata, pero ya estaba aceptando que las ejecuciones solían ir acompañadas de un entretenimiento anormal.

***

Confiando en su seguridad, además de querer desestresarse entre una banda de salvajes, Laureta empezó a beber un licor verde oscuro hecho con un cactus local. Vaso tras vaso. Entre comida, fuego y estimulantes, los licántropos bailaban y hacían el amor en una gran sala del templo, mientras ella se sentaba en uno de los tronos de piedra de los antiguos sumos sacerdotes onkalot.

Estaba bastante borracha cuando los kiritianos se presentaron en Ajb'atenaja, pero todavía lo suficientemente sobria como para no confundir la información sobre su llegada con un delirio de embriaguez. El alcohol hizo que el miedo que debería haber sentido en ese momento apenas ardiera en su mente. Incluso cuando Forkis entró en la sala, con el casco abierto y rodeado de sus achijes, dejando la sala en silencio.

Miró fijamente a la mujer, completamente ajeno a su presencia, sonrió con desagrado y cruzó los brazos sobre el pecho. Laureta se levantó, sosteniendo una botella con líquido. Sin pensar con demasiada lógica, tambaleándose, se dirigió hacia el pasillo que conducía a una de las salidas laterales de Ajb'atenaya, queriendo escapar hacia el bosque. Forkis se quedó de pie y se limitó a observarla.

Al cabo de unos minutos vio el cielo que se oscurecía y la estrella K'ajolom.

—Buenas noches —el soldado Kazuo Shimizu hizo una reverencia—. ¿A dónde vamos? —Preguntó uno de los dos guardias que custodiaban la salida. La serenidad en las palabras era evidente, pues Pérez vio una inquietante diversión en sus ojos.

—La selva es muy peligrosa por la noche —dijo su compañero, pero con palabras teñidas de sarcasmo.

Se dio cuenta de que los guardias no la dejarían pasar, sabiendo algo que solo podía suponer.

Tampoco la detuvieron cuando se retiraba al interior del edificio, permaneciendo en sus puestos. Laureta quiso utilizar otra salida, pero la situación con los guardias se repitió. Y no vio a ningún licántropo.

Forkis había colocado sus achijes alrededor de todo el complejo del templo con antelación.

La mujer no tuvo más remedio que enfrentarse a él.

Todavía con la botella en la mano, volvió a la sala principal. Forkis ya se había sentado despreocupadamente en su trono y golpeaba con los dedos el reposacabezas, sobre el que echó el brazo. Los suyos se mezclaron con los licántropos al unirse a la fiesta. Los sectarios no sabían la razón por la que Laureta estaba en Chulimal, así que pensaron que la presencia de los inmortales era idea suya, y por eso no mostraron ninguna intención hostil hacia ellos. De todos modos, a los borrachos no les importó la compañía.

Forkis seguía a Laureta con la mirada de la misma manera que antes mientras ella se acercaba a él.

—Este es mi trono —dijo—. Siéntate en el más pequeño.

La miró con seriedad, jugando con sus dedos hasta que en su rostro apareció una sonrisa socarrona.

—¿No vas a dar algo de beber a un invitado tan importante? —Preguntó afectuoso. Al igual que ella, prefirió una charla burlona, a una pistola para acabar rápidamente con el asunto. Sin embargo, tenía otra cosa planeada para Laureta.

Levantó ligeramente la botella, el kiritiano la cogió con firmeza y la vació rápidamente, para luego arrojarla a las piedras del suelo. Estaba hecha de una estructura biodegradable producida por ciertas bacterias, por lo que no se rompió, sino que rodó hacia el pasillo con un estruendo que se desvaneció en el tumulto del entorno.

La situación era demasiado tensa. Laureta tuvo que beber más para no pensar en nada, especialmente en lo jodida que estaba. Se acercó a la mesa, tomó una copa grande y vertió en ella todo el contenido de una garrafa transparente. Y luego comenzó a verter el líquido en ella misma.

Forkis también aprovechó los beneficios obtenidos de una amplia gama de flora local.

—¿Qué quieres? —Murmuró Pérez mientras el borracho Forkis volvía a ocupar su trono, y ella se balanceaba de lado a lado junto a él como una planta de lago en la corriente del fondo. Miró a su alrededor y se dio cuenta, medio inconscientemente, de que el emperador estaba constantemente vigilado por los achijes, sin quitarle la vista. Probablemente también la vigilaban a ella.

—¿Qué clase de pregunta es esa? He venido a pasar un buen rato. Así que espero que me satisfagas adecuadamente.

Esto era lo que ella conocía, era bastante bonita y no dudaba en usarlo para manipular a los humanos. A veces lo hacía incluso con los androides. Conseguía lo que quería y nublaba completamente el pensamiento lógico de los demás. Pero, no era capaz de manipular a Forkis. Por otro lado, él no podía sondear su mente ya que estaba bastante borracho.

Sonriendo seductoramente, se sentó a horcajadas sobre el regazo del kiritiano, puso las manos sobre sus hombros y le dio un beso firme e imperioso. Odiaba a Forkis, quería matarlo, pero también quería averiguar hasta qué punto era cierto el rumor de que él era la realización de los sueños eróticos de toda mujer. De todos modos, ¿qué mujer no habría estado tentada de aprovechar la oportunidad, teniendo a su disposición al mismísimo emperador de los inmortales?

Forkis la atrajo hacia él y empezó a besarla aún más fuerte, por toda la cara y el cuello, insinuando que estaba dominando el juego, que era el ganador.

Solo su boca era suficiente para hacerla temblar. El alcohol y las drogas en la sangre de Laureta tenían un efecto similar: no tenía ninguna posibilidad de ganar contra estos tres poderosos reyes. Sucumbió a la oscura tentación.

Las luchas sensuales de dos asesinos que se odian no eran frecuentes.

Forkis la desnudó parcialmente por encima de la cintura y comenzó a acariciar su acalorado cuerpo, principalmente con la lengua.

En un momento dado, Laureta, con ganas de más, miró con una sonrisa sus ojos con una expresión similar. Alcanzó el alcohol de la gran provisión que habían dispuesto en la mesa junto a ella, y para la próxima vez dio unos cuantos tragos abundantes, vertiendo la mayor parte del líquido sobre sí misma y el kiritiano.

Entonces, se desvaneció por completo con su memoria.

***

Solo se recuperó en la cama, tumbada en ella con Forkis. Solo llevaba una bata blanca, pero el kiritiano conservaba parte de la armadura, mientras el resto daba vueltas por la habitación, como si la hubiera desechado a toda prisa. Laureta se dio cuenta de que estaba en una de las habitaciones privadas de la parte trasera del complejo, separada del pasillo por una pantalla de fibra sintética.

En un brasero funcionaba un generador de fuego artificial de un color naranja excesivamente intenso.

Probablemente estaban solos allí, pero cuando la mujer miró el hueco que había bajo la cubierta de la entrada, estuvo convencida de ver unas manos que se retiraron rápidamente.

El alcohol debe haber hecho estragos en su mente.

—Oh, ya has vuelto a mí. Muy bien. Así que podemos pasar a la siguiente etapa —dijo Forkis en su barítono, apoyando su brazo en el pecho de ella, y su cabeza en él. Él también tenía resaca, pero a diferencia de Laureta, era capaz de formar frases inteligibles en su estado—. Me sorprende mucho que hayas decidido venir aquí con nosotros. Es como si una oveja se juntara con lobos.

—Espera, ¿volver? ¿Qué pasó aquí?

La claridad mental empezó a abrirse paso rápidamente en su destrozado ser, como si le hubieran dado una droga para neutralizar todos los estimulantes. Y ciertamente se había metido un montón. Era posible que Forkis delirara y confundiera a Laureta con alguna otra puta. Su memoria empezó a volver, revelando hechos aterradores como si estuvieran ocultos tras una cortina.

Los kiritianos la encontraron.

Y al parecer, decidieron tomarse su tiempo con sus planes.

Mientras tanto, ¡empezó a coquetear con Forkis!

—Entonces, ¿me dirás por qué querías matarme? ¿Por qué me odias tan enfermizamente? —Preguntó congraciado, aunque con una mirada fría.

Sabía que las bromas y el tiempo de relajación patológica habían terminado. Ahora llegaba el momento de lo concreto y de poner todas las cartas sobre la mesa.

—¿Recuerdas el pueblo del Paso de Dharsa? —Ella no tuvo dudas en contar su historia:

***

Mi abuela era una niña entonces, ordenaste que la llevaran a bordo de tu nave con el resto de los niños. Ella vio cómo ejecutaban a su familia por orden tuya. Cuando resultó que no cumplía los requisitos para ser kiritiana, la entregaste al orfanato. Se suponía que iba a ir con una familia de acogida, pero de hecho, se la llevó un chulo y acabó siendo una puta en un burdel. Toda su vida fue un infierno, al igual que la de mi madre, a la que mi abuela dio a luz a los ochenta y tres años; ella también se convirtió en prostituta.

Las dos sufrieron, les consumía su odio hacia ti, pero también eran demasiado pasivas y delicadas para hacer algo más que hundirse en el arrepentimiento. Odiaban su destino no menos que a ti, pero no tomaron ninguna medida para mejorar la situación. Solo yo me atreví a hacerlo, quise realizar esta venganza generacional.

Soy una mujer de acción, malvada y cruel, gané poder y riqueza, y cuando estuve lista para actuar, comencé los preparativos para vengar a mi familia. Casi hice lo imposible, pero ese estúpido gato y los mercenarios lo arruinaron. Si no hubiera escapado...

***

Se sorprendió cuando Forkis solo sonrió a medias.

—Así que, venganza. Lo entiendo perfectamente.

Ella esperaba que todo oscilara entre la ira y la tortura, ¡pero no que él la besara! Lo hizo de una manera que ella ya conocía, como si fuera a absorberla a través de su boca, convirtiendo a Laureta en algo parecido a una llama que se arrastra, pero más roja. Ella no pudo aguantar más.

Ella le atacó, deseando más y queriendo posponer el momento del juicio lo más posible. Forkis lo había hecho más de una vez: primero se entregaba a un juego sensual con la víctima y luego la mataba.

Comenzaron a jugar apasionadamente entre ellos, como entonces en la cámara entre los achijes y los licántropos.

Maldita sea, ¿qué debería haber hecho ahora? ¡¿Cómo pudo ocurrir tal coincidencia?! Era imposible que Forkis la encontrara tan pronto. Probablemente fue por culpa de Casijo o de los otros que se asustaron y empezaron a delatarse entre ellos.

Ya se había dado cuenta de que huir no era posible porque todo el complejo estaba vigilado. Forkis había venido a matarla. Tenía que pensar, ¡y rápido!

— Necesito desintoxicarme —confirmó sus consideraciones anteriores—. No es adecuado castigar a alguien ebrio, ¿verdad? ¿Qué gracia tiene cuando la víctima no es plenamente consciente de lo que le ocurre? ¡Lo tengo! —Se le ocurrió algo.

Laureta se tocó el cabello y respiró aliviada cuando sus dedos palparon unas pinzas de hueso. Tres de ellas contenían agujas impregnadas de un veneno recientemente desarrollado en Próxima E. Ni siquiera los kiritianos disponían de un antídoto. Pero, una sola dosis era suficiente para matar a un hombre del peso de Forkis. Todo lo que tenía que hacer era desenroscar el tapón del adorno de aspecto primitivo.

A la mujer no le quedaba más remedio que fingir que se lo estaba pasando bien y terminar el plan iniciado en Próxima E. Después, le daba igual lo que pasara.

Miró con preocupación al kiritiano que colgaba sobre ella y que intentaba morderle la oreja. Se inclinó hacia atrás con decisión. ¿Podía leer todo lo que ella pensaba? No había señales en su rostro de que hubiera averiguado las intenciones de su víctima. ¿Quizás la habilidad de Forkis se debilitaba cuando estaba borracho?

—¿No tienes miedo? —Preguntó.

—No, Forkis —respondió ella, sonriendo seductoramente.

—Y deberías, realmente deberías. —También había una sonrisa en su cara en un tono similar, depredador.

Luego volvió a entregarse a él durante largos minutos, gritando de placer mientras él la llenaba. Se habría mentido a sí misma si hubiera dicho que esta relación no era infernalmente placentera. Aunque muy concreta, porque el comportamiento de Forkis solía ser similar al de un tigre que examina con su lengua y sus dientes a un ciervo recién cazado con el que va a jugar un rato. Laureta se sintió incómoda al recordar lo que tanto había deseado presenciar en el laboratorio de Procent.

El buen entretenimiento terminaba cuando el observador iba a experimentar, por las malas, los deseados horrores que afectaban a los terceros. Se sintió aún más aterrorizada al recordar las palabras de la promesa que Forkis había hecho mientras estaba encadenado; le había parecido tan divertido entonces. Cuando empezó a decir alguna idiotez sobre el consumo, la mujer respondió en un tono similar, continuando el juego enfermizo, manteniendo sus nervios bajo control con creciente dificultad.

Tenía que actuar primero. Solo necesitaba unos segundos.

Al girar la cabeza hacia un lado, mientras la besaban en el cuello, podría haber jurado de nuevo que veía a alguien detrás del biombo.

—Hay una chica allí —anunció.

Forkis miró hacia la salida, algo debía estar mal, porque había perdido el interés por su amante por el momento. Frunciendo el ceño, pareció forzar su mente como si hubiera estado utilizando la telepatía.

Y se aprovechó de ello.

Se sacó la horquilla del cabello, y clavó la aguja en el brazo de Forkis.

El veneno debería haber actuado inmediatamente, paralizando sus músculos en unas pocas respiraciones. Y poco después, matar al objetivo cuando fuera incapaz de respirar, menos de hablar y pedir ayuda a través del comunicador.

Pero nada de esto ocurrió.

¡Debe haber tocado la horquilla equivocada!

Sorprendido, Forkis se giró para mirar a Pérez y le inmovilizó la mano en la cama con su poderoso agarre mientras intentaba acercarse de nuevo a su cabello.

Comprendió lo que había sucedido cuando vio la aguja envuelta entre sus dedos.

Tenían mucho en común. Pensó en perdonar a Laureta por todo lo que le había hecho, rindiendo homenaje a su valor, a su fuerza y, sobre todo, a que no era indiferente a los agravios familiares de dos generaciones atrás. Habría ideado algo para que el pueblo no se enterara o lo aceptara, un dilema similar que ya había experimentado en el caso de Aytar. Forkis respetaba a las personas fuertes que no temían volar muy alto. Él podría haber arreglado su mente, a la fuerza, si ella no hubiera querido voluntariamente.

La mujer, sin embargo, firmó su sentencia de muerte.

El emperador vio en su mente al desafortunado adolescente, cuyo cuello se vio obligado a romper. No, eso era definitivamente algo que no podía perdonar.

Le clavó las mandíbulas en la garganta y, con éxito para Laureta, la mató antes de dedicarse a arrancar la carne de los huesos y beber su sangre.

***

Cuando miró, todo ensangrentado, hacia la pantalla, la vió. Una niña, aparentemente de cuatro años, muerta de miedo porque estaba pálida y tiesa. Habría sido un fenómeno si hubiera ocurrido de otra manera.

—¿De dónde salió la mocosa? —Forkis alcanzó a pensar antes de caer directamente sobre el cadáver parcialmente devorado. Con una mirada borrosa, a través del velo ensangrentado, vio que un chico mayor había venido corriendo a por la chica. Se llamaba Ania, algo que logró registrar antes de que el veneno se apoderara de su cuerpo.

***

— Dios renunció a su felicidad. Fue entre su amado pueblo, compartiendo con él penurias y fatigas —bromeó Kiret más de una vez con estas palabras, cuando actuaba como un achij común y corriente que arriesgaba su vida.

Forkis no podía hacer nada contra la educación y la mentalidad que le habían enseñado en chiq'aq. Allí, los jefes se sentaban en tronos para celebrar reuniones solemnes cuando su rango lo requería, pero en el día a día participaban activamente en la vida de la tribu, viviendo como cualquier habitante. Un gobernante solo se consideraba un verdadero gobernante cuando conocía las necesidades de su pueblo.

Cuando sabía lo que era derramar sangre, sudor y lágrimas. Y esto no se podía conseguir permaneciendo constantemente en la Casa del Jefe, que se consideraba despreciable.

Esto chocó con la actitud de las personas que tenían una visión diferente de la seguridad del autócrata.

Forkis estaba de acuerdo con Kiret sobre su atrevimiento, pero sabía perfectamente quién era, por lo que siempre se había protegido adecuadamente. Pero incluso la mejor seguridad funciona como una lotería: no pasa nada durante mucho tiempo, y de repente salen buenos números.

Tuvo la mala suerte de sacar esos números dos veces seguidas: primero el secuestro y ahora el veneno.

Decidió no informar a nadie sobre lo ocurrido en el cubículo, para que no le acusaran de que como emperador que descuidaba su seguridad. Sobre lo que había estado haciendo aquí, ni hablar. Realmente había estado seguro de que había estado completamente a salvo. Todo el templo había sido controlado por los achijes. Aparte del pasillo que se suponía que le aseguraba la intimidad, los licántropos no tenían armas que pudieran haberle hecho daño, y Laureta se había ido a la cama con él casi desnuda. A lo sumo, podía abofetearle la cara. Forkis no se habría imaginado que la horquilla de una mujer podía resultar mortal.

Estaba tumbado boca abajo en la tripa elástica y resbaladiza, con la cabeza entre la caja torácica, cuando le despertó el sonido del comunicador de la PDA. Se sentía fatal, como si el techo se le hubiera caído encima, además tenía mucha fiebre y apenas podía mantenerse consciente. Entre el crujido de los huesos y el repiqueteo de las vísceras, rodó de espaldas a su vientre, que acabó cayendo desde varias decenas de centímetros. Inmediatamente vomitó la carne humana, la sangre y los restos de su último carrusel.

—¿Qué? —Preguntó con lamentos, encendiendo su PDA. No tuvo fuerzas para apoyarse en los codos y volvió a caer al suelo, sin caer milagrosamente en su propio vómito.

Milles tomó su palabra como una expresión de insatisfacción.

—Lo siento, señor, pero esto es urgente. Sospechamos que los rebeldes enviaron niños espías a Ajb'atenaja, que debían entrar en la zona del templo en el momento del cambio de guardia. Además, volaron en un tipo de transporte desconocido. Detectamos actividad enemiga, pero solo porque retiraron temporalmente las cubiertas de sus edificios, probablemente sin esperarnos en este planeta. La oposición tiene su base en el H14, y lo que es peor, su tecnología ha avanzado considerablemente. Habíamos cometido el error de dejar de vigilarlos en este sector como un oponente amenazante. No tiene buena pinta, señor. ¿Envío todas las naves y disparo a sus posiciones?

Genial, primero nuevas variedades de venenos, desconocidos para los nanodetóxicos que circulaban por su sangre, y ahora esto. Forkis se puso las manos sobre la cara. En ese estado, no podía pensar con lógica. A pesar de que, por error de Laureta, había recibido una dosis que no amenazaba su vida y que, además, el cuerpo empezaba a eliminar, seguía sintiéndose fatal e iba a experimentar otra ronda de vómitos.

—Uno de los chicos es Beliar Drunkenstein —continuó el capitán exponiendo la situación sin recibir respuesta— probablemente el hijo de Carlos Drunkenstein. Así le llamaban los otros niños fugados. El mayor es un reputado constructor de aviones rebeldes y proveedor de nuevas tecnologías para la oposición. Si está en el planeta, probablemente esté Aveo Lacetti, comandante del tercer Regimiento de Cazas Rebeldes, que han causado más de una vez. Si atacamos inmediatamente, los rebeldes pueden quedar completamente excluidos del juego.

—¿Qué quieres decir con que los mocosos escaparon de ti, Milles, con los argens[18]?

—Me puse en contacto con usted por esto, señor, para saber si teníamos que atraparlos, pero tenía su PDA apagada. Entonces, ¿cuál es la orden, señor?

¿Qué esperaban de él? Querían que le dejaran en paz. Lo único que quería ahora era dormir, aunque fuera sobre aquella piedra sangrienta y ácida, y levantarse al cabo de unas horas, para luego ordenar, lavar, asearse y comunicar a todo el mundo que había resuelto el asunto de Laureta. Ahora estaba claro que no era apto para tomar decisiones difíciles.

—Déjate llevar. Sin espontaneidad.

Palpó la horquilla de Laureta con la mano. No era de extrañar que ningún achij se fijara en ella; los escáneres no detectaban un trozo de hueso como algo peligroso. Forkis intentó en vano abrir la

---

[18] El equivalente al "infierno". Los argens son espíritus malignos o demonios ficticios que habitan en el espacio exterior.

maravilla, que parecía una masa homogénea. La mujer debía de estar familiarizada con ella.

—Si los rebeldes obtuvieran tecnología que nosotros no detectamos, estamos jodidos si resulta que esconden una flota en H14. Nos quedamos en Ajb'atenaja. A menos que ocurra algo grave, no me molestes durante las próximas horas.

Estaba furioso consigo mismo. Nunca había cometido tantos errores a la vez. Debido a sus sentimientos, había perdido el interés por su planeta natal, y la mugre rebelde había florecido. Al final tuvo que controlarse, porque otra decisión errónea podría ser fatal.

Después de desconectar, Forkis se subió a la cama y se acostó junto al cadáver entre pieles rígidas de sangre coagulada.

Cuando se durmió, soñó con la chica de cabello castaño oscuro y tez blanca, que se asomaba antes por debajo de la pantalla, pero que ahora le derribaba en una batalla cósmica.

Agradecimientos y epílogo

La idea se inspiró en un artículo humorístico del sitio web Joe Monster sobre las preferencias humanas específicas. Algunas bastante comunes, otras extrañas y bastante inusuales. Destaca especialmente la parafilia de la que se habla en la introducción. Era tan extraño y daba un poco de miedo. ¿Por qué no arriesgarme y escribir un texto sobre este tema? Sobre todo porque no hay nada parecido en Polonia. La vorarefilia también encajaba perfectamente en el personaje de Forkis/Xajb'a Kej, que hace casi dos décadas, en la versión original de Onkalot, tenía tanto inclinaciones voré, como pred.

Los personajes de Xajb'a Kej (el nombre en lengua maya significa Plaza de la Danza del Ciervo) y su amigo Q'ualel (Ministro en maya) se inspiran en los mitos sobre los hermanos indios Ixbalanque y Hunahpú, que vivieron diversas aventuras. Como ocurre con la mitología de los pueblos mesoamericanos, en ella prevalecen los motivos brutales y macabros. La voracidad también está presente, y la serie Zodiac Universum contiene muchas referencias a las antiguas culturas de Centroamérica.

Cuando reescribí el antiguo Onkalot, planeé abandonar por completo estos elementos. Especialmente la escena de la rata, que me parecía aterradora e infantil, pero resultó que a los lectores les gustó. Me sugirieron que no solo la mantuviera, sino que la hiciera más impactante. Así que la rata se mantuvo, pero para que el episodio no estuviera completamente descontextualizado y tuviera sentido, también fue necesario cambiar el carácter del propio Forkis.

Así, la escena que iba a ser desechada no solo sobrevivió y cambió, sino que supuso una completa reconstrucción psicológica del personaje, también física, porque Forkis originalmente no podía realizar ciertas actividades.

Tras el lanzamiento de Onkalot, comencé a experimentar con historias de temática voré como la "Primera ley de la arena". Leí algo de literatura extranjera sobre este tema, y traduje legalmente uno de los textos al polaco, transformando los detalles para el Zodiac Universum. Luego se escribió el relato corto "Aytar", sobre el pasado de la heroína secundaria de la trilogía. Resultó que lo que se suponía que iba a conmocionar y asustar, los lectores beta y los críticos lo encontraron una comedia bastante buena.

Así que decidí escribir más textos con elementos voré y una mirada más cercana a Forkis, y hacer una antología retrospectiva de ello.

En cuanto a la cuestión de si el autor habla en serio y las historias no son una broma no canónica, confío en la interpretación de los lectores. Las teorías conspirativas son bienvenidas.